Antje Ippensen

Fesselndes Geheimnis

Ma

ELYSION

www.Elysion-Books.com

Die Autorin:

Antje Ippensen ist eine Mannheimer Autorin. Sie publiziert seit 1989 und ihre Texte wurden bereits vielfach prämiert (u. a. beim Kurd-Laßwitz-Preis und beim FDA Preis für phantastische Kurzgeschichten).

Neben dem Schreiben von phantastischen oder S/M-erotischen Kurzgeschichten (die z. B. im Charon Verlag in den Magazinen »Böse Geschichten« und »Schlagzeilen« erschienen) verwirklicht sie mit einer Freundin verschiedene künstlerische Projekte.

Antje Ippensen

Fesselndes Geheimnis

ELYSION

www.Elysion-Books.com

ELYSION-BOOKS TASCHENBUCH
BAND 4024
Auflage: Oktober 2010

VOLLSTÄNDIGE TASCHENBUCHAUSGABE

ORIGINALAUSGABE

UMSCHLAGGESTALTUNG: Ulrike Kleinert
http://adorna.bplaced.net/
FOTO: © Fotolia/ Raven
LAYOUT & WERKSATZ: Hanspeter Ludwig
www.imaginary-world.de
PRINTED IN GERMANY
ISBN 978-3-942602-03-7

Inhalt

Mein Dank
geht einmal an Jennifer, für stets geistreiche, großartige fachliche Unterstützung und zum anderen an Josiane, für umfassende emotionale Unterstützung.

Danke Josiane: du stärkst mir den Rücken, begleitest mich liebevoll, mit konstruktiver Kritik und mit Humor.

Vorgeschichte 1985

Die abgehackten Schreie waren ohrenbetäubend, gingen durch Mark und Bein und waren auch noch drei Räume weiter in einer Lautstärke zu hören, die in den Ohren schmerzte. Die Töne trugen die Qualen der nackten Frau, die sich auf dem altarähnlichen Tisch gegen ihre Fesseln aufbäumte, mit sich. Sekunden später verlor die Frau den Kampf gegen ihr eigenes Verlangen, versuchte sich noch einen Moment aufzulehnen; doch schon lief eine unkontrollierbare Zuckung, ein ungehemmter Orgasmus durch ihren Körper. Ihre gequälten Lustschreie verwandelten sich unter den kundigen Händen ihres dominanten Meisters in ein gutturales Stöhnen. Er hielt die hellfarbige Altarkerze hoch in die Luft und wartete, bis die Frau auch diesen Höhepunkt verkraftet hatte. Bis jetzt hatte er ihre zartesten Stellen verschont. Jetzt jedoch wanderte er gemessenen Schrittes an das Kopfende des Tisches, blickte in die weit aufgerissenen Augen seines willigen Opfers und lächelte.

Dieses Lächeln ließ sie erschauern und abermals wild mit den Fesseln kämpfen.

»Ruhig.« Es kam ganz leise, und er sagte es fast ohne die Lippen zu bewegen.

Sie gehorchte, aber ihr Körper bebte, ihre Brüste wogten heftig. Dann, mit einem zärtlich-grausamen Lächeln, neigte der Meister die Kerze waagerecht über den Oberkörper der Frau, goss das flüssige Wachs genau auf die Höfe und die Spitzen ihrer Brüste. Sie schrie bereits, noch bevor die heißen Tropfen ihre Haut berührten und sengenden Lustschmerz durch ihren Körper jagten … stöhnte dann durchdringender denn je.

Die Zuschauer, von der geschickt inszenierten Beleuchtung verborgen, seufzten hingerissen. Einigen schien es sichtlich schwer zu fallen, dem abendlichen Ritus entsprechend, am Rande des kreisförmigen, roten Saales stehenzubleiben und sich zurückzuhalten.

Der Meister gab nun seinen beiden »Gesellen« einen Wink, und sie banden die Beine der zitternden Frau los, aber nur, um sie ihr zu spreizen und zurückzubiegen, so dass ihre sauber rasierte, rosenfarbige Scham offen präsentiert wurde – als dann streichelte und peinigte der Meister ihre Schamlippen durch sanfte Peitschenschläge mit einer weichen, vielriemigen Wildlederpeitsche, bis sie keuchte. Dann nahm er wieder die Kerze, um sie nun über die gerötete Haut ihres empfindsamsten Körperteiles zu halten. Die Zuschauer atmeten tief ein, kollektiv.

Endlich gelang es E. – als Einzigem – seinen Blick von der verzückten Schönheit, die sich in immer neuer Pein wand und in immer intensivere Wonnen stürzte, abzuwenden. Trotzdem ließ auch ihn das Gesehene nicht kalt. Seine Libido klopfte in Synkopen durch seine Adern und das Verlangen ließ seine Knie weich werden, als er durch den Flur ging. Der Korridorboden war mit lapislazulifarbenen Teppichen belegt, in die schwache Goldmuster hineingewebt waren; Seidentapeten in gebrochenem Weiß schmückten die Wände, an denen in regelmäßigen Abständen schlanke Podeste standen. Darauf befanden sich – in Augenhöhe platziert – abwechselnd Bronze- und Steinfiguren, sämtlich in erotischen Posen.

E. blieb kurz vor einer Figur stehen, die Aphrodite und Ares zeigte, während des Liebesaktes aneinander gefesselt durch die Seile des eifersüchtigen Hephaistos. Er betrachtete das gefesselte Bronzepaar gedankenverloren. Unmittelbar neben diesem Podest verhüllte ein halb transparenter Vorhang eine geschlossene Tür.

Ein schriller Lustschrei drang wieder aus dem kreisrunden Zeremonienraum zu ihm, als er sich mit zitternden Händen versicherte, dass der Gegenstand noch immer in seiner Aktentasche war. Im Inneren der Tasche ertastete er außerdem eine Seidenbinde.

Er schob den Vorhang zur Seite, so dass die goldenen Vorhangringe leise klingelten und der Stoff raschelte. Dann erst öffnete er die Tür, die durch ihre verzierte Goldumrahmung und das künstlerische 3-D-Bild des Dahinters wie ein Bilderrahmen wirkte – und betrat eine neue Welt.

Der zurückgeschobene Vorhang bedeutete nun, dass die Menschen in der Räumlichkeit dahinter ungestört bleiben würden.

Hatten sich eben Lust und Verlangen in jedem Partikel der Luft befunden, so war die Atmosphäre dieses Raumes mit knisternder Erwartung gefüllt.

Das weitläufige, luxuriöse Zimmer war fast sparsam, aber mit umso wertvolleren Einzelstücken möbliert: Ein Glastisch auf geschwungenen Eisenfüßen, darauf eine schneeweiße Porzellanvase mit einer einzelnen Straußenfeder, ein korallroter Samtsessel, antik, kurzer dichter Teppichboden in der Farbe stumpfen Silbers. Diskrete Decken- und Wandlampen spendeten nur indirektes Licht, und ein schwacher Rosenduft drang in alle Winkel. Die Mitte des Raumes schmückte eine mächtige, mit allerlei kostbaren Schnitzereien versehene Holzsäule, die das Paar besonders liebte. Das Holz der Säule besaß eine Wärme, die beinahe lebendig wirkte. Hier hatten sie ihre ersten intensiven Spiele ausprobiert.

Die zierliche Frau mit den kastanienfarbenen Locken hatte ihn noch nicht bemerkt, und so nutzte E. die Chance, sie ausgiebig zu betrachten. Sie hatte den Raum durch den zweiten Eingang betreten und diesen ohne Zweifel sorgsam hinter sich verschlossen. Die zarte Schöne stand vor einer niedrigen Chaiselongue, ohne offenbar den Wunsch zu haben, sich zu setzen. Ihre fransig geschnittenen Haare umspielten ein herzförmiges Gesicht mit ebenmäßigen Zügen. Und nur die Aufregung ließ ihre ansonsten marmorfarbene Haut nun ein wenig zu bleich wirken, ihre Augen ein wenig zu groß. Das zarte Seidengewand, welches ihre schlanke Gestalt umspielte und ihre Kurven betonte, unterstrich diesen Kontrast zu ihrer Eleganz nur noch weiter. Die hochhackigen Pumps machten ihre Beine noch schöner und betonten ihre Weiblichkeit. Wirkte sie normalerweise selbstsicher und dominant, so war es nun ihre sanfte, zerbrechliche Seite, die hervorgehoben wurde. Diese Verwandlung erregte ihn beinahe so sehr wie die Vorfreude auf das Spiel an sich.

»Geht es dir gut?«, fragte er sie besorgt. Wie lange war es her, dass sie ihm gestattet hatte, ihre verletzliche Seite zu sehen? Die Seite, die außer ihm noch nie jemand hatte genießen dürfen?

»Ja«, flüsterte sie und ihre Stimme strafte sie Lügen. »Ich bin nur – aufgeregt.«

Er lächelte über ihre Wortwahl. »Aufgeregt« war ein herrlich schwammiger Begriff – und viel zu neutral. Fast so, als nenne man den Petersdom »nur eine Kirche«. Trotzdem nickte er, um ihr dabei zu helfen, ihre Spannung abzubauen. »Kein Wunder. Mir geht es ähnlich.«

Inzwischen hatte er soviel über seine Neuerrungenschaft gehört, dass er förmlich darauf brannte, den Gegenstand auszuprobieren. Über die Jahre, seitdem E. zum ersten Mal Wind davon bekommen hatte, waren Erzählungen zu Legenden, Geschichten zu Mythen geworden. Irgendwie hatten sich Aberglaube und Vorurteile in seiner Szene verbreitet, mehr und mehr verdichtet und selbst seine Fantasie angefacht. Und offenbar waren auch die Vorstellungen seiner hübschen Gefährtin davon nicht unbeeinflusst geblieben.

Mit einem beruhigenden Lächeln führte er sie zu der wundervollen Holzsäule und lehnte sie mit dem Rücken dagegen.

Ein leiser Bronzegong erklang aus dem Saal. Er war das offizielle Zeichen. Endlich durften alle – auch die im kreisrunden Raum Versammelten, mit dem Energiekreis und mit der anschließenden, schmerzlustigen Feier beginnen.

»Bist du bereit?«, murmelte er.

Sie nickte, zu nervös um zu sprechen.

»Ich habe dich auserwählt und du mich. Gemeinsam erschaffen wir den Zauber dieser ganz besonderen Nacht …«

Er strich kurz mit einer schwarzen Seidenbinde über ihre Wangen, und sie keuchte auf: »Aber … du wirst ES mich sehen lassen, oder? Du wirst mir doch nicht die Augen verbinden …?«

Seine Stimme nahm eine strenge Färbung an, die sie erschauern ließ.

»Ich werde dir die Augenbinde anlegen, Liebling. Nachdem du einen kurzen Blick riskieren durftest«, fügte er, nun in einem neckenden Tonfall, hinzu.

Die miteinander verbundenen Glieder des Gegenstandes klirrten; ein sphärisches Geräusch, das der Frau abermals einen wohligen Schauer über das Rückgrat jagte. Er gönnte ihr den Anblick wirklich nur ganz kurz. Sie schaute. Sie staunte. Funkelnde, glitzernde Farben, die ihresgleichen suchten, die mehr als erlesen waren. Einmal glaubte sie einen grünen Edelstein zu sehen, dann wieder einen roten, sehr auffällig nebst anderen kleineren, die zwischen schmalen Goldreifen weiß blitzten wie winzige Sterne. Im nächsten Moment sah sie gar nichts mehr, denn ihr Partner schnürte ihr seidene Nacht um den Blick.

Ihr enttäuschtes Seufzen verwandelte sich umgehend in ein wollüstiges Stöhnen, als er sie in Ketten legte. Sie spürte die schmalen Goldreifen sich fest um ihre Handgelenke schließen, und dann den Halsreif, fühlte sich intensiv gefangen genommen und ausgeliefert, und beide genossen diese Handlung, er als Zufügender, sie als Erduldende, in vollen Zügen … IHRE Spannung verstärkte sich mehr und mehr, wurde quälend, sie wandte sich nahezu ohne sein Zutun, schien beinahe vor Verlangen zu vergehen – während ER ihre Reaktionen mit größter Lust beobachtete. Und dann entfernte er sich von der heftig atmenden Frau, deren Locken ihr zum Teil bereits jetzt schweißnass an den Wangen und der Stirn klebten. Er ging zu dem roten Sessel und ließ sich mit mühsam gebändigten Bewegungen in ihm nieder. Nahm die Straußenfeder aus der Vase. Seine Gespielin rief mit bebender Stimme seinen Namen.

»Ruhig«, sagte er nach einem Moment. »Oder ich gebe dir einen Knebel, damit du still bist.«

Sie keuchte. Seitdem er ihr den Gegenstand, der so sehr von Mythen umrankt war, angelegt hatte, reagierte sie in phantastischer, nie dagewesener Weise auf ihn.

Katzenhaft leise erhob er sich und kam wieder auf die Frau zu, die in goldenen Ketten an der Säule stand. Ein Griff, und ihr Seidengewand glitt raschelnd an ihrem wunderbar geformten Körper herab und bauschte sich um ihre Füße. E. näherte sich mit der Feder ihrer Haut …

Nach wenigen Sekunden seufzte sie seinen Namen. Innig, lustvoll, wie entrückt.

Kapitel 1

Der hochgewachsene, aschblonde Mann mit dem durchdringenden Blick lehnte am dunkelbraunen Tresen der Hotelbar. Gewohnheitsmäßig sah er sich immer wieder nach allen Seiten um, blickte über seine Schulter, einmal links, einmal rechts. Kellner glitten fast lautlos vorüber; die dicken Teppiche schluckten nahezu jedes Laufgeräusch. Unwillkürlich neigte man hier dazu, sich nur mit gedämpfter Stimme zu unterhalten oder besserdirekt zu schweigen. Manchmal fühlte sich der blonde Mann hier fast wie in einem befremdlichen Traum. Gleichzeitig war dieses Hotel wie eine Art Höhle, in der er sich seltsam geschützt fühlte. Eine Aura gespenstischer Gemütlichkeit nistete hier in sämtlichen Winkeln, schwebte über den Tischen und unter den von goldfarbigen Fransen strotzenden Lampenschirmen.

Er wartete auf einen Telefonanruf. In Zeiten von SMS, Emails und Co., in einer Welt, in der man twitterte, bloggte, chattete und mit Emoticons gespickte Kurznachrichten austauschte, hatte es schon Seltenheitswert, einen ganz normalen, altmodischen Anruf über Festnetztelefon zu bekommen. Noch dazu handelte es sich hier im Hotel um uralte, klobige Apparate. Sie waren schwarz-gold, hatten sogar noch eine altmodische Gabel, eine Wählscheibe und einen Hörer mit Schnur. Wie aus einem Film – oder als sei die Zeit in den späten Siebzigern stehen geblieben.

Bizarr und witzig, aber irgendwie gefiel es Mark. Es hatte einen gewissen Charme. Bevor er in diesem Hotel angekommen war, hatte er gar nicht gewusst, dass es solche Telefone in der westlichen Welt überhaupt noch gab und dass sie wirklich und wahrhaftig in einem normalen Hotel in Betrieb waren.

War dieses hier auch wirklich in Betrieb? Leicht beunruhigt runzelte er die Stirn. Er machte eine fahrige Bewegung, als wolle er den Hörer abnehmen und hineinlauschen, um sich zu vergewissern, dass das Freizeichen erklang – tat es dann aber doch nicht.

Stattdessen umkrampfte seine Hand wieder das Glas mit Bitter Lemon, das vor ihm auf einem Bierdeckel stand. Er musterte mit mäßigem Interesse die Flaschenbatterien in den Wandregalen hinter der Bar, registrierte Staub auf einigen Flaschenhälsen; schließlich sah er wieder in den Raum hinein, auf einen Ellbogen aufgestützt. Er beobachtete eine dickliche Frau mit riesigem Hut, der eine rosa Flamingofeder trug, und deren schlaksigen, fast erwachsenen Sohn, der hinter ihr mürrisch von einem Fuß auf den anderen trat. Sie war im Gespräch mit dem stellvertretenden Empfangschef, einem Südfranzosen mit Halbglatze und scharfen braunen Augen. Sein wehleidiges weiches Wispern wehte zu Mark herüber. Auch seine mollige Gesprächspartnerin flüsterte, aber bei ihr klang es scharf und abgehackt.

Dann starrte Mark wieder auf das Telefon, als wollte er es hypnotisieren. Dieses verfluchte Warten ... Jetzt prüfte er doch – heimlich, rasch und hastig – die Funktionsbereitschaft des Telefons: es gab nichts daran auszusetzen. Gleichmäßig, behäbig, ihn fast verhöhnend, tutete das Freizeichen aus dem altmodischen Hörer. Er legte wieder auf.

Trotzdem zuckte er wie elektrisiert zusammen, als der Apparat endlich schrill zu klingeln begann. Eine kribbelnde Vorahnung lief wie eine Gänsehaut über seinen Körper.

Er nahm ab, meldete sich mit seinem Namen und lauschte dann aufmerksam. Nur zu Anfang stellte er noch die eine oder andere Frage. Seine Augen wurden groß; seine etwas düsteren Züge hellten sich auf, als seine Vermutung bestätigt wurde. Der Zusammenhang zwischen dem verschwundenen Gegenstand und einer ganz bestimmten Person! Er hatte es doch geahnt ...

Während er telefonierte, huschten Marks Blicke argwöhnisch umher. Zwar hatte er genau diesen Ort für sein Telefonat, weil er sich in seinem Zimmer nicht ganz sicher fühlte. Wenn dort Wanzen installiert waren oder sonstige Überwachungsanlagen, dann hatte er schlechte Karten, und so etwas wollte er prinzipiell ausschließen.

Und doch fühlte er sich auf einmal auch hier belauscht.

Er stutzte, als er eine rundliche, schwarz gekleidete Frau wahrnahm, Ende 40 vielleicht, Brillenträgerin, dunkelrot geschminkte Lippen, blondes Haar, kinnlang, das ihr teilweise in die Stirn fiel. Sie schob sich an das andere, in schummriges Dämmerlicht getauchte Ende des Tresens heran. Hatte er sie nicht schon einmal gesehen, und war sie ihm da nicht auch bereits verdächtig vorgekommen? Er blickte sie länger an, kam aber endlich zu dem Schluss, sich geirrt zu haben. Dennoch glich das wohltuende Gefühl, in diesem Teil des Hotels eine Schutzhöhle gefunden zu haben, jetzt auf einmal nur noch einem fadenscheinigen Mantel.

Außer dem Barmann gab es auch noch ein dralles Mädchen, die zweite Thekenbedienung, die sich die Theke säubernd nahe an Marks Platz heranarbeitete; dabei kam sie seinem Bitter Lemon Glas bedrohlich nah. Schnell hob er es wieder an die Lippen, trank aber nicht. Stattdessen sprach er ein paar Abschiedsfloskeln in den schweren schwarzen Telefonhörer.

Was für eine erstaunliche, ja verblüffende Information – das war phantastisch! Und bedeutete höchstwahrscheinlich den Durchbruch. Seine Auftraggeberin wartete schon ungeduldig und sehnsüchtig darauf. Er musste sich sofort mit ihr in Verbindung setzten! In Verbindung setzen, das hieß für Mark in der Regel: per Brief oder persönlich. Face-to-Face-Treffen fand er am besten. Und in diesem Falle war es sogar die einzig richtige Möglichkeit. Schockierende Nachrichten konnten zwar dafür sorgen, dass der Überbringer Schelte bezog, aber immerhin war er da, um zu erklären, zu trösten oder Ratschläge zu geben.

Mark Weiß atmete tief ein und sofort verflogen die paranoiden Gedanken und nachvollziehbare Gutmensch-Gedanken. Er hatte Recht gehabt! Seine Intuition hatte ihn nicht getäuscht.

Er gab der Thekenbedienung ein sattes Trinkgeld und verließ unter ihrem neidischen und zugleich stumpfsinnigen Blick pfeifend und mit dem guten Gefühl, wieder einmal richtig gelegen zu haben, das Hotel. Inzwischen hatte sich der Himmel schon leicht verfärbt und die Schwere des abendlichen Blaues kristallisierte die Farben der Umgebung deutlicher heraus. Mark liebte diese kurzen Momente, wenn der Tag in die Nacht überging. Besonders, wenn die Luft vom Meer wehte, leicht salzig und ein wenig nach Fisch roch und Assoziationen von Ferien und Ewigkeit mit sich trug.

Auf dem Weg zur nächsten Tram-Haltestelle hatte er den vagen Eindruck, verfolgt zu werden. Schon wieder.

Doch so sehr er sich anstrengte, er konnte den oder die Verfolger nicht wahrnehmen. Niemand war da, nur dieses dumpfe, bohrende Gefühl, dass man ihn beschattete. Schon mehrmals hatte er an diesem Tag das Gefühl gehabt, beobachtet zu werden. Kein gutes Gefühl. Eher, als schliche sich eine unbekannte Bedrohung an ihn heran, ohne dass er sie lokalisieren konnte.

Es fuhren nicht sehr viele Autos. Der spätnachmittägliche Berufsverkehr war bereits verebbt; stattdessen bemerkte Mark einige Urlauber, die auf den Bürgersteigen flanierten, wenn auch nicht allzu viele … Presslufthämmer dröhnten fast an jeder Ecke in seinen Ohren, die Stadt machte sich fein für den kommenden Ansturm der Feriengäste – jetzt waren nur ein paar da, die ersten Vorboten sozusagen – und daher gab es einige Baustellen, an denen selbst in den Abendstunden geschuftet wurde.

Ein Straßenmusikant kämpfte mit seinem kleinen Akkordeon gegen den Baustellenlärm an. Für einen Moment verspürte Mark eine Regung von Mitgefühl und er hätte dem Mann beinahe eine Münze in den schäbigen, ausgebeulten Hut geworfen.

Lässig wechselte er die Straßenseiten, das tat er mehrmals, ohne selbst zu bemerken, dass er dabei allmählich hektischer vorging; er begann zu hetzen und betrat einen piekfeinen Delikatessen-Supermarkt. Hier kaufte er so gut wie nie etwas; alles war viel zu teuer hier. Befremdet betrachtete er Kaviar und Gänseleberpastete in Dosen und musterte in Honig eingelegte Chicoreeplätzchen in Gläsern. Der Laden hatte mehrere Spiegel mit von Straßsteinen glitzernden Rahmen. Sehr schön. Das gab ihm ausreichend Gelegenheit, die Leute verstohlen zu mustern. War ein Verfolger dabei? Wieso stand nah am Ausgang ein Mann mit großer dunkler Sonnenbrille, ohne Tasche, ohne etwas zu kaufen?

Verdächtig. Mark spürte, wie ihm Schweißperlen auf die Stirn traten. Dabei war es angenehm hier drin, sehr schön temperiert, die Klimaanlage war weder zu hoch noch zu niedrig eingestellt.

Ah. Der Mann mit der Sonnenbrille hatte auf seine Freundin gewartet. Er küsste sie, nahm ihr die Einkaufstüte ab und ging Arm in Arm mit ihr davon.

Mark durchstreifte mehrmals alle Gänge. Nichts. Niemand verfolgte ihn. Aber war das auch absolut sicher? Besser, er machte noch einmal Station in einem größeren Geschäft.

Er betrat ein mehrstöckiges Modekaufhaus und fuhr Rolltreppen hoch und runter, immer wieder. Und noch einmal. Diesmal fuhr er eine Etage hoch, ging um die Ecke und fuhr ohne Verzug wieder hinab. Er nahm eine Rolltreppe, ging im 2. Stock in Richtung Treppenhaus und lief rasch eine Treppe hinunter. DA! Über ihm ging die Tür. Er wartete. Doch offenbar folgte ihm niemand ... die Schritte der Person, die hinter ihm die Tür zum Treppenhaus geöffnet hatte, entfernten sich. Sie oder er ging also nach oben, nicht nach unten. Er fuhr noch einmal bis ganz nach oben. Dann wieder runter.

Nein. Es gab keine Hinweise auf Verfolger. Um vollends sicher zu gehen, ließ er sich endlich in einem belebten Café nieder. Die Gäste streifte er mit scheinbar beiläufigen Blicken: eine dunkelhaarige junge Frau mit ihrem sehr viel älteren Liebhaber im trauten Tête-à-tête, eine Frau, die ihm den Rücken zuwandte und deren schönes rotblondes Haar in Wellen über ihre Schultern floss, ein dicker alter Herr, der selbstvergessen seinen Zahnstocher benutzte, ein schwules Pärchen in einer heftigen Diskussion. Alles unverdächtig.

Mark bewunderte flüchtig die herrliche, ungewöhnliche Haarfarbe der jungen Frau – er sah mehrmals hin und bemerkte, wie ihre Hände ihren dichten Schopf fassten und ihn zu einem Pferdeschwanz zurechtmachten. Die beiden Homosexuellen stritten immer heftiger. Genervt lutschte der korpulente Alte an seinem Zahnstocher.

Nach seiner Bestellung, die er sofort bezahlte, ging Mark auf die Toilette. Dabei bog er in die andere Richtung und wählte den Hinterausgang, der ihn erst in eine Sackgasse, dann über eine leicht zu überkletternde Mauer in eine weitere Gasse führte.

Überzeugt davon, seine Verfolger losgeworden zu sein, nahm er die nächste Tram Richtung Bredene. Ja, alles war in Ordnung. Noch vor kurzem hätte er schwören können, dass jemand von seinem Ziel Wind bekommen hatte, doch nun glaubte er daran, das Opfer seiner eigenen übergroßen Vorsicht geworden zu sein.

Er freute sich schon auf das Treffen mit seiner Auftraggeberin.

Kapitel 2

Ich tat so, als sei ich in Urlaub. Etwas, was mir im idyllischen Bredene nicht unbedingt schwerfiel. Sehnsüchtig kreischten die Möwen über mir, segelten gelassen durch das zarte Blau des Himmels und trugen meine Träume auf ihren Flügelspitzen zur weiten Nordsee hin. Ich kniff meine Augen zu Schlitzen zusammen, um trotz der Sonneneinstrahlung den eleganten Vögeln nachsehen zu können. Der warme Sand des Strandes bot meinem Körper eine bequeme Liegefläche, und der Wind strich über mich, weder kühl noch heiß – eine ungewöhnlich sanfte Meeresbrise. Sie schien mir Zärtlichkeiten ins Ohr zu flüstern, ruhte niemals, stets und ständig erhob sie ihre wispernde Stimme. Bei Sturm konnte sie zu einem tosenden Gebrüll anschwellen, nicht selten zischte sie scharf, als würde die Atmosphäre selbst staunende Laute ausstoßen, oder sie heulte verträumt wie ein lebendiges Wesen, das Salz mit sich trug und feuchten Glanz auf das Dünengras zauberte.

Die belgische Nordseeküste hatte mich von jeher magisch angezogen. Mit ihrer imposanten Dünenlandschaft, die sich als natürliches Bollwerk zwischen das potenziell zerstörerische Meer und die kleinen Ortschaften gelegt hatte, beeindruckte sie mich jedes Mal aufs Neue.

Beeindruckt hatte mich auch der FKK-Strand. Den einzigen Belgiens, wie ich erfuhr. »La plage naturiste«, der folgerichtig auch ein paar seltsame Gestalten anzog: Voyeure und Spinner, verklemmte Großväter und unerfahrene Jungspunde. Mich störte es nicht. Nachdem ich meine anfängliche Scheu überwunden hatte, genoss ich es, meine Nacktheit an Bredenes FKK-Strand zur Schau zu stellen. Immerhin musste ich mich meines straffen Körpers und meiner glatten, caramelfarbenen Haut auch keinesfalls schämen.

Wieder schrien die Möwen über mir. Ich räkelte mich behaglich, träumte in den blauen Himmel hinein und genoss es, in goldenes Sonnenlicht gebadet einfach nur dazuliegen. Der leichte Wind wechselte die Richtung, strich über meine Brustwarzen, neckte sie förmlich und ließ sie hart werden. Durch seinen Wechsel strich er nun auch an meinen Beinen entlang, zwischen meine Schenkel und gegen das weiche Fleisch meiner empfindsamen Scham. Sie war rasiert, was mich hier zu einem exotischen Wesen machte. Die wenigen Frauen, die sich an diesen Strand trauten – und die meisten kamen bloß in Begleitung ihres Ehegespons – zeigten sich rustikal behaart oder hatten sich die Schambehaarung nur leicht gestutzt.

Ich sah mich um, um meine Gedanken mit Fakten zu untermauern. Doch im Moment war keine Rustikalbehaarung zu sehen. Angenehmerweise war jetzt, Mitte Juni, noch nicht allzuviel los am Strand. Der große Run aufs Meer begann erst mit der Urlaubshochsaison ab Juli.

Ich lehnte mich wieder zurück, verdrängte den Wind, die Schambehaarungen, andere Frauen und Männer, und döste in der Sonne.

Als ich aus meinem kurzen Schlummer erwachte, ging der Tag bereits zur Neige. Die Sonne versank langsam, sank auf das ruhiger werdende Meer zu. Klein und zahm leckten die Abendwellen über den dunkelgoldenen Strand. Der Wind legte sich. Schwach süßer Blütenduft von den dicht bewachsenen Dünen mischte sich nun mit dem salzigen Fisch- und Seetang-Aroma, das von der See herüberströmte. Mitten in diese Idylle hinein zirpte mein Handy in dem vertrauten Ton, der mir eine SMS anzeigte. Nicht unerwartet. Ich holte das Mobiltelefon aus meiner Handtasche, klappte es auf und las: KOMM IN, 30 MINUTEN. 250 METER NORDÖSTLICH, * DÜNEN.

Typische Kommafehler und das sinnlose Sternchen mitten im Text bewiesen, dass die Nachricht wirklich von Mark stammte. Ich seufzte. Er machte es immer übertrieben spannend. Außerdem litt er unter Verfolgungswahn, eine Berufskrankheit, an die ich mich mittlerweile gewöhnt hatte. So gut, wie man sich eben daran gewöhnen konnte.

Ich warf einen Blick auf die Uhr. Also in dreißig Minuten erst? Das ließ mir Zeit genug, um noch einmal ins Wasser zu hüpfen.

Ich sprang auf, ließ unbekümmert meine Sachen liegen – es waren nur noch wenige Leute am Strand unterwegs – so wenige, dass ich kaum das Risiko einging, bestohlen zu werden – und lief in einem lockeren Trab auf das verheißungsvoll glitzernde Meer zu. Es war auflaufend Wasser, wenn auch noch nicht gänzlich Flut, und ich liebte es, über den nasser und härter werdenden Sand zu laufen. Mit seinen winzigen Bodenwellen sah er wie Miniaturdünen aus.

Dann rannte ich jubelnd in die Brandung, gab mich der kühlen und frischen Umarmung der Nordsee hin, genoss, wie das Wasser meinen gesamten Körper empfing, die sich vor Kälte verhärtenden Brustwarzen ebenso wie meine empfindliche Möse. Mhmmm … köstlich!

Prustend und keuchend kehrte ich nach ein paar Minuten des Planschens und weniger Schwimmzüge an Land zurück. Mit im Abendlicht glitzernden Wassertropfen bedeckt, lief ich zu meinem Platz. Trotz oder gerade wegen der kühlen Erfrischung war ich froh, mich rasch in mein großes Laken wickeln zu können. Zitternd trocknete ich mich ab und griff nach meinem Strandkleid.

Erst dann bemerkte ich den Mann, der keine fünfzehn Schritt von mir entfernt lässig an der dunklen Seitenflanke der weit ins Meer ragenden Steinmole, hockte und mich ungeniert beobachtete. Mitten in der Bewegung hielt ich inne.

Er grinste. Mein Herz begann schneller zu klopfen. Etwas, was mir schon seit einer ganzen Weile nicht mehr passiert war.

Wie lange beobachtete er mich schon? Hatte er sich vorsichtig herangepirscht wie ein Jäger an seine Beute?

Inzwischen war ich daran gewöhnt, hier am Nudistenstrand angestarrt zu werden. Trotzdem mochte ich es nicht, überrumpelt zu werden. Und doch war es genau diese Überrumplung, die mich erregte und die Situation, die dafür sorgte, dass ich mich wie ertappt fühlte. Ich spürte, wie ich vor Verlegenheit rot wurde.

Ich konnte nicht einmal sagen, ob der Fremde gut aussah, doch er hatte Charisma, soviel stand fest … und sein Blick … unter normalen Umständen hätte ich ihn »entblößend« genannt. Doch ich war ja bereits nackt. Und so kreiste der Blick dieser Jäger-Augen lustvoll über mein Gesicht, über Augen und Lippen, zupfte förmlich an meinen steifen Brustwarzen und drang zwischen meine Schamlippen, um sie zu öffnen und meine Klit freizulegen.

Als mir bewusst wurde, was der Blick mit mir anstellte, was ich dachte, löste ich mich aus meiner Starre und streifte mir mein sandfarbenes Kleid über. In meiner Hast verwickelte ich mich in den Trägern und hantierte ungeschickt herum, bis der Stoff richtig lag. Wie peinlich …! Als ich verlegen zu dem Mann hinschaute, erkannte ich, dass er noch anzüglicher grinste als zuvor. Offenbar genoss er meine Verwirrung und die Wirkung, die er auf mich hatte.

Ich versuchte mich zu konzentrieren und die süß in mir aufsteigende Erregung zu verdrängen. Verdammt, ich hatte keinen Slip dabei! Ausgerechnet heute, wo mir so etwas passieren musste … Wütend über mich selbst und empört über meinen verräterischen Körper, schnürte ich mein Bündel zusammen und schwang es mir über die Schulter. Trotzig reckte ich das Kinn und begab mich in Richtung Dünen. Noch immer schmeckte ich das Prickeln der Versuchung auf meiner Zunge. Entschlossen konzentrierte ich mich auf das, was vor mir lag. Schließlich war es höchste Zeit. Ich würde noch zu spät zu unserem konspirativen Treffen kommen – und das mochte Mark überhaupt nicht.

So, mal überlegen … Ich war den befestigten Strandweg entlang geschlendert und außer einer schlampig und halb im Strandhafer geparkten Limousine nichts und niemandem begegnet. Nun stand ich am niedrigen und etwas windschiefen Stacheldrahtzaun, der das naturgeschützte Dünengebiet vor umhertrampelnden Fußgängern bewahren sollte. Trotz der abendlichen Stunde fühlte sich der, mit einer dünnen Sandschicht bedeckte, Boden unter meinen bloßen Füßen angenehm warm an. Irgendwie musste ich mich am Stand der Sonne orientieren, denn einen Kompass hatte ich natürlich nicht dabei. Dumm von mir! Wenn man es mit einem paranoiden Mark Weiß zu tun hatte, sollte man ein solches Instrument eigentlich immer griffbereit haben. Ich starrte zur westlich im Meer versinkenden Sonne, brummte etwas von »verflixte vier Himmelsrichtungen« in mich hinein und kletterte dann über den Zaun, wobei der Saum meines Kleides hängen blieb und einriss. Ich fluchte! Das würde Näharbeit erfordern und ich hasste es zu nähen. Wütend stapfte ich in der vermuteten nordöstlichen Richtung voran, durch den feinen Sand und das raue, sich im leichten Wind neigende Strandgras. Die Dämmerung umfloss mich wie samtener Nebel. Schmeichelte meinen Sinnen und jagte einen wohligen Schauer über meinen Rücken.

Doch ebenso plötzlich, wie dieser Eindruck gekommen war, verschwand er. Mit einem Mal hatte ich das Gefühl, die Atmosphäre um mich herum sei irgendwie … aufgeladen. Etwas, was mir leichtes Unbehagen einflößte. Eine nicht greifbare Bedrohung schien in der Luft zu liegen und verdichtete sich nur in dem sanften Kribbeln meiner Nerven, das eine Gänsehaut über meinen Körper prickeln ließ. Meine Nackenhaare sträubten sich. Es war beinahe, als würde ich beobachtetet. Ich schüttelte den Kopf und nur wegen der drohenden Verspätung zum Treffen mit Mark diese Empfindung ab. Genau wie der Detektiv hatte ich manchmal Vorahnungen. Doch als rational denkender Mensch sollte man sich nicht auf seine Intuition verlassen. Hieß es ja ständig. Also, ich jedenfalls hatte mir das oft anhören müssen. Von meiner Mutter und auch von Felix. Einer der wenigen Punkte, in denen sie sich ähnlich waren.

Oha! Mühsam hielt ich mein Gleichgewicht, als der Sand unter meinen Füßen ins Rutschen kam. Hier musste man wirklich ganz schön aufpassen! Ich zauderte vor einem Abhang, der mir ein wenig zu steil schien. Aber einen anderen Pfad einzuschlagen hätte einen Umweg bedeutet. Vielleicht konnte Mark mich von seinem Standpunkt aus bereits sehen, beobachtete meine Zaghaftigkeit und amüsierte sich insgeheim. Er wäre dann schon der zweite Mann an diesem Tag, der sich heimlich über mich lustig machte.

Ergrimmt durch meine eigenen Gedanken und wohl deshalb ein bisschen zu forsch schritt ich aus, geriet ins Straucheln und wäre böse gestürzt, wenn nicht … ja, wenn mich nicht eine feste Hand gerade noch rechtzeitig gepackt hätte.

Der Fremde! Der Mann vom Strand … Ich schrie erstickt auf. Meine Knie gaben nach und ich ließ mich haltlos gegen ihn fallen. Er fing mich auf.

»Nun, Mademoiselle … das war knapp.« Ich drehte mich halb in seinen Armen, die mich immer noch hielten. Im schwindenden Licht sah ich, welch feurige leuchtende Augen er hatte und was für einen gut geschnittenen vollen Mund. Er war ein dunkler Typ, kontrastierend zu meiner Hellhäutigkeit … dichte Härchen in der Farbe von bitterer Schokolade überzogen seine kräftigen Unterarme, und während ich seinen herben männlichen Duft einsog, ging mir flüchtig durch den Kopf, dass er womöglich einen Schuss Mulattenblut in sich hatte. Er wirkte exotisch genug dafür, und plötzlich war ich mir sicher, dass er sich mit der Geschmeidigkeit eines schwarzen Panthers bewegen würde.

Und unsere Körper SPRACHEN miteinander. Verrückt! Ich wollte mich wehren, losreißen, mich gegen die Flut von Empfindungen stemmen, doch als hätte der Fremde es geahnt, ergriff er meine beiden Handgelenke, kreuzte sie hinter meinem Rücken und fesselte sie durch seinen unentrinnbaren Griff.

Ich wurde feucht!

Eigentlich hatte ich gedacht, diese PHASE sei vorbei. Aber weit gefehlt. Wieder erlebte ich etwas, was meinen zahlreichen Träumen, Tag- und Nachtbildern und –filmen glich.

Ich nannte es »die schwarzen Falter«. Sie flatterten stets rasch an mir vorbei und glitzerten dabei wie dunkle Edelsteine. Doch sie waren unwirklich, phantastisch und … nicht normal.

Deshalb fürchtete ich sie ebenso sehr, wie ich sie liebte.

Doch sie waren da, unleugbar und der Fremde hielt mich, als gehörte ich ihm, brachte mich zum Schmelzen. Wie selbstverständlich glitt seine linke Hand unter mein Kleid und berührte die Brustwarze. Meine Lippen öffneten sich, wollten … dann drückten seine Finger den Nippel zusammen, schmerzhaft und süß. Ich stöhnte dumpf auf und warf den Kopf zurück: Ich war weit davon entfernt zu protestieren. Nein, ich wollte … wollte …

Etwas Unnennbares durchzog meinen gesamten Körper und während Nässe meine Schenkel hinablief, beugte sich sein Gesicht nah zu meinem. Er küsste mich. Sanft, vorsichtig, dann seltsam innig, als würden wir uns schon lange kennen. Es rauschte und brauste in meinem Kopf, während sich klare Gedanken verabschiedeten. Das war … unbeschreiblich, ich … es … Mein von Lust durchtränktes Stöhnen schien von weither zu kommen.

Der Mann ließ von mir ab, und mein Mund und meine Möse brannten gleichermaßen vor Sehnsucht … kakaofarbene Augen sahen mich an, seine Stimme schlug weich und melodisch an mein Ohr, sein leicht ironischer Blick bannte mich, ließ meine nackten Füße wie angewurzelt im Dünensand verharren. Erst nach einer

Weile begriff ich, dass der Fremde französisch sprach. Mit einem angenehm weichen Akzent.

»... sollten wirklich gut auf sich aufpassen, ma Chère. Es ist gefährlich, abends durch die Dünen zu spazieren ... und nachts noch mehr ... Sie wollen doch nicht, dass Ihnen etwas zustößt?«

Ein amüsiertes Lachen begleitete seine Worte, und dann – UNFASSBAR! – fuhr er fort mich zu erregen, indem seine Hand mein Kleid hochschob und wie beiläufig durch meine Schamlippen strich. Zwei Finger schimmerten feucht, als er sie wieder hob ... er steckte sich einen selbst in den Mund und gab mir den anderen zu schmecken.

Sprachlos stand ich da, mit wild klopfender Brust, seltsam einverstanden mit allem, was geschah, sogar damit, dass sich der Fremde entfernte. Nach wenigen Metern drehte er sich noch einmal zu mir, winkte mir mit plötzlich ernstem Gesichtsausdruck zu und verschwand in der zunehmenden Dämmerung.

Ich schluckte.

Mmm ... die feine Säure meiner eigenen Geilheit.

Kapitel 3

Ich brauchte eine ganze Weile, um halbwegs ruhig zu werden und meinen Weg fortsetzen zu können. Doch noch immer waren meine Knie weich und meine Gedanken tobten um das Erlebte herum, studierten es und wollten zu einem Schluss kommen, den ich nicht zulassen konnte und wollte. Stattdessen beruhigte ich mich damit, dass ich überrumpelt worden war. Sowohl von dem Fremden, als auch von meinem verräterischen Körper. Insgesamt war das intensive Feuerwerk der Reize ein bisschen zu viel auf einmal gewesen, um es jetzt schon zu analysieren.

Orientierungslos stolperte ich über ein Büschel Dünengras, welches direkt vor meinen Füßen gewachsen sein musste. Ich konnte mich gerade noch auf den Beinen halten, wurde aber durch den Schreck zurück in die Realität katapultiert. – Und in die Zeit. Eigentlich war es ein Wunder, dass mein Handy nicht schon längst Laut gegeben hatte. Jeden Moment aber musste eine Nachricht des erzürnten Mark kommen, der sich irgendwo, wahrscheinlich ganz in der Nähe, die Beine in den Bauch stand, während seine Auftraggeberin durch ihr Leben taumelte, nachdem sie durch einen Wildfremden mit zartharten Streicheleinheiten verwöhnt worden war …

Ich hetzte weiter und stolperte durch das Dünengras. Dieses Mal achtete ich auf meine Schritte, obwohl meine Möse bei dem Gedanken an den Fremden abermals begonnen hatte zu pulsieren. Auch mein linker Nippel pochte, und es fiel mir schwer, ihn zu ignorieren.

Wo war Mark? Sollte ich es riskieren, ihn laut zu rufen? Oder sollte ich mein Handy benutzen um ihn anzurufen? Doch das eine wie das andere hatte mir Mr. Paranoid streng verboten. Die Vorahnung, die mich bereits am Strand heimgesucht hatte, verstärkte sich.

Plötzlich schälte sich eine Gestalt aus zwei Büschen heraus und trat energisch auf mich zu. Nach einer Schrecksekunde entwich meiner Kehle ein unwillkürlicher Laut der Erleichterung.

»Mark!«, stieß ich hervor, »Da bist du ja. Ich …«

Mit einer raschen Geste gebot er mir zu schweigen, sah sich schnell um und ergriff mich dann seltsam drängend an den Schultern. Sein Verhalten zusammen mit meiner Vorahnung verdichteten sich zu einer furchtbaren Gewissheit. Was immer Mark erfahren hatte, es würde mir nicht gefallen. Mark nickte und sah mir so eindringlich in die Augen, als könne er meine Gedanken lesen. Er öffnete den Mund … im nächsten Moment zuckte sein Körper zusammen, noch bevor ich ein dumpfes Geräusch hörte. Dann zog sich eine seltsame Starre durch seine Glieder und über sein Antlitz.

»Mark!«, verwirrte Panik floss durch meine Adern und brachte mich dazu, beinahe zu schreien. »Was ist denn …?!«

Der Detektiv taumelte, seine Hände immer noch in mich verkrallt und ich wankte unter seinem Gewicht. Langsam und obwohl ich versuchte ihn zu halten ging er zu Boden. Und während er mich ansah, konnte ich das Leben aus seinen Augen schwinden sehen, Todesblässe in seinen Adern fließen.

»Geh nicht … Polizei … dein Vater war …« Keuchend rang er nach Luft, nicht in der Lage den Satz zu beenden. Dann presste er hervor: »… La Belle Folie …« Wie von Außen sah ich mich, Marks Kopf auf meinem Schoß gebettet, unwirklich und bizarr, das unglaublich rote Rot, mit dem das Blut aus der Wunde an seinem Rücken austrat und den Boden verfärbte. Sah, wie Marks stummer Mund versuchte Worte zu formulieren, das langsamer Werden seiner Atmung. Ich wusste, es war real, aber es fühlte sich nicht so an, war unwirklich und fern, passierte nicht mir, nicht ihm. Das Brechen seiner Augen viel intensiver als im Fernsehen. Und plötzlich war er tot. Mein Verstand erwachte aus seiner Betäubung und brachte meinen Körper zum Aufspringen. Ich war allein mit einer Leiche. Mit einer Leiche und einem Mörder, der in der Nähe war. Er musste mich gesehen, mich verschont haben. Meine Knie gaben nach und bewegten sich doch, die Welt begann sich um mich zu drehen, obwohl ich mich bewegte. Dichter und dichter fiel Finsternis herab, wie aus purer Nacht gewebte Trauer. Schließlich gab es nur noch verschwommene Farben, verworrene Eindrücke – und mich.

Kapitel 4

Rückblickend kam es mir so vor, als wäre ich den gesamten Weg bis zu meinem Hotel in Bredene-Dorp gerannt. Ich rannte wie gehetzt durch die Dünen, über den Strandweg, durch den Tunnel zur Duinenstraat, überquerte ohne aufzupassen den Strandparkplatz, und wäre fast in ein schnell startendes Auto gerannt. Der Wagen raste mit quietschenden Reifen fort, so dass Steinchen von ihm fortspritzten. Keuchend rannte ich weiter, zu entsetzt, um auf meine Umgebung zu achten, und erst als ich in der relativen Sicherheit meines Hotelzimmers angelangt war und die Tür hinter mir verriegelt hatte, begann mein schockgekühltes Gemüt sich wieder zu erwärmen. Ich warf mich aufs Bett und fühlte Schmerz, Zorn, Trauer, Hilflosigkeit – alles durcheinander.

Ein irrationales Schuldgefühl kam auch noch hinzu. Für mich stand fest, dass Marks plötzliches Ableben irgendetwas mit meinem Auftrag zu tun haben musste. Aber was um alles in der Welt konnte dahinterstecken? Mark Weiß hatte doch nur meinen seit einundzwanzig Jahren verschollenen Vater suchen sollen. Und in Ostende hatte sich eine erste Spur manifestiert. Mark hatte mir gegenüber von einem nahenden Durchbruch gesprochen. Er war überzeugt gewesen, mir helfen und meinen Auftrag erfüllen zu können! Begeistert und arbeitsfreudig hatte er trotz seiner allgegenwärtigen Paranoia gewirkt. Von konkreter Verfolgung oder Bedrohung hatte er nicht gesprochen.

Und jetzt das! Marks letzte Worte hallten in meinem Geist wider. »Geh nicht … Polizei … dein Vater war …«

Ich stellte mich dicht vor den großen Spiegel in meinem gut ausgestatteten Zimmer und betrachtete mein Gesicht. Es war zum Teil blass, zum Teil gerötet. Ich zwinkerte nervös, mein hastiger Atem ließ das Glas leicht beschlagen.

»Wer zum Teufel war mein Vater?« Aufgewühlt ließ ich meine heiße Stirn gegen das kühle Spiegelglas sinken. Endlich entlud sich meine innere Spannung in einem leisen, aber nichtsdestoweniger heftigen Schluchzen.

Zwar hatte ich Mark weder gut noch lange gekannt, aber wir hatten intensive Stunden des Nachforschens miteinander verbracht. Der brennende Wunsch, meinen Vater zu finden, hatte uns verbunden. Es tat mir sehr leid, dass Mark in meinen Diensten sein Leben gelassen hatte.

Ich ballte meine schmalen Fäuste und schwor mir impulsiv, dass ich den Mord aufklären und die Killer hinter Schloss und Riegel bringen würde, wenn die Polizei nicht … Meine Gedanken stockten. Die POLIZEI! Richtig, ich hatte die Pflicht, sie über den grausigen Vorfall zu informieren und … Wieder stockten meine Gedanken. Der sterbende Mark hatte mich gewarnt: »Geh nicht zur Polizei.«

Trotzdem war es Sache der Gesetzeshüter, den Fall zu lösen, natürlich. Aber meine Angelegenheit war es, meinen Vater zu finden, Marks Weg zu Ende zu führen und die Spuren, die er entdeckt hatte, weiter zu verfolgen. Außerdem wusste der Mörder, wer ich war.

Mmmh … war Letzteres jetzt ein Pro oder ein Contra Argument?

Auf jeden Fall war es ein Contra, dass ich die wichtigste Tatzeugin war. Und damit gleichzeitig die Hauptverdächtige. Soviel verstand ich von Polizeidingen oder wusste es aus zahllosen Kriminalromanen und Filmen. Na gut. Das wäre eher noch ein Grund, erst einmal NICHT die Polizei zu rufen. Andererseits war ich unschuldig und brauchte mich im Grunde nicht zu fürchten. Je mehr Zeit verstrich, desto eher erkalteten alle Spuren. Der Täter oder die Täterin … wer auch immer aus einer mit Schalldämpfer versehenen Schusswaffe die tödliche Kugel auf Mark abgefeuert hatte, konnte alle Verdachtsmomente ausräumen und … Ich blickte zum Telefon. Zögerte. Und beschloss, mir erst einmal aus der Minibar einen Whisky zu genehmigen. Das würde mir wohl kaum jemand verübeln. Selbst wenn ich eine Fahne haben würde, wenn die Polizei dann zu mir kam, um mich zu vernehmen, so kümmerte es mich nicht. Ich brauchte jetzt einen Drink. Mindestens einen.

Die bernsteinbraune Flüssigkeit gluckerte aus der Flasche; aus dem Kühlschrank holte ich Eis und tat etwas hinein. Dabei glitten mir mehrere Eiswürfel aus den zitternden Händen und ich stieß einen kleinen Schrei aus. Die gefrorenen Stücke schimmerten wie polierte Rohdiamanten auf dem Teppich. Ich verzichtete darauf sie aufzuheben.

Vielleicht wäre ein Beruhigungstee oder etwas Baldrian die bessere Wahl gewesen. Diesen vernünftigen Gedanken zum Trotz leerte ich das Glas in wenigen Zügen, gönnte mir auch ein zweites und trank danach noch ein Bier.

Ich blinzelte müde, als sich bleierne Schwere über meinen Körper und meinen Geist legte. Es war ein langer, aufreibender Tag gewesen – ein Tag, der sich mit seinen verwirrenden, kontrastreichen Eindrücken sicherlich für immer in mein Gedächtnis brennen würde … ich gähnte krampfhaft … wollte mich ausruhen, nur ein bisschen, nicht lange.

Erst das vehemente Klopfen an meiner Hotelzimmertür weckte mich. Es war heller Tag. Mindestens elf Uhr. Ich lag quer über meinem Bett, einen Arm zum Schutz gegen die unbarmherzig durch die Fenster flutende Sonne angewinkelt über mein Gesicht gelegt.

»Aufmachen, Polizei!«, rief eine männliche Stimme auf Deutsch. Anscheinend hatten die Beamten an der Rezeption erfahren, aus welchem Land ich kam.

Ich brauchte eine Weile, um mich vollends aus den letzten wirren Traumschichten freizukämpfen, von denen mein dumpfer Schlaf durchsetzt gewesen war … desorientiert fühlte ich mich, als ich benommen krächzte: »Ich komme schon!« Dann rappelte ich mich hoch, ordnete rasch mein Haar vor dem großen ovalen Spiegel und öffnete die Tür.

Nervös wie ich war, hatte ich keine Ahnung, wie ich mich verhalten sollte. Es kam darauf an, die Fassung zu behalten und mir so schnell wie möglich darüber klar zu werden, was ich sagen sollte und was nicht. Kurz verfluchte ich meine Schwäche, in diesen schweren, whiskygetränkten Schlaf zu versinken, was mich davon abgehalten hatte nachzudenken.

Zwei männliche Beamte, baumlang, dunkelblond, kräftig, und eine

Polizistin betraten mein Zimmer. Der ranghöhere der beiden Männer trug einen kleinen Kinnbart. Er richtete das Wort an mich.

»Kennen Sie Mark Weiß?«, wurde ich nach der höflichen Begrüßung unvermittelt gefragt, man hielt mir sein Foto unter die Nase. Ich überlegte blitzschnell und beschloss, darauf wahrheitsgemäß zu antworten. Bestimmt hatte man mich mit ihm zusammen gesehen. Ich hoffte allerdings, dass es noch keine Hinweise auf mich als Marks aktuelle Auftraggeberin gab. Er war als normaler Tourist eingereist. Und irgendetwas warnte mich davor, die geschäftliche Verbindung zwischen mir und ihm preiszugeben. Jedenfalls jetzt noch nicht.

Obwohl das die Arbeit der Polizei natürlich erschwert, dachte ich mit schlechtem Gewissen.

»Ja, ich habe ihn vorgestern am Strand kennengelernt.«

Der Polizeibeamte, der mir diese Frage in gutem Deutsch gestellt hatte, nickte zufrieden. »Wir fanden Ihre Visitenkarte in seiner Tasche und erfuhren rasch, dass Sie hier sind.«

»Was ist denn passiert?«, fragte ich mit kleiner Stimme und großen Augen. Dazu musste ich noch nicht einmal schauspielern.

»Er ist ermordet worden!«

Zu meiner eigenen Überraschung füllten sich meine Augen mit Tränen, als der Schmerz mit unverhohlener Wucht zuschlug. Erst jetzt wurde das Geschehen wirklich real, löste sich in mir und ergab einen Sinn. Er war tot! Wirklich und wahrhaftig! Ich konnte fühlen, wie ich unter meiner Sonnenbräune bleich wurde. Ohne mein Zutun sagte mein Mund »Das … das ist ja schrecklich! Entsetzlich! Ich … kann es nicht fassen!«

In diesen Minuten war mir so zumute, als erhielte ich die grausige Nachricht WIRKLICH zum ersten Mal. Bis zu diesem Moment hatte ich völlig verdrängt, dass Mark in meinen Armen zusammengebrochen und verschieden war. Das Übelkeit erregende dumpfe Geräusch des tödlichen Schusses hallte in meinen Ohren wider.

Und trotzdem konnte ich – Dank meiner Fähigkeit, mich höchst überzeugend in etwas hineinzusteigern bis ich selbst es glaubte und daher absolute Ehrlichkeit ausstrahlte – mühelos die erfundene Am-Strand-Kennen-gelernt-Geschichte erzählen, flüssig, ohne zu stocken, obwohl zwei Männer und eine Frau in Uniform mitten in meinem Hotelzimmer standen und mich vernahmen. Ich stutzte, als mein Blick die Polizistin streifte.

Sie musterte mich mit scharfen, skeptischen Blicken. Offenbar fiel es ihr erheblich schwerer als ihren männlichen Kollegen, mir zu glauben. Sie war eine herb-attraktive Frau mit erdbeerblondem Haar, das sie zu einem dicken Zopf geflochten hatte; ihr Körper wirkte trainiert, und ihre Hände konnten sicher ohne Zweifel fest zupacken. In ihren funkelnden, eisgrünen Augen lag ein eigenartiger Ausdruck, den ich nicht zu deuten wusste. An ihrem Gürtel hingen, seitlich auf der Hüfte, die obligatorischen Handschellen … unwillkürlich schluckte ich bei dem Gedanken, von ihr abgeführt zu werden und mit ihr allein in einem Verhörraum zu sitzen. Nur wir beide. Ich wäre ihr hilflos ausgeliefert und … Weshalb drängte sich mir diese absurde Vision auf? Unwillkürlich schüttelte ich den Kopf.

»Haben Sie irgendwelche Anhaltspunkte, wer den Mord begangen haben könnte?«, fragte ich.

Der wortführende Beamte zuckte die Schultern. »Es war kein Raubmord, soviel steht fest. Seine Geldbörse und seine Uhr waren noch da … Es wird wohl noch ein paar Tage dauern, bis wir mehr wissen.«

»Aha«, sagte ich. Es war das Intelligenteste, was mir einfiel.

»Bitte halten Sie sich zu unserer Verfügung«, forderte mich der Polizeihauptmann in seinem tadellosen Deutsch auf. »Es könnte sein, dass wir Sie brauchen, damit Sie auf dem Revier ein offizielles Aussageprotokoll unterschreiben. Möglich auch, dass bei uns noch ein paar weitere Fragen auftauchen.«

»Ja, natürlich«, antwortete ich mechanisch und wich den durchdringenden Blicken der rothaarigen Beamtin aus. Ich war mir sicher, dass jetzt eine verräterische Röte meine Wangen färbte … aber keiner der Polizisten achtete darauf. Oder sie schrieben es meinem Schock zu.

Der Hauptmann zeigte beim Abschied sogar offen sein Mitgefühl, drückte herzlich meine Hand und wünschte mir alles Gute. »Ich hoffe, Sie kommen bald darüber hinweg. Es ist immer furchtbar, einen Bekannten auf diese Weise zu verlieren. – Aber versuchen Sie, sich Ihren Aufenthalt hier nicht verderben zu lassen.«

Erst als ich endlich wieder allein war, gab ich meinen zitternden Knien nach, sank auf einen der Korbsessel und verdrängte den Gedanken an die schwarzen Schmetterlinge und die Handschellen.

Kapitel 5

Aus den dunkleren Tiefen meines Gedächtnisses drängte eine Erinnerung ans Licht, verlangte nach Aufmerksamkeit und ließ mich zittern. Nur mit Mühe gelang es mir, eisern zu bleiben und sie zurückzustoßen in den Abgrund, aus dem sie gekommen war. Ich konnte mich jetzt nicht mit ihr befassen, durfte es nicht … was gar nicht so einfach war.

Entschlossen konzentrierte ich mich auf etwas anderes. Marks letzten Hinweis. Hals über Kopf stürzte ich zu meinem Laptop, prüfte kurz die E-Mails, um herauszufinden, ob Mark mir vielleicht eine Botschaft geschickt hatte, wurde aber enttäuscht. Ich erinnerte mich, wie wenig er der elektronischen Post getraut hatte und bei dem Gedanken wehte neuerliche Schwermut durch mein Gemüt. Zumindest, bis ich eine heitere, fragende Nachricht von Felix las. Er wollte wissen, wie »die Aktien« stünden. Im Grunde hatte er ein Recht darauf zu erfahren was passiert war. Doch momentan hatte ich nicht die Kraft dazu, ihm zu mailen oder ihn anzurufen. Wie sollte ausgerechnet ich ihm vom Tod seines Freundes berichten und mir berechtigte Vorwürfe wegen meiner Lügen oder meines Ermittlungsvorsatzes anzuhören? Das vertrug ich im Augenblick nicht.

Also zurück zu den Ermittlungsvorsätzen: »La Belle Folie«. Ich warf den Namen samt Ort – Ostende – in die Weiten des Internets. Binnen Bruchteilen von Sekunden erschien das Ergebnis auf meinem Bildschirm. Mit gemischten Gefühlen betrachtete ich die vornehm aufgemachte, aber wenig aussagekräftige Homepage eines exklusiven Clubs … was genau dort veranstaltet wurde, blieb diskret im Hintergrund, ließ sich bestenfalls erahnen. Nachtleben der besonderen Art. Das konnte alles oder nichts bedeuten. Ich notierte mir die Adresse und klickte mich durch verschiedene korallrote, mit schwarzer Schrift versehene Seiten. Auf der letzten Seite wurde ich enttäuscht. Das Etablissement war offenbar nur für Mitglieder. Etwas, was seine Exklusivität unterstrich, es mir aber schwer machen würde. – Oder leicht. Auf jeden Fall war meine Neugierde geweckt.

Der Torhoutse-Steenweg war eine lange, graue und eher unwirtliche Geschäftsstraße mit herzlich wenig Charme. Einzig die älteren höheren Häuser, die bunte Mosaiken unter den Fenster-Steinbögen aufwiesen, strahlten eine gewisse Freundlichkeit aus. Ich erinnerte mich, dass ich hier schon mal entlang geschlendert und mir sogar da ein Gebäude durch seinen ungewöhnlichen Anstrich aufgefallen war: Das zweistöckige Einzelhaus war in der Farbe frischen Blutes gestrichen, Fenster und Torbögen hingegen schwarz abgesetzt, die Fensterscheiben durch schwarze Gardinen von innen verhangen. Jeder Einblick der Außenwelt dadurch verwehrt. Immerhin ahnte ich jetzt wieso.

Mit gemischten Gefühlen stieg ich aus dem Wagen, bezahlte den Taxifahrer und ging dann entschlossen an dem Gebäude vorbei. Nur im Vorübergehen warf ich einen gleichgültigen Blick Richtung Club. »La Belle Folie« stand in vornehmen Goldlettern an der Tür, und darunter in den drei Sprachen Flämisch, Französisch und Englisch die Info: »Einlass nur für Mitglieder!« Die schwarzen Fensterläden waren geschlossen und verliehen dem Nachtclub einen verschlafenen Touch. Er hatte trotz des herrlichen Wetters etwas Verlassenes, beinahe Trauriges an sich. Etwas, was wahrscheinlich allein auf meinen Gefühlen beruhte. Schließlich war es ein perfekter Tag, warm und windig, die Luft schmeckte nach Salz und trug ein wenig Sand mit sich. Ein wenig wehmütig umkreiste ich den Club – so unauffällig wie möglich – und erkundete die Umgebung. Auf dem Parkplatz des »La Belle Folie« registrierte ich ein parkendes Auto. Obwohl ich nicht wusste, wieso oder weshalb, regte sich etwas mir. Das Fahrzeug kam mir vage bekannt vor, obwohl ich den nagenden Gedanken nicht zu fassen bekam. Nachdenklich ließ ich mich im »Adamant Bistro« nieder und bezog einen bequemen Observationsposten gegenüber von

»La Belle Folie«. Notfalls würde ich bleiben, bis mir wieder einfiel, woher ich den Wagen kannte!

Hinter einem Exemplar von »Le Soir« verschanzt, beobachtete ich die gegenüberliegende Straßenseite, frühstückte und trank mehr Kaffee als meiner Nervosität gut tat. Endlich, am frühen Mittag, wurde meine Geduld belohnt! Ein Mann kam aus dem Club, stieg in das verdächtige Auto und suchte scheinbar etwas im Inneren. In »La Belle Folie« waren also auch tagsüber Leute.

Der Wagen … woher kannte ich diese langgestreckte Limousine? Ich hatte das Gefühl, dass das Wissen direkt hinter meinen schmerzhaft pochenden Schläfen verborgen war. Unwillkürlich massierte ich sie. War sie mir nur deshalb aufgefallen, weil ihre Marke nicht auf Anhieb zu erkennen war?

Nein! Als der Mann wieder ausstieg, kam mir die Erleuchtung: Genau dieser Wagen, schlampig geparkt, war in der Nähe des Tatorts gewesen! Und dieses Auto hing mit »La Belle Folie« zusammen!

Als der Mann eben wieder in den Club schlüpfen wollte, erschien eine attraktive Frau in der Tür. Respektvoll wich er ihr aus und neigte wenig den Kopf. Sie gab ihm einen leicht wirkenden Klaps auf die Schulter, bevor sie mit energischen und dennoch anmutigen Schritten die Straße überquerte. Die große Schönheit steuerte geradewegs auf das Adamant Bistro zu. Ich hatte mehr Glück als Verstand! – Jemand, der ohne Zweifel eine wichtige Beziehung zu dem Etablissement hatte, kam hier herein. Ich beschloss, die Frau erst einmal eine Weile zu beobachten und mir währenddessen einen Plan zu überlegen. Sowohl das erste als auch das zweite war nicht einfach, denn ich musste mir wirklich Mühe geben, sie nicht anzustarren. Ihre Ausstrahlung war – beeindruckend. Sie trug ein schwarzes, eng anliegendes Kostüm und große Brillant-Kreolen in den Ohren, hatte pechschwarze Locken und einen purpurgold geschminkten Mund; beim Eintreten griff sie zu ihrem Handy, das wohl geläutet oder vibriert hatte, hielt es sich ans Ohr und sprach gedämpft hinein: Es sah aus, als würde sie es küssen. Sie setzte sich an den mit elfenbeinfarbenem Lederimitat überzogenen Tresen. Ihre Figur war schlank, und dass sie möglicherweise schon die Fünfzig überschritten hatte, sah man ihr nur bei genauem Hinsehen an.

Ich überlegte gerade, ob ich aufstehen, zum Tresen gehen und mir dort direkt neben ihr noch einen Kaffee bestellen sollte, um so ganz beiläufig mit ihr ins Gespräch kommen zu können. Da geschah etwas, womit ich überhaupt nicht gerechnet hatte.

MEIN Fremdling aus den Dünen betrat das Bistro!

Und er war hier mit jemandem verabredet. Nicht nur mit einem »irgendjemand«, sondern ausgerechnet mit meiner Zielperson. Mein Fremdling schaute weder nach rechts noch nach links, sondern ging lächelnd direkt auf die schwarzgelockte Dame zu, umarmte sie und gab ihr die in Belgien üblichen drei Wangenküsschen: links, rechts, links. Die Art, wie sie miteinander umgingen, zeigte mir, dass sie sich näher kannten und ziemlich vertraut miteinander waren. Ich war erschüttert, konnte spüren, wie der erste freudige Schock, den sein Anblick ausgelöst hatte, jäh durch Argwohn ersetzt wurde. Durch Argwohn und, verrückt genug, Eifersucht. Ich kannte den Mann doch kaum!

Ich schluckte an einem Kloß in meinem Hals, Tränen wollten aufsteigen, und meine Augen brannten schon. Hilflos fuhr ich mir mit der Zunge über meine trockenen Lippen. Was sollte ich tun? Ich konzentrierte mich auf meine Stärke. »Nie die Kontrolle verlieren«, die Stimme meiner Mutter half mir. Ich verlor nie die Kontrolle, vertraute nicht – und lief nie weg. Vor nichts und niemandem. Diese Option hatte es für mich noch nie gegeben.

Ich sammelte meinen Mut, wappnete mich für jede mögliche und auch für einige unmögliche seiner Reaktionen – letzteres hoffte ich jedenfalls – und stand auf. Zum Glück trug ich ein körperbetontes, vanillegelbes Minikleid und hochhackige Sandaletten – in diesem Outfit fühlte ich mich sehr wohl – und ging zur Toilette. Dabei musste ich am Tresen vorbei. Mein Fremdling und meine Zielperson waren in ein leise geführtes Gespräch vertieft, wandten mir den Rücken zu und bemerkten mich nicht. Ärgerlich! Als ich zurückkehrte, ging ich absichtlich langsam. Tatsächlich zog ich seine Aufmerksamkeit auf mich. Und er ging unglaublich souverän damit um. Ein strahlendes und hundertprozentig echtes Lächeln erhellte seine eher dunklen Züge. »Mademoiselle!«

Mit gespielt kühler Höflichkeit wandte ich mich zu ihm.

»Ja, bitte?« Doch ich spürte, wie meine Augen aufleuchteten. Das konnte ich einfach nicht verhindern. Der Klang seiner Stimme, sein Gesichtsausdruck, seine ganze Haltung waren von Aufrichtigkeit und Wärme geprägt und – Himmel, was sah er gut aus! Ich fühlte mein

Blut rascher durch meine Adern kreisen, fühlte Hitze in mir aufsteigen und tausend dunkle Schmetterlinge durch meinen Bauch flattern.

»Wir haben uns doch vor kurzem kennengelernt, aber einfach nicht die Zeit gefunden, uns wirklich miteinander bekannt zu machen«, sagte er mit dem Anflug eines maliziösen Lächelns. Trotz der versteckten Andeutung spürte ich, dass er auf keinen Fall mehr DETAILS über unseren erotischen »Zusammenstoß« am Strand preisgeben würde.

»Ich freue mich, dass uns der Zufall abermals zusammengeführt hat, und wir weiteres jetzt nachholen können. Vincent Delano ist mein Name.«

»Sehr angenehm. Ich heiße Christine Danzer«, antwortete ich mechanisch.

Als er mir die Hand gab und ich meine schmale Rechte in die seine legte, war es wie ein elektrischer Schlag. Das Kribbeln pflanzte sich unter meiner Haut fort und ließ erneut die dunklen Schmetterlinge auffliegen, glitzern und prickeln – tief in mir drin. Er musste es gespürt haben, denn erst nachdem ich mich wieder gefangen hatte, stellte mir Vincent die Dame aus dem Club vor. Diese hatte mich die ganze Zeit von oben bis unten leicht spöttisch gemustert. *Mich taxiert,* dachte ich. Sie reichte mir nicht die Hand, sondern nickte nur.

»Mara Noire und ich kennen uns schon eine kleine Weile …«

Als sie nun auf Französisch ein paar der üblichen Floskeln von sich gab, sie hoffe, dass ich hier einen schönen Aufenthalt hätte und so weiter, bemerkte ich in ihrer rauen Stimme einen fremdartigen Akzent, den ich nicht zuordnen konnte. Slawisch? Griechisch? Vergebens versuchte ich mich gegen den Sog zu wehren, in den ihr Ton und Vincents Ausstrahlung mich hineinzerrte.

»Ich glaube, ich muss gehen«, sagte ich und fühlte mich gleichzeitig schrecklich dumm und unglaublich kraftlos. Als sei ich in den Bann einer sehr starken Anziehungskraft gekommen, die ich noch nicht ganz ausloten oder für mich nutzen konnte. »Ich habe noch viel zu erledigen …«

»Nein, nein, das müssen wir feiern«, erklärte Vincent sehr bestimmt. »Ihre Erledigungen können garantiert ein wenig warten«, meinte er und strahlte mich an. Mein ohnehin schwacher Widerstand bröckelte unter seinem Blick.

»Mara, Champagner?« Vincents Hand, die meinen Arm umschloss, um mich zu einer Sitznische zu führen, fühlte sich seltsam richtig an, angenehm. So angenehm, dass es mich nicht einmal störte, dass er Madame Noire ebenfalls einlud. Seine Wärme ging auf mich über, kribbelte über meine Haut und ließ mich jeden Argwohn vergessen. Ohh! Ich musste wirklich aufpassen, dass mein Gehirn nicht zu Pudding wurde. Außerdem war Mara ja genau die Person, zu der ich Kontakt haben wollte, Vincent eigentlich nebensächlich.

In der Nische gelang es mir nur mit Mühe, den Blick von Vincent abzuwenden und erst einmal auf Mara Noire zu richten. Ihre Finger mit den purpurgolden lackierten langen Nägeln schlossen sich um die Sektflöte, als der Champagner gebracht wurde. Nur an den Händen konnte man ihr Alter sehen. Ungefähr zumindest – sie mochte Anfang, vielleicht sogar Mitte 50 sein. Entgegen meines ersten Eindruckes – als sie mich mit leisem Spott taxiert hatte – war die dunkelhaarige Frau sehr freundlich, entgegenkommend und fast herzlich. Sowohl sie als auch Vincent plauderten so charmant, einnehmend und beschwingt mit mir, dass ich mich mehr und mehr entspannte.

Und das, obwohl eine winzige Stimme in meinem Inneren immer wieder probierte, meine Aufmerksamkeit zu erregen und mich veranlassen wollte, auf der Hut zu sein. Schließlich war zumindest Vincent zum Mordzeitpunkt in den Dünen gewesen. *In der Nähe*, flüsterte mein Verstand, sorgte aber dafür, dass ich mein Lächeln beibehielt und das Gespräch nicht zum Stocken brachte. Im Gegenteil. Ich erzählte von meiner Arbeit als Übersetzerin wissenschaftlicher Texte und freute mich über das Interesse der Beiden. Als Mara Noire meinte, im Nebenjob würde ich doch gewiss modeln, errötete ich, widersinnigerweise geschmeichelt. Doch ich musste verneinen. Woraufhin die schwarzhaarige Frau ungläubig die Brauen hochzog und den Kopf schüttelte.

»Wie viele Sprachen beherrschen Sie denn?«, fragte Vincent mit lebhaftem Interesse.

»Vier«, antwortete ich. »Deutsch, Französisch, Niederländisch und Englisch.« Ich sah ihn einen Moment zu lange an, fühlte mich von seinem glühenden Blick geradezu versengt. Es war sehr ... irritierend. Und überaus erregend.

»Unglaublich!« Er war sichtlich beeindruckt, fügte dann jedoch in neckendem Ton hinzu: »Englisch nennen Sie an letzter, Französisch an zweiter Stelle? Ist das so?«

»Ich glaube schon«, murmelte ich überrumpelt. Hastig, um von mir abzulenken, fragte ich: »Was ist denn Ihr Beruf, Vincent?«

»Ich bin im In- und Export tätig«, antwortete er lässig. Obgleich er mir dabei schnurgerade und ohne zu zwinkern in die Augen schaute, hatte ich den deutlichen Eindruck, dass er log. Ich konnte nicht sagen wieso. Einfach nur Intuition.

»Und ich«, begann Mara Noire und strich sich mit einer eleganten Geste das dichte, lockige Haar zurück, »leite den Club gegenüber. La Belle Folie.«

»Der immer einen Besuch wert ist«, ergänzte Vincent. »Allerdings steht er nur für Mitglieder zur Verfügung.«

»Nur für Mitglieder? Was für Events werden denn dort veranstaltet?« Mit einem provozierenden Lächeln zog ich eine Augenbraue hoch und hoffte, sie würden auf meine neckende Art hereinfallen.

»Man amüsiert sich bei uns auf ... besondere Weise«, erklärte Mara Noire mit ihrer samtdunklen, rauchigen Stimme. Eine Erklärung, die nichts preisgab.

»Und was bedeutet das?« Ich sah von Mara zu Vincent und wieder zurück.

»Vincent?« Mara rückte ihren Stuhl ein Stückchen weiter nach hinten und für einen Moment befürchtete ich, zu weit gegangen zu sein. »Erklärst du es ihr?« Sie warf mir ein Lächeln zu, das mindestens so gespielt war wie mein eigenes. Es erinnerte mich an einen Hai. » Ich werde mir kurz meine Nase pudern – bitte entschuldigt mich.«

Damit erhob sich die Chefin von »La Belle Folie« und schritt elegant Richtung Toilette davon.

Vincent schaute mich an. Ein leises Lächeln kräuselte seinen schönen, sinnlichen Mund. Seine Augen funkelten. »Vielleicht möchten Sie La Belle Folie wirklich kennen lernen? Dann könnten Sie LIVE erfahren, was es dort für Möglichkeiten des gehobenen Amüsements gibt.«

»Ja, es würde mich ... also ... doch, das würde mich schon interessieren«, sagte ich und baute absichtlich ein kleines Zögern in meinen Satz ein. Aber aus den Augenwinkeln lächelte ich ihn ebenfalls an.

Vincents Hand streifte wie zufällig mein Bein, was mich aufseufzen ließ; ein Teil von mir hätte sogar am liebsten »mehr« gestöhnt, doch ich beherrschte mich.

»Nun ist es aber so, dass wir eine Art – Aufnahmeprüfung haben«, ergriff er wieder das Wort. »Ohne eine solche absolviert zu haben, wird niemand bei uns Mitglied.«

»Ach wirklich? Und was darf ich mir darunter vorstellen?« Neugierig beugte ich mich näher zu ihm hin. Ich rutschte auf dem U-förmigen Sitz an ihn heran. Beinahe gegen meinen Willen. Und plötzlich ahnte ich, warum Mara uns in Wirklichkeit allein gelassen hatte. Weil sie wusste, dass ich Vincent nicht widerstehen konnte.

Er lachte leise in sich hinein und der Ton seines Lachens ließ die Warnsirenen meiner anerzogenen Moral aufheulen. »Nun, meine Liebe, wenn wir es vorher erklären würden, ginge ja der Prüfungscharakter verloren.« Die Betonung von »Prüfungscharakter« ließ mich an bittersüße Schmerzen und atemberaubende Exzesse denken. »Aber seien Sie versichert«, jetzt legte er noch einmal, aber dieses Mal fester, seine große, kräftige Hand auf mein Knie, »es wird Sie nicht überfordern. Die Leute von ›La Belle Folie‹ haben Erfahrung und wissen, was sie tun. – Das Ganze hat etwas von einem Einweihungsritual an sich und dient einzig und allein dazu herauszufinden, ob ein neuer Kandidat, der sich bei uns ›bewirbt‹, auch wirklich zu uns passt.«

Bei seiner Erklärung konnte ich förmlich fühlen, wie meine Augen zu funkeln begannen. Schon immer hatte mich alles fasziniert, was mit Einweihungszeremonien zu tun hatte. Vincent musste in meinem Gesicht gelesen haben, wie sehr mich die Idee reizte, denn sein Lächeln wurde noch offener und herzlicher.

»Und … Was sagen Sie, Mademoiselle Danzer?«

»Christine«, murmelte ich, von meiner eigenen Faszination beinahe überwältigt, »nennen Sie mich Christine.«

»Gern«, schnurrte Vincent, und gleich zum vertraulichen ›Du‹ übergehend, hakte er noch einmal nach: »Also, Christine, was sagst du dazu? Hast du Lust, dich dem Aufnahmeritual zu unterziehen?«

Er streckte seine Hand aus und strich mir eine blonde Haarsträhne aus dem Gesicht. Diese zarte Berührung jagte einen Schauer durch meinen Körper. Ich erinnerte mich daran, wie er mich am Abend zuvor gepackt, wie er meine Brustspitzen mit allergrößter Selbstverständlichkeit gezwirbelt und wie sehr ich seine harten Liebkosungen genossen hatte. Für einen Moment vergaß ich völlig, weshalb ich im Adamant Bistro saß und Zugang zum Nachtclub suchte. Ich wollte einzig und allein Vincent beeindrucken, wollte nicht nur seine Aufmerksamkeit und einen Flirt, sondern sehnte mich danach, dass er mich ebenso faszinierend fand wie ich ihn.

Ich atmete tief ein und antwortete leise: »Ja. – Ja, das habe ich, ich meine … ich möchte es gern probieren.«

Zufrieden lehnte er sich zurück, sein dunkles, markantes Gesicht strahlte abermals, und ich konnte nicht aufhören ihn anzusehen. Trotz meiner Erregung und sanften Verwirrung schaffte ich es, mir wieder bewusst zu machen, was hier außerdem noch mein Ziel war.

Es gelang mir, meinen Blick von Vincent abzuwenden und aus dem Fenster zu schauen. Direkt auf die ominöse Limousine, die immer noch vor dem Club stand. Wer hatte sie gestern Abend gefahren?

»Was ist los, Christine? Was geht gerade in deinem hübschen Köpfchen vor? Überlegst du dir schon eine Ausrede?«, fragte Vincent in neckendem Ton, neigte sich wieder zu mir, und seine warme Hand legte sich über meine.

Mir wurde klar, dass es noch weitere nagende Fragen gab. Ich mochte für die Polizei eine Verdächtige sein … aber definitiv war Vincent MEIN Hauptverdächtiger. Es versetzte mir einen Stich.

Indem ich ihn wieder anschaute, erklärte ich rasch: »Nein, nein, wie kommst du denn darauf?! Keinesfalls … ich dachte nur gerade an den Zufall der uns beide hier wieder zusammengeführt hat.« Ich schenkte ihm ein flirtendes Lächeln. »Wieso warst du eigentlich gestern Abend in den Dünen? War das auch bloßer Zufall – oder bist du mir nachgeschlichen?« Ich schlug die Augen nieder, spähte aber zwischen meinen Wimpern zu ihm hin, so dass ich seine Reaktion beobachten konnte. Gleichzeitig lenkte ich ihn ab, versuchte spielerisch meine Finger aus den seinen zu ziehen, woraufhin er meine Hand fester packte, sie gefangennahm. Bildete ich es mir nur ein, oder flackerten seine Augen tatsächlich für den Bruchteil einer Sekunde unruhig?

Ansonsten ließ er sich jedenfalls nichts anmerken. Vincent erwiderte mein Lächeln und gab ruhig zur Antwort: »Sagen wir doch einfach, ich bin meinem Gefühl gefolgt … meiner Intuition. Du warst mir ja schon zuvor am Strand aufgefallen …« Jetzt verwandelte sich sein Lächeln in ein charmantes Grinsen … und doch, etwas Undurchschaubares blieb, ließ eine Gänsehaut über meinen Rücken kribbeln und meinen Mund trocken werden.

Trotzdem gelang es mir, auf seinen lockeren Ton einzugehen: »Gefühl und Intuition, aha. Das ist ja hochinteressant – ich dachte, bei Männern nennt sich das eher ›Jagdtrieb‹ …«

Vincent lachte und wollte noch etwas sagen, doch er hielt inne und zwinkerte mir stattdessen kurz und verschwörerisch zu.

Denn genau in diesem Augenblick kehrte Mara Noire zurück und beobachtete uns beide forschend. Vincents Hand umschloss nach wie vor die meine. Ein entspanntes Lächeln spielte um Maras Lippen, aber es erreichte nicht ihre obsidiandunklen Augen, die kalt funkelten. Erstmals erkannte ich, dass ihre Schönheit Stacheln hatte. Mara Noire war ein menschlicher Skorpion.

»Ah, Vincent hat Ihnen von unserer Aufnahmezeremonie erzählt, Christine«, äußerte sie mit einem gönnerhaften Nicken in seine Richtung. »An Ihren zart geröteten Wangen ist es unschwer abzulesen.« Sie wandte ihren Blick wieder mir zu und vor meinen Augen verwandelte sich der Skorpion wieder in eine gutgelaunte Persönlichkeit. »Steht Ihnen gut.«

»Mara, wir haben eine neue Kandidatin gewonnen«, erklärte Vincent, und sie nickte beifällig. Ihre Augen blitzten vor Begeisterung. Während ich einmal blinzeln musste, um mit der Wandlung ihres Auftretens fertig zu werden.

»Sehr schön! Ich hatte es wirklich gehofft«, erklärte sie ehrlich und bestellte weiteren Champagner. Eine ganze Flasche. »Noch ein Grund zu feiern!«

Noch ein Grund? Ich musterte sie argwöhnisch. Entweder war die Paranoia des toten Privatdetektivs auf mich übergegangen, oder Mara und Vincent gaben sich verschlüsselte Zeichen. Welcher Art mochte ihre Beziehung sein? Falls sie Eifersucht spürte, dann hatte sie es sich nur diesen einen Haifischartigen-Moment lang anmerken lassen. Ihr gewinnendes Lächeln, mit dem sie sich mir nun widmete, war wieder echt, und ich genoss die Bewunderung, die sowohl sie als auch Vincent mir offen zollten.

»Es gibt wohl nicht allzu viele ›Bewerber‹ für ›La Belle Folie‹?«, vermutete ich.

»Nun …«, begann Vincent, aber Mara Noire unterbrach ihn: »Ja, du hast nicht ganz unrecht, Christine – die Zahl der Aufnahmewilligen hält sich zurzeit in engen Grenzen. Umso mehr freue ich mich über deine Bewerbung.« Auch sie duzte mich jetzt ganz ungeniert, und ihre dominante Aura hüllte mich ein. Mir war, als würden ihre Nägel über meine Haut streichen und ein intensives, aber nicht unangenehmes Brennen hervorrufen, mich mit Malen zeichnen, die zwar verblassen, aber unter meiner Haut weiter brennen würden …

»Und einige Kandidaten bestehen unseren Test auch nicht ...«

Kurz spürte ich Angstlust in mir aufsteigen – eine Art Fahrstuhlgefühl – schluckte aber beides hinab. Sowohl Angst als auch Lust sollten mich nicht ablenken.

»Wie viele Mitglieder hat ›La Belle Folie‹ überhaupt?«, forschte ich und registrierte, wie

Vincent und Madame Noire einen kurzen Blick wechselten.

»Also«, ergriff dann Vincent wieder das Wort, »solche Details – und noch viel mehr – erfährst du, sobald du zu uns gehörst.«

»Ja«, bekräftigte Madame Noire, »genauso ist es, Vincent hat völlig recht.« Wieder tauschten sie einen Blick, der mich außen vorließ und mir ein Kribbeln über den Rücken laufen ließ. War es wegen der offensichtlichen SM-Zugehörigkeit, oder weil sie etwas verbargen?

Schließlich quälten mich noch Hunderte von Fragen. Das schien sehr deutlich in mein Gesicht geschrieben zu sein, denn sie lachten beide. Herzlich und ehrlich.

»Bezähme also deine Neugier und Ungeduld ein wenig, meine Liebe!«, forderte Mara Noire und zwinkerte mir verschwörerisch zu. »Falls es dich tröstet – praktisch jeder, der heute zum Club gehört, musste sich der Prüfung unterwerfen. Mir kam die Idee vor einigen Jahren, und sie wurde begeistert aufgenommen.«

Daran zweifelte ich nicht. Auch ich selbst fühlte mich davon unwiderstehlich angezogen. Dominanz, Vertrauen, Hingabe und Kontrollverlust – all dies ein Aphrodisiakum der Szene.

»Gibst du uns deine Handynummer, Christine?« Das war Vincents sanfte, melodische und gleichzeitig kraftvolle Stimme. In dieser Tonlage war sie wie geschaffen, um allein durch Hören einen multiplen Orgasmus auszulösen.

»Ja, gern«, murmelte ich, nicht ganz von meiner Handlung überzeugt.

Trotzdem tauschten wir unsere Mobiltelefonnummern aus. Als mir Mara Noire erneut Champagner nachschenken wollte, protestierte ich jedoch. »Ich werde sonst noch total beschwipst. Nein, für mich wird es wirklich Zeit zu gehen.«

Erst nach einigen bedauernden Kommentaren der beiden gelang es mir schließlich, mich loszueisen. Bedauerte Vincent mein Gehen mehr als Mara Noire?

»Du wirst bald von uns hören, Christine«, sagte er, galant aufstehend. »Und merk dir das Stoppwort, das du im Notfall während der Zeremonie aussprechen kannst: STORNO.«

»Oh, wie prosaisch«, brachte ich hervor. Zugleich fühlte ich mich auch durch dieses Detail angenehm erregt. In meinem Magen und noch ein bisschen tiefer prickelte es. Dieses höchst angenehme Vibrieren pflanzte sich fort und breitete sich in meinem gesamten Unterleib aus. Ich hatte den Wunsch, tief durchzuatmen und mir auf die Lippen zu beißen, so intensiv-süß war das ziehende Gefühl. Ich schaffte es mit einiger Mühe, nur ersteres zu tun. Zuerst verabschiedete ich mich von Mara mit Wangenküsschen. Ihr schweres Parfüm stieg mir dabei kitzelnd in die Nase. Es wurde gleich darauf abgelöst von Vincents herber männlicher Duftnote, die von ihm selbst ausströmte, als ich ihn küsste. *Nein, er benutzt sicherlich keine künstlichen Aromen,* dachte ich, *dazu ist er nicht der Typ.*

Trotzdem bahnte sich sein Geruch einen Weg in meinen Verstand, weckte meine Libido und beeinflusste mein Urteilsvermögen. Die lustvolle Spannung löste einen heftigen inneren Sog aus. Er schien förmlich Teile meiner Persönlichkeit auszulöschen und andere ins Licht zu drängen. Beinahe, als würde ich mich in jemand anderen verwandeln.

Erst als ich am Straßenrand in strahlendem Sonnenschein stand und auf mein Taxi wartete, gelang es mir wieder nachzudenken und einen klaren Kopf zu kriegen. Das war auch der Moment, in dem mir auffiel, dass der Wagen vor »La Belle Folie« verschwunden war.

Ich war zu durcheinander, um unterwegs etwas zu essen. Der Appetit war mir schon lange vergangen. Also kehrte ich direkt ins Hotel zurück. An der Rezeption, wo ich nach meinem Schlüssel fragte, gab mein Handy Laut, und sofort durchzuckte mich ein freudiger Schreck. Aber es war keine Nachricht von Vincent.

Nur eine SMS von Felix. »Bitte melde dich mal! Wie geht es dir und Mark?«

Der Gedanke an Mark versetzte mir einen Stich, aber ich war noch immer nicht in der Lage, meinem Ex-Freund zu antworten. Ich konnte mich jedoch nicht dagegen wehren, dass ich auch Felix' Gesicht auf einmal deutlich vor meinem geistigen Auge sah und mich an die Zeit mit ihm erinnerte …

Kapitel 6

Zurück im Hotelzimmer konnte ich der Erinnerungswoge nicht länger widerstehen, versuchte es nicht einmal mehr. Aufgewühlt, erregt, aber auch ein wenig verängstigt von der Intensität der Woge warf ich mich auf mein Bett und ließ die lang unterdrückten Reminiszenzen über mich hinweg rollen.

Befriedigender Sex, das unentdeckte Land. Zumindest für mich, die ›scheue Blume‹ Christine. Ich wusste, dass ich ein Riesentheater um den Liebesakt machte, dass ich die Gewohnheit hatte, mich ziemlich zu zieren und anzustellen. Dies passte mir nicht und jenes, die Matratze war zu hart, das Kissen zu weich. Oder ich schaltete ab, fühlte mich selbst nicht, konnte meinen eigenen Körper kaum spüren, war wie totes Fleisch.

So verdarb ich mir selbst den Spaß am Sex, und seit ich damit angefangen hatte Körperflüssigkeiten auszutauschen, hütete ich ein schmutziges kleines Geheimnis: Ich hatte noch nie einen Orgasmus bekommen. Auch nicht mit mir selbst. Zwar erreichte ich hin und wieder die Plateauphase, balancierte auf dieser Erregungshöhe, den Höhepunkt zum Greifen nahe. Doch nie kam er, stets folgte die »Rückbildung« – ein schrecklicher Ausdruck für eine schreckliche Enttäuschung! »Entladen« konnte ich mich so wenig wie geschätzte vierzig Prozent meiner Leidensgenossinnen.

Meine unterschwellige Erregung blieb, quälend, löste sich nicht in Glückseligkeit auf. Um bei dem Erregungshöhen-Bild zu bleiben, fror ich eine Weile auf dem zugigen Hochplateau ohne die in greifbarer

Nähe befindliche Wärme zu spüren – und blieb dann dort liegen, mit Asche bedeckt. Und während ich dort lag, dachte ich völlig unerotisch an einen klemmenden Wasserhahn oder an einen misslungenen Kuchen im Backofen.

Der klassische, sexuelle Höhepunkt würde ja eh überschätzt, hieß es ständig von den orgasmusfähigen Frauen … Trotzdem jagte ich ihm nach wie der Teufel einer armen Seele.

Und dann kam Felix. Der zwielichtige Felix mit seinem piratenhaften Grinsen in einem gebräunten Gesicht, samt smaragdfunkelnden Augen und einem verwegenen schwarzen Schnurrbart. Fast klischeehaft! Doch er zog mich trotz der Vielzahl an tanzenden, singenden und flirtenden Partygästen nicht wegen seines Aussehens in seinen Bann. Felix interessierte mich, weil er ANDERS war. Ich konnte dieses ANDERSSEIN fast körperlich spüren.

Unsere Blicke begegneten sich mehrmals, er schaute ironisch drein, fand ich, und ich wurde jedes Mal blutrot. Ob er spüren konnte, dass ich nur selten feiern ging – und noch seltener auf wilde Partys?

Ein lautes Grölen riss mich aus den Gedanken. Ein bildhübsches junges Mädchen, höchstens zwanzig Jahre alt, war »oben ohne« auf den Wohnzimmertisch geklettert und hatte zu tanzen begonnen. Ein wunderschöner Anblick und ich kam nicht umhin sie zu beneiden. Sie war jung und frei und ohne Hemmungen. Überließ dem Alkohol oder ihrer Lust die Kontrolle, während ich – immer noch konnte ich die Stimme meiner Mutter hören – dazu gedrillt worden war, dass Kontrolle das Wichtigste im Leben war. Man musste sie behalten und durfte sie nie abgeben. Weder das eine noch das andere schien für die verführerische Tänzerin zu gelten, die sich von den umstehenden Gästen antreiben ließ. Im Takt ihres Applauses bewegte sie sich, ließ sich anspornen und immer weiter treiben. Ihre großen Brüste tanzten wild auf und ab. Kleine Schweißtropfen glitzerten auf ihrer Haut und vervollständigten das Bild einer ekstatischen Mänade, die sich nahm was sie wollte. Sie bot wirklich einen schönen, beinahe unwiderstehlichen Anblick. Unwillkürlich sah ich mich nach Felix um, davon überzeugt, dass auch er das Schauspiel genoss und sich ein »Was wäre wenn« ausmalte.

Er stand tatsächlich inmitten der Umstehenden. Aber er sah nicht die halbnackte Tänzerin an, sondern mich. Unverwandt. Als er meinen Blick bemerkte, glitt ein Lächeln über sein Gesicht – und mir stockte der Atem. Plötzlich schien eine große, aber fremdartige Glut von ihm auszugehen. Sie machte mich verrückt, machte mich nervös und ließ mich hilflos werden.

Ich brauchte etwas zu trinken! Im Nebenraum, wo Wein, Bier und Schnaps ausgeschenkt wurden, umklammerte ich Sekunden später haltsuchend meine Weinschorle, während ich mich immer noch verworren fühlte und mein Blut heiß durch meine Adern pochte. Hämmernde Technorhythmen trugen noch mehr zu meiner Unruhe bei.

Ich drehte mich zu der etwas ruhigeren Partyhälfte um und … Auf einmal stand Felix direkt neben mir. Wie aus dem Nichts aufgetaucht lächelte er zu mir herunter. Er schwieg, aber seine Blicke hielten mich glühend umschlungen. Es war höchst erregend, sehr angenehm, und doch umflatterten mich kleine dunkle Falter der Furcht … gemischt mit Lust. Wortlos hielt er mich im Bann und entriss mir jedes Zeitgefühl, ließ mein Inneres in widersprüchlichen Gefühlen baden. Nur noch am Rande nahm ich die Menschen war, die Feier und die Musik. Alles, was einen Sinn ergab, wirklich real war, war Felix. Der einzige Fixpunkt in einem Tohuwabohu. Als die Party um uns herum auf ihren Höhepunkt zusteuerte, packte Felix mich – immer noch schweigend – am Arm und zog mich mit sanftem Zug hinter sich her, bis zu einer weißen Tür, öffnete sie, dirigierte mich die Kellertreppe hinunter und befahl mir, vor ihm zu knien.

»Was?«, hauchte ich, während Aufregung, Unglaube und plötzlich erwachtes Verlangen in mir um eine Reaktion stritten.

»Du hast mich verstanden!«. Im Licht der einzigen Glühbirne, die träge über unseren Köpfen schaukelte, funkelten seine Augen stärker denn je, fixierten mich und sandten ein bislang unbekanntes Kribbeln durch meine Nerven.

Schon sein fester Griff hatte mich elektrisiert, und jetzt, durch seinen Befehl, begann mein Schoß zu pulsieren. Feuchtigkeit drang zwischen meinen anschwellenden Schamlippen hervor, sickerte in den Slip. Eine Millisekunde später kniete ich vor Felix.

»Sehr gut«, lobte er mich und machte sich dann an seiner knallengen Jeans zu schaffen. Sie wies an der Stelle des Reißverschlusses unübersehbar eine Beule auf. Sein Schwanz, nun aus der Enge des Stoffes befreit, sprang förmlich heraus. Er befand sich auf einer Höhe mit meinem Gesicht und war bereits so stark erigiert, dass sich die Adern auf dem Schaft abzeichneten.

Ich sah schüchtern auf und schluckte. *Er wird ihn mir in den Mund stecken und in mir kommen,* dachte ich mit einer Mischung aus Angst und Wollust.

Genau das tat er nicht!

Felix ließ mich nur den allerersten Tropfen ablecken, der an der Spitze seines Schwanzes erschien, wie salzige Creme schmeckte er, und ich roch seine wild-herbe Männlichkeit. Spürte nur kurz in meiner Hand sein hartes, heißes Fleisch. Dann besaß er die Selbstbeherrschung, sein Glied wieder zu verstauen. Ich stöhnte enttäuscht auf und erschrak, einen solchen Laut aus meiner Kehle dringen zu hören.

»Steh auf«, gebot Felix mit leicht gepresst klingender Stimme. Anerkennend glitten seine Blicke über meinen schlanken und im kleinen Schwarzen steckenden Körper. In meinem Hirn wirbelten die Gedanken wie trockene Blätter herum … wieso nahm er mich nicht einfach? Sein nächster Befehl ließ mich wieder erröten.

»Zieh deinen Slip aus und gib ihn mir.«

Ich wollte protestieren, stellte aber fest, dass ich schon mein Kleid lüpfte und dabei war, den von meiner Lust durchnässten Seidenschlüpfer abzustreifen …

»Wunderbar«, grinste er und steckte das kleine Wäschestück zerknüllt in seine Tasche. »Das nächste Mal, Christine, gehst du sofort auf die Knie, wenn ich es dir befehle. Klar? Andernfalls …« Er zog vielsagend die Augenbrauen hoch; eine unmissverständliche Drohung lag in der Art und Weise, wie er den Satz unvollendet verklingen ließ. Süß und verheißungsvoll.

»Andernfalls – was?«, fragte ich frech und wunderte mich woher ich meine Keckheit nahm.

Seine Reaktion folgte auf dem Fuße. Er hatte mich gegriffen, mich übers Knie gelegt und meinen Po entblößt, bevor ich begriff wie mir geschah. Seltsamerweise hielt ich trotzdem still. Atmete nur schwer vor Erwartung.

»Nicht schreien«, warnte er.

Im nächsten Moment klatschte Felix' Hand auf meinen Hintern. Es brannte, wohltuende Hitze lief durch meine Adern und füllte jede meiner Nervenzellen. Es tat weh, herrlich weh! Ich stöhnte leise und wandte mich. Mit dem Schmerzgenuss kam ein Gefühl süßer Erniedrigung. Wieder und wieder schlug Felix auf meinen brennenden Po. Solange, bis ich vor überquellenden Empfindungen weinte – es waren keine Tränen aus Leid, oh nein, ganz im Gegenteil – zugleich fühlte ich, wie ich sehr nass wurde. Es lief mir heraus … ich würde einen Fleck auf seiner Jeans hinterlassen! Unwillkürlich presste ich meine Schenkel und die Gesäßbacken zusammen. Mit der Folge, dass mir seine letzten, besonders heftigen Schläge mit der flachen Hand durch und durch gingen.

»Gnade«, schluchzte ich.

»Ich wollte ohnehin aufhören«, grinste er über mir. Ich konnte HÖREN, dass er grinste. Liebevoll ließ er mich auf den kalten Kellerboden gleiten, und ich kniete wieder, unaufgefordert. Das gefiel ihm.

»Komm übermorgen zu mir. 19 Uhr, im Minikleid, ohne Slip, ohne BH«, sagte er und steckte mir eine Visitenkarte in den Ausschnitt.

Dann ging er, und ich blieb nass, mit pulsierender Klit und zitterndem Leib zurück. Es dauerte eine Weile, bis ich aufstehen und mich die Kellertreppe hochziehen konnte. Mein Hintern pochte heiß unter dem dünnen Stoff meines Kleides. Er war, wie ich später feststellte, mit feuerroten Handabdrücken übersät … auf meiner hellen Haut verblassten die Spuren nur langsam.

Ich verabschiedete mich praktisch wortlos von der Gastgeberin. Die anderen Gäste beachtete ich gar nicht mehr. Sie waren für den Moment ebenso unwirklich geworden, wie mein bisheriges Verständnis von Moral, Sinnlichkeit und Sexualität … ich wankte nach Hause, immer noch geil … und konnte es kaum erwarten, zu Felix zu gehen. Innerlich verging ich, aber auch vor mit Neugier gemischter Furcht.

Er hatte eine Dachwohnung am Rande der Stadt. Ohne Lift. Als ich oben vor seiner Tür stand, keuchte ich. Jedoch weniger wegen der vielen Treppen, sondern vielmehr aus einem anderen Grund: ich war schon jetzt – oder, genau gesagt, immer noch! – erregt.

Felix öffnete, und sein Anblick versetzte mir tiefe Stiche des Begehrens; er wiederum betrachtete mich bewundernd. Ich trug ein sehr kurzes, maigrünes Kleid.

»Hast du meine Anweisungen in jeder Hinsicht befolgt?«, fragte er ohne Begrüßung, einen Ausdruck zärtlicher Strenge im Gesicht.

»Ja« flüsterte ich.

Felix winkte mir, ihm in die Küche zu folgen. Dort sah ich fasziniert zu, wie er gekonnt mit Töpfen, Fleisch, Gemüse, Tellern jonglierte. Und mit einem hölzernen Kochlöffel. Von dem ich meinen lüsternen Blick kaum abwenden konnte. Mit einem Mal waren sie wieder da, flatterten durch mein Gemüt, die »edelsteinschwarzen Falter«. Die bislang ein Schattendasein in meiner Phantasie hatten fristen müssen – ich hatte sie immer verdrängt.

Schon bald breitete sich würziger Essensgeruch nach scharf gebratenem Hühnchen in der gemütlichen Küche aus. Es zischte und brutzelte. Unter normalen Umständen hätte ich gefragt, ob ich helfen könne … doch jetzt stand ich nur da und spürte, wie mehrere Tropfen aus meiner Möse quollen und langsam, ganz langsam meine Schenkel herabliefen. Ich wurde sonst nie so schnell so scharf.

Ich sehnte mich danach, wieder vor Felix knien zu dürfen. Aber er hatte andere Pläne. Das fertige Essen stellte er zum Warmhalten in den Backofen. Den Kochlöffel säuberte er und rieb ihn trocken ab. Trotz seiner häuslichen Gesten, schaffte er es, dabei männlich und piratenhaft dominant auszusehen.

Wie in Trance gehorchte ich, als er mich knapp aufforderte, mich auszuziehen. Ich öffnete die Perlmuttknöpfe vorn, streifte die Träger herunter und ließ das Kleid zu Boden gleiten, stieg aus dem Häuflein maigrünen Stoffes. Dann stand ich nackt vor ihm, spürte eine leichte und kühle Scheu; er trat nah an mich heran und umfasste mit beiden Händen meine schmale Taille. Durch seine Berührung erschauerte ich, fühlte mich schwach und matt. Fast wäre ich vor ihm hingesunken.

»Du wirkst so zierlich und zerbrechlich«, flüsterte er an meinem Ohr, »aber seit unserer ersten Begegnung ist dir ebenso klar wie mir, was du brauchst, oder? Alle deine Lover haben dich mit Glacéhandschuhen angefasst. Ich tue das nicht, und das gefällt dir.«

Ich zitterte wie im Fieber, während er mich zum Esstisch mit dem dicken weißen Tischtuch führte.

»Und jetzt zur Vorspeise.« Felix legte mich bäuchlings auf den Tisch. »Vorgestern die Hand, und heute der Kochlöffel. Sieh her.« Er hielt ihn mir vor die Nase. »Willst du ihn?«

Ich nickte gierig, konnte gar nicht fassen, dass mein Körper mich verriet und diese Bewegung wirklich meine war. Als gehorsame Tochter behielt man die Kontrolle, ließ sich nicht gehen.

»Dann küss ihn.«

Wie geil! Ich schnappte nach Luft und wieder verabschiedete sich ein Teil meiner früher als selbstverständlich angenommenen Moralvorstellungen. Mein Gesicht glühte, als ich mit den Lippen gehorsam das hölzerne Rund berührte. Ich lag da und fühlte meine Möse immer nasser werden.

»Sehr schön«, sagte er, »und du hältst auch still, ja? Sonst binde ich dich fest.«

»Bitte keine Fesseln!«, flehte ich. »Ich … ich umklammere die … die Tischkante.«

»Hmmm … Du bist unerfahren, aber gut, wir probieren es.« Jetzt klang seine Stimme beinahe zärtlich.

Ich zerging wie ein Stück Butter in der heißen Pfanne. Schon vor dem ersten Hieb prickelten meine Gesäßbacken erwartungsvoll. Sie waren noch immer empfindlich durch die Abreibung, die mir Felix zwei Tage zuvor gegeben hatte.

Er begann sacht, um dann die Intensität der Schläge immer mehr zu steigern. Ich fühlte mich auf köstliche Weise gedemütigt, es war kaum zu beschreiben … mit einem Küchengerät geschlagen zu werden … oooh! … Felix schien zu wissen, dass ich genau das brauchte. Wieder und wieder sauste die gewölbte Fläche auf mein sich zweifellos rötendes Hinterteil nieder. Jeder Schlag wurde von einem trockenen Klatschen begleitet und ließ Schmerz, Hitze und Lust zu gleichen Teilen durch meine Adern rinnen. Doch immer, wenn ich durch den Lustschmerz in eine erregte Trance zu fallen drohte, merkte Felix es und platzierte einen besonders festen Schlag. Das machte mich wieder wach, aber auch noch schärfer. Am liebsten hätte ich gezappelt, um mir wenigstens ein bisschen Abhilfe zu verschaffen. Aber ich hielt still, wusste, dass Felix mich dann festbinden würde. Ein Wissen, das mir Angst einflößte und gleichzeitig meinen inneren Widerstand heraufbeschwor, die verinnerlichte Warnung vor dem Kontrollverlust.

Bislang hatte ich nur geseufzt und gestöhnt, doch nun wimmerte ich durchdringend, und endlich konnte ich meine Emotionen nicht mehr kontrollieren. Ich begann zu weinen, wieder nicht aus Schmerz oder Leid.

Würde Felix mich wieder an meine persönliche Grenze bringen und dann stoppen? Nein. Diesmal ging er ungerührt darüber hinaus. Meine Hände krallten sich heftiger um die Tischkanten, als tief beißender Schmerz mich wieder und wieder in Flammen tauchte. Konsequent folgte Hieb auf Hieb, links, rechts, unterhalb des Oberschenkels, mitten auf der Pobacke, rechts, links ... bis mein Stöhnen aus einer abgründigen Tiefe kam, von dort, wo Lust und Pein sich untrennbar miteinander vermischten.

Felix gönnte mir eine kleine Pause. Etwas klirrte über mir, doch ich wagte nicht, mich danach umzusehen. Im nächsten Moment gelang es mir nur knapp, auf dem Tisch liegen zu bleiben. Eiswürfel! Er kühlte meinen wunden Hintern mit purem Eis – und lachte auch noch dabei, der Schuft!

»Genau das brauchst du«, meinte er, und es hätte überhaupt keinen Sinn gehabt, zu widersprechen. Ich war triefend nass und in meiner geschwollenen Scham klopfte das Verlangen zum Verrücktwerden.

Ich schluchzte fassungslos als Schauer um Schauer reiner Lust durch meinen Körper zogen und meinen Unterleib krampfen ließen.

»Wehr dich nicht dagegen, Kleines. Nimm es an.« Felix streichelte sanft meinen erhitzten Leib. Leicht gesagt! Vor allem, da er den Kochlöffel wieder auf meine nun gekühlte Haut herabzischen ließ. Irgendwann hörte ich auf zu schreien, weil ich keine Kraft mehr dazu hatte ... und weil der Schmerz auf einmal Flügel bekam und mich davontrug ... in einen Raum dunkler Seligkeit ... ich hatte so etwas noch nie erlebt, noch nie gespürt. Die Erregungshöhe, das Plateau verschwanden weit unter mir, als ich, von nachtfarbigen Schwingen getragen in eine andere Sphäre flog.

Liebkosend glitt nun der Löffel über meine Haut, über meinen brennenden Po, den sensibilisierten Rücken, während mich Felix liebevoll in die Arme nahm. Ein weinendes Häuflein Wonne.

»Überspringen wir den Hauptgang«, flüsterte er, »und gehen wir gleich zum Dessert über.« Er drehte mich um und ließ mir einige Sekunden Zeit, mich an diese Position zu gewöhnen. Die dumpfen Schmerzen in meinem Hinterteil klangen ein wenig ab.

Mit großen, nassen Augen schaute ich zu Felix auf, der sich bedächtig entkleidete und sich als nächstes geruhsam in Position brachte.

Meine Möse schrie nach seinem Schwanz, doch er war an meinem anderen Ende, und in vorauseilendem Gehorsam öffnete ich den Mund. Ich nahm seinen schönen, erigierten Penis fast bis zur Wurzel auf. Schwer und köstlich füllte er meinen Mund aus.

»Ah, wunderbar«, seufzte er und bewegte sich behutsam, »das

machst du richtig gut … weiter so …« Sein Lob spornte mich an. Ich saugte stärker, dann zog ich mich etwas zurück und ließ meine Zunge über seine braunrötliche glänzende Eichel tanzen … er stöhnte … ich schluckte schwach würzig schmeckende Lusttropfen, er stieß vorsichtig wieder tiefer in meine Kehle, so dass ich mich abermals dem erregenden Gefühl des Geknebeltseins hingab. Seine prallen, glatt rasierten Hoden drückten in mein Gesicht. Ich hätte ihm gern gesagt, wie geil ich das fand, aber sein Schwanz knebelte mich total. Leicht bäumte ich mich auf, brauchte eine kleine Atempause, und meine Lippen und meine Zunge glitten spielerisch an seinem stark geäderten Schaft entlang – um ihn dann wieder saugend und leckend aufzunehmen. Die mahnende mütterliche Stimme in meinem Kopf wurde leiser und verstummte schließlich ganz. Als spüre Felix dieses Verstummen, entzog er sich mir. Gleichzeitig zog er mich hoch, bis ich aufrecht saß. Nachdenklich betrachtete er mich, blickte forschend auf meine Brüste, deren Spitzen hart und fest nach oben standen, und befahl mir, bis zum Rand des Tisches zu krabbeln, rückwärts wie ein Krebs.

Plötzlich hatte er ein Seil in den Händen und ließ es über meine Haut gleiten. Ich erschrak.

»Nein, das nicht!« Ich riss meine Hände weg, kauerte mich zusammen und versteckte meine Arme in meinen Schoß.

Wäre Felix in diesem Moment fordernd oder gar grob geworden, hätte ich mit Trotz und Widerstand reagiert. Doch er tat nichts dergleichen. Stattdessen strich er mir zart mit den festen, glatten Fasern des Seiles über die Schultern und den Rücken, bis ich allmählich ruhiger wurde.

»Weshalb wehrst du dich gegen die Fesseln?«

»Ich … weiß nicht …«, stammelte ich hilflos.

»Doch, Kleines, du weißt es.« Er wartete geduldig, und unter seinen liebevollen Händen, die mich mit dem Seil streichelten, entspannte ich mich weiter.

»Weil ich die Macht, die Kontrolle an dich abgeben würde«, sagte ich dann leise und schluckte an meinen Tränen. Ich hob den Kopf, suchte Felix' Blick und plötzlich war es ganz einfach, seinem unausgesprochenen Befehl zu folgen. Mir war klar, in welcher Position er mich fesseln wollte – wie von selbst streckte ich meine Glieder, bis ich ein menschliches »X« bildete. Mit einem wertschätzenden Lächeln band Felix zunächst meine Handgelenke an den Tischbeinen fest und danach – nachdem er meine Beine noch mehr gespreizt hatte – die Fußgelenke. Jetzt war ich fixiert und meiner Bewegungsfreiheit beraubt. Ausgeliefert! Achtsam legte sich Felix auf mich, ließ mir Zeit, mich langsam an sein Gewicht zu gewöhnen. Erst dann schob er seine Hände unter meinen heißen, schmerzenden Hintern … und dann … Noch niemals war ich so gefickt worden … Himmel!

Meine Lustschreie stiegen empor, und während sich eine unglaublich starke Spannung in mir aufbaute, fühlte ich verschwommen, dass ich vor einer sagenhaften Entdeckung stand: Ich würde einen Orgasmus erleben!

Ich schrie vor Entzücken, vor Lust und vor Schmerzen. Felix stieß mich weiter und weiter, hörte nicht auf, er … er … ich fühlte die Erregung in meinem Innern immer stärker werden, beinahe unerträglich. Sie baute sich auf, Schicht um Schicht, und als mich der Höhepunkt wie mit zuckenden Blitzen überrollte, mündete er in etwas unglaublich Warmes und Zärtliches. Ein Funkeln, das mich von den Haarwurzeln bis zu den Zehenspitzen durchflutete, wieder und wieder … zeitlos … Ewigkeiten schienen zu vergehen, bis diese herrlichen Empfindungen abebbten, schwächer und blasser wurden.

Felix und ich trafen uns eine Zeitlang recht häufig. Seinem machtvollen Ruf leistete ich zunächst stets freudig Folge … und doch stellte ich leicht verwirrt fest, dass meine Gefühle für ihn nicht stärker, sondern eher oberflächlicher wurden. Zudem wurde die mahnende Stimme in meinem Kopf wieder lauter. Sie warnte mich davor, zu sehr in die Perversität abzudriften. »Das ist doch nicht normal!« »Versuch mal ganz gewöhnlichen Sex zu haben, so wie die anderen auch!« »Probier es wenigstens …!« Und immer hatte diese Stimme die Tonlage meiner Mutter.

Also kam Felix ohnehin nicht in Frage, denn er stand nur auf BDSM-Sex. Unmissverständlich und kompromisslos.

Und als ich ihn das erste Mal »betrog« – richtig fest liiert waren wir ja nicht – stellte sich zu meiner freudigen Überraschung heraus, dass sich meine Orgasmusblockade tatsächlich durch die »BDSM-Kur« in Nichts aufgelöst hatte. Plötzlich war ich fähig, auch beim

Vanilla-Verkehr zum Höhepunkt zu kommen. Gut, ich mochte nach wie vor die etwas derberen Varianten, aber damit konnte der normale Liebhaber meistens sehr gut leben. Schluss mit den »Glacéhandschuhen«.

Berauscht von diesem Erfolg, beschloss ich, mich ganz von den Spielen rund um Dominanz, Unterwerfung und Schmerzerotik zu distanzieren, und ich gab meinem ersten Dom den Laufpass.

Felix tröstete sich rasch mit anderen Frauen, die sich von ihm in die dunkle, intensive Seite der Liebe einführen ließen – zudem machte er sich gerade selbständig als Unternehmensberater und hatte alle Hände voll zu tun.

»Ich wünsch dir alles Gute, Kleines«, sagte er zum Abschied und küsste mich zurückhaltend.

»Ich dir auch, Felix«, sagte ich dankbar.

Wir blieben in losem, freundschaftlichem Kontakt, während sich unsere erotischen Wege trennten.

Doch manchmal, hin und wieder, vermisste ich ETWAS – aber immer gelang es mir, ES zu verdrängen.

Kapitel 7

Die plastische, schmerzerotische Rückerinnerung, in die ich mich hatte fallen lassen wie in einen dunklen, samtigen Traum, stärkte mich … doch einem Teil von mir war ganz schön mulmig. Plötzlich hatte ich Angst vor meiner eigenen Courage. Tausend Bedenken bemächtigten sich meines langsam wieder klar werdenden Verstandes. »Was wäre wenn«s und »Was mache ich hier eigentlich?«s wechselten sich in verworrenen Überlegungen ab. Wieder und wieder musste ich an das Auto denken und daran, dass Mark mir »La Belle Folie« empfohlen hatte … irgendwie. Beides hing zusammen, vielleicht auch nur dadurch, dass Vincent zufällig mit diesem Wagen am Strand gewesen war.

Aber das würde ich nach der Aufnahmeprüfung herausfinden! Wieder wanderte mein Blick unwillkürlich zur Zimmertür und wieder musste ich mich damit beruhigen, dass ich mich in meinem Hotel sicher fühlen konnte. Es war ein gutes Hotel! Am Empfang würde niemand einem Fremden einfach so meine Zimmernummer verraten. Auf jeden Fall würde man mich anrufen und sich rückversichern, ob ich die betreffende Person auch sehen wollte. Und dann konnte ich mich immer noch auf eine Begegnung vorbereiten.

Neugier und nervöse Erwartung stritten sich in mir. Was würde passieren? Wen würden sie mir schicken?

Um mich abzulenken, bummelte ich ein wenig durch Bredene, gab dann meinem Bewegungsdrang noch weiter nach und joggte durch das platte Hinterland des Ferienstädtchens … auf den Strand hatte ich heute keine Lust. Wann immer ich an die Dünen dachte, erschien vor meinem geistigen Auge blitzartig das Bild von Mark, wie er in meinen Armen zusammensackte. Noch immer hallte das dumpfe Geräusch des Schusses in meinen Ohren wider.

Es tat mir gut, locker über Wiesenwege zu laufen und durch den einen oder anderen Marktflecken. Und doch ertappte ich mich dabei, wie ich immer wieder auf den Klingelton meines Handys lauschte. Aber es läutete nicht.

Ich kehrte zurück, speiste – immer noch ohne großen Appetit – im Restaurant des Hotels und ruhte dann ein wenig. Endlich duschte ich und ließ mich dann im Bademantel auf meinem Sessel nieder. Ich fühlte mich ein wenig antriebslos und überlegte, was ich jetzt machen sollte.

Urplötzlich klopfte es an meiner Zimmertür.

Das Geräusch elektrisierte mich geradezu, und ich sprang auf. Was zum Teufel …? Wieso hatte die Rezeption mich nicht angerufen? War es am Ende nur das Zimmermädchen …? Aber …

»Aufmachen, Polizei!« Eine weibliche Stimme.

Ach so! Mein Puls beruhigte sich wieder. Die Beamten hatten ja angedeutet, dass sie sich noch einmal an mich wenden würden.

»Moment!« Ich öffnete und verharrte erstaunt in der Tür. Es war die rotblonde Polizistin. Allein.

»Kommen Sie bitte mit mir, Mademoiselle Danzer?«, forderte sie mich höflich auf. Anscheinend war ich als ungefährlich eingestuft worden.

»Ja sicher! Ich muss mich nur anziehen«, murmelte ich.

»Ich warte!« Mit einem verständnisvollen Lächeln ergriff sie die Initiative und zog die Tür vor sich zu.

Wenige Minuten später folgte ich, in enger Dreivierteljeans, rosa Bluse und flachen, rosa Sandalen, der Polizistin in den Aufzug. Während der Fahrt nach unten berührte sie mich leicht an der Schulter, um meine Aufmerksamkeit auf sich zu lenken, und sagte freundlich: »Mein Name ist Claire Dumont.«

»Ah«, machte ich, »Sagen Sie, wie lange wird es etwa dauern, was meinen Sie?«

Ich fand es nett, dass sie sich vorstellte; meine Handflächen aber schwitzten. Ich war nervös.

Claire Dumont schaute mir forschend ins Gesicht, begriff offenbar, wie ich mich fühlte, denn sie meinte: »Oh, bestimmt nicht lange. Machen Sie sich keine Sorgen oder übermäßige Gedanken, Mademoiselle Danzer. Es ist reine Formsache.«

Ihre Stimme klang warm, und ich fing fast an sie zu mögen. Dass sie heute ihr schönes Haar offen trug, was ihr sehr gut stand, ließ sie weniger förmlich wirken.

Kurz darauf saß ich in einem dunkelblauen Renault Twingo neben ihr. Sie lenkte den Wagen Richtung Ostende, die Küstenstraße entlang, wo sich in der Mitte die Trambahnschienen befanden. Links und rechts davon führten Schnellstraßen.

Inzwischen war bereits Abend. Das schreckliche Ereignis in den Dünen war bereits eine Weile her … ich verdrängte es wieder gerade jetzt konnte ich die Erinnerung daran gar nicht gebrauchen … schweigend blickte ich aus dem Fenster, sah einen leicht bizarren Wasserturm, schön restauriert, der sich schlank und groß Richtung Strand erhob. Wir näherten uns dem Ostender Hafengebiet.

Auf einmal bog Claire Dumont scharf nach rechts ab, vorbei an Autohäusern und KFZ-Werkstätten, mitten ins Hafengelände hinein.

Ich wurde stutzig. Sollte sich hier etwa ein Polizeirevier befinden? Nun, ganz auszuschließen war das nicht, aber …

Ich runzelte verwirrt die Stirn, als ich bemerkte, wie viele der Häuser und Hallen hier ganz offensichtlich verlassen waren. Wilde gelbe Blumen wucherten fröhlich vor Türen, von dessen Rahmen die letzten Farbreste abblätterten, Eisentore, braun vor Rost; zugemauerte oder mit Spanplatten vernagelte Fensterlöcher starrten mir blind entgegen.

In diesem Moment stoppte Claire Dumont den Wagen abrupt und kommandierte, mich kühl anblickend: »Aussteigen!« In ihren eisgrünen Augen glitzerte es.

Unsicher gehorchte ich. Es war kein Mensch in Sichtweite. Wir waren allein. Ein Klirren schreckte mich aus dem dumpfen Gefühl einer unbestimmten Bedrohung. Ich sah zu Claire. Sie hielt mit einem maliziösen Lächeln ein Paar Handschellen hoch.

»Hände auf den Rücken!«

Noch mehr verunsichert versuchte ich zu lachen, doch es blieb bei dem Versuch. Im nächsten Moment spürte ich, wie mir die Arme grob nach hinten gerissen und die Handgelenke mit dem kalten Metall gefesselt wurden. Seit den Tagen mit Felix, als Bondage ein erotisches Spiel gewesen war, fiel es mir noch immer schwer, Fesseln zu akzeptieren. Umso mehr, da es jetzt Ernst war ... Unwillkürlich leistete ich Widerstand, was Claire gefiel. Sie lachte gurrend. Ein verwirrender Laut, der sich einen Weg durch meine Panik bahnte. Moment mal, irgendetwas stimmte hier nicht!

»Mmhm ... ich mag es, wenn ihr euch ein bisschen wehrt«, lachte sie. »Sonst wäre es langweilig!« Sie strich mir mit der Hand über den Rücken. »Und du hast Feuer, Christine! Ja, kämpf nur gegen deine Ketten ... Es ist natürlich vergeblich, aber das weißt du ja.«

Sie packte mich mit einer Hand am Arm, mit der anderen im Nacken und drückte mich ein paar Schritte weit, über mit Unkraut zugewachsene und halb in Sand und Staub verschwundene Schienen, bis hin zu einem total verrosteten Tor. Mit erstaunlicher Kraft zog sie es auf. Trotz des erbärmlichen Quietschens, das mir dabei in den Ohren gellte, kam mir auch wieder in den Sinn, wie muskulös Claire war. Eine Polizistin, stark, kühn, souverän ... Hinter dem Tor erstreckte sich eine düstere Halle, gähnend leer.

»Entspann dich, Christine. Du wirst deine Energie gleich noch brauchen ...« Jetzt klang die Stimme der attraktiven Rothaarigen wieder freundlich.

Sie, eine Polizistin, ist eine von IHNEN, und das hier ist die Probe! Blitzartig fiel diese Erkenntnis über mich her. Mann, oh Mann, das war verdammt – genial! Mein Herz hämmerte immer noch wegen des Überraschungseffektes. Ich war völlig überrumpelt worden! Etwas, wodurch das Ganze eine Tiefe erhielt, eine zwingende Ernsthaftigkeit, der ich mich nicht entziehen konnte und die mich antörnte.

Trotzdem ließ eine leise Furcht meinen Mund trocken werden und brachte mich zum Zittern. Wieder riss ich an den Handschellen, die in meine Haut schnitten. Ob es mir gelingen würde, meine schmalen Gelenke aus den abscheulichen Dingern herauszuziehen? Claires Finger umschlossen plötzlich meinen Oberarm.

»Komm.« Sie lachte, als ich den Kopf schüttelte. Mühelos zwang sie mich vorwärts und führte mich in die Mitte der Halle. Erst jetzt sah ich, dass dort einiges aufgebaut war: ein Holzbock, mehrere Kisten … und von der Decke! Oh nein! Von dort hingen eiserne Ketten herab, wie in einem Mittelalter- oder Dracula-Film, Requisiten aus der Welt der Hingabe, des Ausgeliefertseins, die mich ebenso anzog wie abstieß.

Meine Erinnerungen an die Zeit mit Felix waren mit einem Mal sehr weit weg, schienen wieder bloße Geschichten aus meinem Tagebuch zu sein. Erlebt aber abgehakt.

Ich wollte mich befreien, wegrennen und zugleich … sehnte ich mich danach, diese Probe zu bestehen und aufgenommen zu werden. Endlich siegte mein immer heftiger werdender Wunsch zu kämpfen.

VERGEBLICH! Genau wie Claire gesagt hatte. Denn in dem Moment, da es mir tatsächlich gelang, die rechte Hand halb aus der Fessel zu zerren – was ziemlich weh tat – bemerkte meine Peinigerin, was ich machte, und verrenkte mir den rechten Arm, so dass ich vor Schmerz aufschrie. Erst als ich meinen Widerstand aufgab, ließ sie mich wieder los.

Ich spürte Claires Atem an meinem Ohr, während sie mich so platzierte, dass ich genau unter den Ketten stand. Ihr rötliches Haar streifte meine Wange.

»Du musst noch viel lernen«, meinte sie und löste die Handschellen. Dann spürte ich abermals ihre kühle Hand in meinem Nacken. Ich fauchte und wehrte mich, was aber rein gar nichts nützte. Während ich noch mit meinen wieder freien Händen blind um mich schlug, griff sie in mein Blondhaar, wickelte es sich um die Finger und zog daran. Ich jammerte und als mich Claire in die Knie zwang, fügte ich mich.

»Schon viel besser«, kommentierte sie überraschend sanft, indem sie mein Haar wieder freigab. Meine Kopfhaut schmerzte heftig, doch ich ignorierte die Pein und schnaufte wütend. Im nächsten Augenblick wurden meine Handgelenke in die Eisenringe der Ketten geschlossen und hochgezogen. Wenn man wollte, konnte man einen Delinquenten oder eine Delinquentin so weit hochziehen, dass die Füße nicht mehr den Boden berührten oder nur noch die Zehenspitzen. So sehr quälte mich Claire allerdings vorerst nicht. Sie gestattete mir, noch mit den ganzen Fußsohlen am Boden zu bleiben.

Ich atmete dennoch heftig – wieder einmal gefesselt! Ausgeliefert! – und fragte mich, wie viele Bewerber an dieser Stelle schon aufgegeben und das Initiationsritual abgebrochen hatten. Mein Herzschlag war inzwischen so dröhnend, dass er meinen gesamten Brustkorb füllte und bis in meine Ohren hinein pochte. Doch ich war entschlossen durchzuhalten.

Um mich herum war nur wenig Licht. Es fiel schräg von oben durch ein paar geborstene Fensterscheiben, und der Rest der Halle blieb in dämmerdunkle Undeutlichkeit getaucht. Gerümpel stand in einigen Ecken herum. Ob wir wirklich allein hier waren, Claire und ich? Ich bezweifelte es. Am Ende versteckte sich hier noch jemand von »La Belle Folie«, um das Ganze zu bezeugen. Je mehr ich darüber nachdachte, desto plausibler erschien es mir. Es wäre ungewöhnlich, diese verantwortungsvolle Aufgabe, eine Kandidatin diesem bizarren Test zu unterziehen, einer einzelnen Frau zu unterziehen, mochte diese auch noch so erfahren sein.

Ich stellte mir vor, der Zeuge sei Vincent, der sich dort hinter den Resten von Containern und Kisten verbarg. Und dieser Gedanke erregte mich mehr als ich mir hätte träumen lassen. Schließlich stand ich nicht auf Frauen, und Claire törnte mich höchstens in ihrer Eigenschaft als Polizistin an. Dass sie dominant veranlagt war und womöglich auch sadistisch, verdrängte ich für den Moment. Ich stellte mir intensiv vor, Vincent hätte ihr befohlen, mir jetzt die Dreivierteljeans samt Höschen herunterzuziehen, und nur deshalb keuchte ich, als Claires Fingerspitzen meine bloße Haut streiften.

Die Erinnerung an Felix und das, was er mit mir gemacht hatte, war nur eine verblasste Blüte in meinem »inneren Poesiealbum«; doch die neue Erfahrung mit Vincent überlagerte alles wie frische Tinte auf dem letzten Blatt … sie drängte sich machtvoll in die letzten Winkel meiner Empfindungswelt. Trotzdem machte ich noch einen Versuch, mich dagegen zu wehren und die allzu starken Gefühle zurückzudrängen … als tatsächlich ein männlich klingender Laut, eine Mischung aus Räuspern und Stöhnen, an mein Ohr drang. Er kam von dem Gerümpelhaufen. Jemand war da. Vincent!

Meine Erregung nahm zu; ich hing mit entblößtem Unterleib in den Ketten und spürte, wie es sacht aus mir lief und meine Oberschenkel benetzte. Süße Lust durchdrang meinen Schoß.

Vor meinem geistigen Auge sah ich, wie Vincent mich beobachtete.

Sein Schwanz bäumte sich in der Hose auf, drängte sich gegen den Stoff … Er musste sich zusammenreißen, um nicht zu stöhnen, er konnte seine Augen nicht von mir abwenden.

All meine vorhergehenden, zwiespältigen Gefühle verschwanden und wurden ausgelöscht durch meine zunehmende Geilheit. Ich biss mir auf die Lippen, um nicht zu seufzen. Claire sollte nichts bemerken. Trotzdem ahnte sie, was in mir vorging, denn sie verkündete grinsend: »Unsere Kandidatin Christine scheint bereit zu sein … in jeder Hinsicht!«

Die Polizistin kramte irgendwo hinter mir in einer der bereitliegenden Taschen herum – vergebens verrenkte ich mir den Hals, um es zu sehen – und als sie wieder vor mir stand, hielt sie eine Reitgerte in der Hand. Ich schluckte.

»Na, hast du die schon einmal zu schmecken bekommen …? Ich vermute nein … oder nur ein bisschen mal?« Sie strich mir mit der Gerte über meinen ungeschützten Po, was ein Kribbeln in meinem Unterleib auslöste. »Vincent hat vermutet, dass du ein wenig Erfahrung in der Schmerzerotik haben könntest …«

Ich war froh, dass die Dunkelheit mein heftiges Erröten verbarg. Vincent hatte also von unserer kurzen Begegnung in den Dünen erzählt!

»… doch ich denke, dass diese Gerte eine echte Prüfung für dich sein wird. Willst du es trotzdem?«

Ich nickte, brachte aber keinen Ton heraus.

Die Gerte zischte durch die Luft und traf. Der Schmerz, der mich durchzuckte, war brennend und schnitt in meine Haut wie ein feuriges Messer. Ich wand mich in den Ketten, hielt aber durch. Claire ließ sich Zeit, schlug in Abständen, aber äußerst unbarmherzig. Die Gerte biss in mein Fleisch, zeichnete meinen Po und sogar die Oberschenkel, was eine noch viel durchdringendere Qual hervorrief. Ich blieb lange tapfer, wollte standhaft sein für Vincent … und der Gedanke an ihn machte mich nach jedem Hieb feuchter … sobald sich das Brennen in ein wohliges Hitzegefühl verwandelt hatte. Ein Teil von mir wollte verzweifelt, dass die peinigenden Schläge aufhörten, aber ein anderer Teil in mir bettelte ebenso intensiv um mehr. Irgendwann schloss ich die Augen, vor denen glitzernde bunte Schleier tanzten. Schließlich begann ich doch zu schreien, und nach und nach vergaß ich beinahe, dass Vincent zusah und zuhörte.

Claire machte ihre Sache ausgezeichnet; sie wusste wahrhaftig mit der Gerte umzugehen. Und es war bald nicht mehr wichtig, stolz und tapfer zu sein. Alles was zählte, waren Schmerz und Lust, Lust und Schmerz. Sie gingen ineinander über, verschmolzen zu einer einzigen Empfindung, wurden eins und kehrten immer wieder zur Erregung zurück.

Als Claire endlich aufhörte, sackte ich erleichtert in meinen Ketten zusammen.

»Mmh, du siehst wunderschön aus«, sagte sie zufrieden, trat neben mich und streichelte sanft meinen Hintern, was extrem köstlich war nach all den harten Schlägen, die auf meine nackte Haut herab geprasselt waren.

Wunderschön? Damit meint sie die Striemen … dachte ich und empfand eine tiefe, ziehende und zugleich mit Schmerz getränkte Sehnsucht, auch Vincent möge meinen gezeichneten Hintern bewundern und berühren …

»Einen geilen prallen Arsch hast du«, grinste Claire nun anzüglich. »Und du hast gezeigt, dass du möglicherweise tatsächlich in unser Haus passt … dass du es bereichern könntest, ma chère Christine. Denn genau darum geht es, das weißt du ja.« Sie strich wieder über eine der Striemen und sandte durch die Berührung einen Schauer der Lust durch meine Adern. »Und die Hälfte der Hiebe hast du ja schon hinter dir«, sagte sie lässig nach einer wohl berechneten Pause.

Was? Das durfte doch nicht wahr sein! Ich zuckte zusammen. *Oh nein …!* Ich hatte keine Ahnung, wie ich eine weitere Züchtigung überstehen sollte.

»Bitte nicht«, wimmerte ich leise.

Claire streichelte mich wieder. Ihre angenehme, halb weiche, halb harte Hand bewegte sich zur Innenseite meiner Oberschenkel, und ein bisschen höher, bis ich leise keuchte.

Es war eigenartig, von einer Frau auf diese Weise berührt zu werden. Sehr fremd und doch zugleich vertraut. Ein bisschen so, als würde ich mich selbst befriedigen … und doch wieder ganz anders, enorm aufwühlend. Als ihre zarten Finger in meine Möse eindrangen, entrang sich mir ein kehliger Schrei.

Die ganze Zeit über achtete Claire genau auf meine Reaktionen, und ihre grünen Augen ruhten unentwegt auf meinem Gesicht …

langsam, sehr langsam glitten ihre Finger … zwei waren es … wieder aus meinem nassen Schoß heraus.

Ich seufzte … dieser extreme Wechsel zwischen Geschlagen- und auf liebevolle Weise Stimuliert-Werden raubte mir beinahe den Verstand. Ich konnte direkt fühlen, wie der nüchterne, rationale Teil von mir sich rasend schnell, fast zeitraffermäßig, in purer Sinnlichkeit auflöste.

»Christine …«, Claire sprach meinen Namen wie eine Liebkosung aus, »du passt zu uns, ich bin so gut wie sicher, und du hast die Prüfung fast geschafft. Wie Mara dir ja schon sagte, sollst du nicht überfordert werden. Ich stelle dich daher vor die Wahl: Entweder du erträgst 25 Gertenhiebe, oder du küsst mir die Füße und erhältst nur zehn Rohrstockschläge, oder ich führe dich einmal an der Leine durch diese Halle, wie einen Hund, und dabei wirst du, quasi aus dem Hinterhalt heraus, fotografiert. Ohne Schläge zu bekommen.«

Gespannt sah sie mich an.

Meine Gedanken überschlugen sich. Mein Po schmerzte immer noch brennend, und ich wollte auf gar keinen Fall FÜNFUNDZWANZIG weitere Hiebe. Das kam nicht in Frage. Dann dachte ich daran, zur Schau gestellt und gedemütigt zu werden … wollte ich, dass Vincent mich dabei sah?! Ich war mir nicht sicher. Würde ihn das anmachen? War das An-der-Leine-Geführt-werden, von dem ich schon geträumt hatte, nicht etwas, was ich nur durch denjenigen zulassen würde, dem ich voll und ganz vertraute … den ich liebte?

Schließlich entschied ich mich für die zweite Möglichkeit. Meine Stimme klang ein wenig heiser dabei, und mein Herz klopfte stark. Der Rohrstock … ihn hatte ich bislang definitiv noch nicht zu spüren bekommen. Im Gegensatz zur Gerte, die ich kannte … im Internet hatte ich gelesen, dass der Stock, dieses altmodische und inzwischen verbotene Züchtigungsinstrument für Schüler mit zum »heftigsten« Werkzeug in BDSM-Kreisen gehörte.

Claire schnalzte anerkennend mit der Zunge. Ihr Gesicht, dessen Kantigkeit durch die weichen roten Locken gemildert wurde, trug einen halb bewundernden, halb gierigen Ausdruck. Ein kleiner Schauder lief mir über den Rücken.

Meine Peinigerin löste meine Fesseln und befreite meine tauben Hände. Es kribbelte teuflisch, während das Blut wieder frei zu zirkulieren begann. Leise ächzend massierte ich sie mir. Claire sah mir leicht spöttisch dabei zu, und dann zeigte ihre rechte Hand befehlend zu Boden.

Auch so etwas hatte ich noch nie zuvor getan. Ich schaute Claire so würdevoll wie möglich in die Augen, stieg dann aus meiner auf den Knöcheln liegenden Jeans und kniete halbnackt nieder. Langsam senkte ich den Kopf. Tiefer und tiefer. Ich war froh, dass ich wenigstens meine Bluse noch trug, sonst hätte ich noch meine nackten Brüste gegen Claires Füße drücken müssen. Ob Vincent diese erniedrigende Szene genoss …? Ich schaute auf Claires schwarze Halbschuhe, die auch einem Mann hätten gehören können. Sie passten zur Uniform und erleichterten mir die Vorstellung, es seien Vincents Schuhe. Auf einmal fiel mir meine Aufgabe ganz leicht.

Ich kniete auf dem rauen Betonboden, den Hintern hoch gestreckt, und presste kurz und fest meine Lippen gegen das schwarze Leder. Dann hob ich den Kopf wieder, blieb aber, Claire anlächelnd, auf den Knien liegen.

Das war … beinahe angenehm gewesen. Seelisch befreiend.

»Schön, sehr schön. Das hast du gut gemacht«, lobte mich Claire, und ihre Finger spielten ein wenig mit meinem Haar. »Doch nun wirst du dich dort über den Holzbock legen. Hier hast du ein Kissen. Leg es dir unter den Bauch, dann hast du es bequemer.«

Zitternd gehorchte ich.

Was dann kam, war tatsächlich sehr … intensiv. War eine echte Initiation, so wie sie auch sein sollte, so, wie ich es in vielen Berichten und Erzählungen von archaischen Einweihungsritualen gelesen hatte; immer spielte Schmerz eine Rolle, oft auch Blut. Den Schatten erfahren und ihm ein Opfer darbringen …

Damit verglichen, hatte die Züchtigung mit der Gerte etwas Spielerisches, fast Harmloses an sich gehabt.

Als Claire den fingerdicken Rohrstock das erste Mal auf meine Gesäßbacken herabzischen ließ, sog ich scharf die Luft ein. Bei den folgenden beiden Schlägen knirschte ich mit den Zähnen und krallte meine Hände in das Holz des Bockes, über den ich mich gebeugt hatte. Mein Körper wollte fliehen, er vermochte diesen durchdringenden, zugleich scharfen und dumpfen Schmerz kaum auszuhalten. Doch Claire gab mir Zeit, die Wirkung jedes Mal zu verarbeiten, und nach dem fünften Hieb streichelte sie meinen geschundenen Po sanft und zärtlich. Genau das, anders als die Grausamkeit der Schläge zuvor, brachte mich zum Weinen.

»Die Hälfte hast du geschafft«, murmelte Claire ermutigend, und während meine Tränen auf den Fußboden tropften, fuhr sie mit dem zweiten Teil der Züchtigung fort.

Ich stemmte mich gegen den Schmerz, schrie, zappelte, mein Leib wollte sich irgendwie schützen, vergebens. Ich flehte »bitte nicht«, woraufhin Claire nur sagte: »›Bitte nicht‹ bedeutet hier gar nichts, und das weißt du auch.« Aber STORNO wollte ich nicht rufen. Nein, das nicht! »Schrei ruhig, niemand wird dich hören. Lass es raus.« Ich gab der ausdrücklichen Erlaubnis meiner Zuchtmeisterin nach und heulte beim achten Hieb »Oooh das tut zu weh!«, tränenlos und wütend.

»Du schaffst es«, behauptete Claire, und wieder machte sie eine Pause, um ihre kühle Hand auf meine erhitzte, gestriemte Haut zu legen … mhmm, das war herrlich … ich entspannte mich … Und laut brüllend ertrug ich auch die besonders heftigen Abschluss-Hiebe Nummer 9 und 10. Dann legten sich wieder Claires Hände auf mein Gesäß. Ich begann heftig zu weinen, auch meine Nase lief …

Beruhigende Laute von sich gebend, kam Claire nah an mich heran, nahm mich in den Arm, wischte mir das verschmierte Gesicht mit einem Taschentuch sauber, und ich ließ mich von ihr halten.

Langsam, nach und nach, machte sich ein Gefühl wundervoller Entspannung in mir breit, ich atmete ruhig und regelmäßig, fühlte mich schwach und stark zugleich. Es war genauso, wie ich es mir immer vorgestellt hatte, wenn ich von schmerzvollen Einweihungszeremonien aller Art gelesen hatte. Genau so, nur viel, viel intensiver.

»So, lass dich einmal anschauen«, sagte Claire nach einer Weile, »geh auf alle Viere, zeig mir deinen Arsch …« Ich gehorchte, und sie war sehr zufrieden. »Du hast sehr schöne Striemen, sie gefallen mir außerordentlich. An den FKK-Strand wirst du aber wohl die nächsten ein, zwei Tage nicht gehen können, es sei denn …«, sie lachte, »… es ist dir egal, was die Leute von dir denken.«

»Habe … habe ich die Prüfung bestanden?«, brachte ich mühsam, mit pelziger Stimme hervor, obwohl ich eigentlich nicht daran zweifelte.

Die rotblonde Polizistin nickte. »Ja, das hast du. Auf jeden Fall wirst du ein Gewinn für »La Belle Folie« sein! Du bist genau die richtige Mischung aus naiv, hingebungsvoll, neugierig und rebellisch. Und Zähigkeit besitzt du auch. Da hat schon so mancher vor dir abgebrochen, vor allem beim Rohrstock.«

»Glaub ich gern«, meinte ich trocken und zog die Nase hoch. Claire grinste.

»Das ist für dich.« Sie hielt mir ein goldenes Schmuckstück hin, das an einem Halskettchen hing: es waren drei miteinander verbundene Ringe, und einer war größer als die beiden anderen. In seiner Mitte funkelte ein winziger weißer Edelstein.

»Dieses Erkennungszeichen unseres Hauses gibt es nirgendwo zu kaufen. Wer es trägt, zeigt damit, dass er seine individuelle Aufnahmeprüfung mit Erfolg abgelegt hat.«

Fast ehrfürchtig nahm ich das Schmuckstück entgegen. Im Nachhinein schämte ich mich ein wenig, aber in diesem magischen Augenblick hatte ich meinen Vater und Mark völlig vergessen. Sehr weit weg waren alle düsteren Verdachtsmomente und auch die Geheimnisse, die »La Belle Folie« einhüllten.

»Und nimm auch das«, meinte Claire mit einem kleinen Lachen, und sie hielt mir einen engen schwarzen Lederrock hin. »Ist jetzt angenehmer zu tragen als die Jeans, glaub mir. –

Ist es in Ordnung für dich, wenn ich dich jetzt allein lasse?«, fragte Claire fürsorglich. »Natürlich nehme ich dich auch mit, wenn du willst. Aber 100 Meter von hier ist eine Tramhaltestelle, oder du könntest am Strand entlang bis nach Bredene gehen. Ich weiß, dass viele nach der Zeremonie eine Weile allein sein wollen.«

Ich nickte. Zu denen gehörte ich auch.

»Ist es wirklich okay?«, wollte Claire trotzdem noch einmal wissen. Sie trat dicht an mich heran, ordnete mein wirres, schweißnasses Haar und überraschte mich dann mit einem auf meine Lippen gehauchten Kuss.

»Du warst toll ... Vielleicht erhalte ich ja mal die Chance, mir auch deine Titten vorzunehmen und sie zu zeichnen.« Sie grinste, ließ die Reitgerte noch einmal vielsagend durch die Luft zischen und packte dann alle »Werkzeuge« zusammen.

Ich grinste ebenfalls. Es war wirklich okay.

Ich wunderte mich selbst ein wenig, aber alles fühlte sich so anders an als zuvor, so ... richtig. Neuartige, herrliche Energie durchströmte mich, es schien weit mehr zu sein als Endorphine gemischt mit Adrenalin ... weitaus mehr. Ein wenig erinnerte mich die Zeremonie an mein Erlebnis mit Felix, aber sie war weiter gegangen, hatte mir mehr über mich gezeigt, über mein Wollen, Verlangen und über meinen Ursprung.

Kapitel 8

Wieder sank die Sonne, doch diesmal kleidete sie sich während ihres Abstiegs zum ruhigen Meer in sepiafarbene Wolken, keusch und zurückhaltend.

Ich selbst, weniger keusch, rannte, nackt unter dem Rock, am Strand entlang. Mein Hintern prickelte und ich malte mir aus, wie es sich anfühlen würde, wenn ich mich das erste Mal irgendwo hinsetzte. – Und wie ich mich im Spiegel betrachten würde.

Auf den FKK-Strand verzichtete ich, auch wenn um diese Uhrzeit nur noch wenige Leute da sein würden. Ich verzichtete nicht aus Scham, sondern aus einem anderen Grund: Diese Striemen gehörten mir allein, waren mir kostbar. Mit irgendwelchen fremden Leuten, die keine Ahnung hatten, kein Recht auf ein Urteil hatten, wollte ich sie nicht teilen. Getragen von meinem selbstzufriedenen Hochgefühl, flößten mir selbst die Dünen kein Unbehagen mehr ein.

Ich war noch immer berauscht, als ich im Hotel ankam. In meinem Zimmer entkleidete ich mich und betrachtete mich mit einer Mischung aus Stolz und lustvollem Erschaudern im Spiegel. Schließlich drehte ich mich um und schaute über die Schulter hinweg auf meinen runden Hintern, der zahlreiche Spuren von Gerte und Rohrstock aufwies. Sieben oder acht bläulich-rote Striemen, die annähernd parallel verliefen, stammten vom Rohrstock. Die kreuz und quer dazwischen liegenden, purpurnen Striche waren von der Gerte.

Nach dieser seltsam befriedigenden Inspektion fasste ich das Schmuckstück, mein Ticket für »La Belle Folie«, näher ins Auge.

Der weiß glitzernde, kunstvoll geschliffene Edelstein, der etwa die Größe eines Stecknadelkopfes hatte, konnte echt sein. Womöglich ein Brillant? Ich war beeindruckt.

Trotzdem wirbelten meine Gedanken. Sollte ich mit dem Besuch bis morgen warten? Jemanden sagen wohin ich ging? Mark hatte mir den Club empfohlen, ich war dort sicher und würde dort Informationen bekommen – oder besser: Wäre dort sicher gewesen, wenn nicht ausgerechnet ein Mitglied am Tatort gewesen wäre … Nur welches? Und wem konnte ich trauen?

Wie in Trance checkte ich meine Emails – nichts Wichtiges war gekommen – und dann meinen Kleiderschrank. Ich hatte keine schwarze oder auch nur dunkle Bluse, denn Schwarz in Gesichtsnähe machte mich blass und ließ mich alt aussehen. Schwarz war einfach nicht meine Farbe, deshalb trug ich es höchstens mal halsfern. Mit leisem Trotz beschloss ich, den neuen Ledermini von Claire nicht zu nutzen … aber dem verrucht-eleganten Dresscode in »La Belle Folie« musste ich mich wohl beugen. Also musterte ich meine Kleidungsstücke, um mich schließlich für exakt das kleine Schwarz zu entscheiden, das ich damals auf der Party getragen hatte, auf der ich Felix begegnet war. Es hatte einen äußerst großzügigen Ausschnitt, der mein leicht gebräuntes Dekolleté hervorragend zur Geltung brachte. Als Schuhwerk wählte ich hochhackige schwarze Lacksandaletten, deren Schnürung über die Fesseln hinauf bis zu den Unterschenkeln ging.

Rasches Schminken rundete meine Erscheinung ab: goldener und beiger Lidschatten, der mit meinem Hautton korrespondierte und meine violettblauen Augen zum Strahlen brachte. Dazu etwas dunkelbraunen Mascara, ein bisschen Lipgloss und schon war ich fertig.

Als es draußen endgültig dunkel geworden war, ließ ich mir am Empfang ein Taxi rufen. Wenig später war ich auf dem Weg zum Torhoutse-Steenweg in Ostende.

Im gelblichen Straßenlaternenlicht sahen die Außenwände des »La Belle Folie« nach getrocknetem Blut aus. Ich schob diesen plötzlichen, makaberen Gedanken hastig beiseite, weil ich an Mark denken musste. Was hatte er versucht mir zu sagen?

Ich bezahlte den Fahrer, und wandte mich dann mit neugierigen

Blicken dem Gebäude zu. Wieder betrachtete ich die Goldbuchstaben an der Eingangstür: »La Belle Folie«, schlicht, aber vornehm, und darunter in Flämisch, Französisch und Englisch: »Einlass nur für Mitglieder«. Ich verzog die Mundwinkel zu einem Grinsen. Jetzt war ich ein Mitglied und meine Neugierde würde gleich befriedigt werden.

Als ich die Türklingel betätigte, reagierte der Summer augenblicklich, und zwar ohne dass ich oder meine »Einladung« überprüft worden waren. Neugierig betrat ich einen hell erleuchteten Vorraum, der in einen kurzen, kaum möblierten und blitzsauberen Flur überging, der wiederum an einer Tür aus edlem Holz endete. Hier fand also die Kontrolle statt. Fernab der Augen der Öffentlichkeit und ohne, dass sich jemand durch seine Abweisung gedemütigt fühlen konnte. Bestimmt schaute ein Türsteher genau jetzt durch ein Guckloch und fällte das Urteil.

Ich straffte die Schultern, hob den Kopf und schritt in bewusst stolzer Haltung auf die Tür zu Der Goldschmuck mitsamt seinem winzigen Brillanttropfen funkelte in meinem Ausschnitt.

Ja, da war tatsächlich ein Türspion! Ich musste aber kaum drei Sekunden vor dieser Tür stehen, dann sprang sie auf, und ein kräftiger blonder Mann in Ledershorts und schwarzem Netzhemd empfing mich ausgesprochen herzlich: »Mademoiselle Danzer! Wie schön, dass Sie schon heute Nacht kommen! Alle werden entzückt sein, vor allem die Chefin.« Er zwinkerte mir vertraulich zu. »Und auch Claire wird sich freuen.«

Er sprach französisch, und ich bedankte mich in der gleichen Sprache. Es erstaunte mich nicht, dass Französisch in diesem Etablissement gesprochen wurde; die frankophone Minderheit in Ostende galt als offen, freizügig und tolerant, während die flämische Mehrheit sich eher durch konservatives Denken auszeichnete. Natürlich vermochten Ausnahmen solche Regeln immer zu bestätigen. – WAS mich allerdings ein wenig überraschte, war die Herzlichkeit des Empfanges.

»Mein Name ist Alain, ich bin ›Mädchen für alles‹ in ›La Belle Folie‹«, stellte sich der 30jährige Mann vor und lächelte. »Bitte folgen Sie mir, Mademoiselle.«

Als er sich umdrehte, kam ich nicht umhin, seine gutgebaute Rückseite zu bewundern, bevor ich ihm folgte. Hinter ihm trat ich durch die Tür, ging wiederum einen – diesmal eher düsteren – Korridor entlang, an dessen Ende ein schwarzseidener Vorhang sich sacht bewegte. Stimmengemurmel von Dahinter war zu hören, ebenso wie das helle Lachen einer Frau.

Alain hielt mir den Vorhang galant auf, ließ mich hindurchtreten und präsentierte mich dann, als sei ich mindestens eine lokale Berühmtheit: »Ich darf vorstellen, liebe Freundinnen und Freunde unseres Hauses: Mademoiselle Danzer, die nicht gezögert hat, uns wenige Stunden nach ihrer Initiationszeremonie zu besuchen!«

Regenbogenfarbige sanfte Lichter spielten auf meiner Haut, glitten durch den gesamten Raum und sorgten für eine zurückhaltend phantastische Atmosphäre; ich war sicher, dass ich errötete ob der respektvollen Freude, die mir von allen Seiten gezollt wurde. Einige der Anwesenden applaudierten sogar, als ich zögernd ein paar Schritte vortrat und mich ein wenig umschaute. Der annähernd kreisrunde Raum war mit etwa 25 Leuten besetzt. Farblich gesehen dominierte Rot, ob nun Wände, Möbel oder Bodenbeläge …

Es war einerseits angenehm, auf so positive Weise im Mittelpunkt zu stehen, andererseits machte es mich befangen. Vor allem, da ich weder Mara noch Vincent entdecken konnte. Stattdessen gut gekleidete Fremde überall, die Herren meist im schwarzen Anzug, die Damen ohne Ausnahme aufreizend, und Schwarz herrschte als Kleidungsfarbe vor – oftmals glänzend, Lack oder Leder war reichlich vertreten.

»Da ist sie tatsächlich!« Erleichtert drehte ich mich zu der wohlbekannten Stimme um. Mara, gefolgt von Claire, kam strahlend und mit ausgebreiteten Armen von der gegenüberliegenden Seite des großen Raumes auf mich zu.

Sie trug eine prachtvolle dunkle Robe, die wie mit schwarzen Diamanten bestickt zu sein schien. Mit einem ebenholzfarbigen Spitzenfächer schlug sie Alain leicht auf den Arm. »Danke, Süßer.«

»Lady Mara, ich bin glücklich, Euch diese Freude machen zu können«, erwiderte er artig. »Ich wusste, Ihr habt Mademoiselle Danzer sehnsüchtig erwartet.«

Verlegen schlug ich die Augen nieder, doch Madame Noire lächelte weiterhin mit ihren vollen, heute blutrot geschminkten Lippen, zwischen denen die ebenmäßigen Zähne wie Perlen schimmerten. Dann hakte sie mich vertraulich und damit auszeichnend unter und führte mich durch den ausgedehnten Raumkreis. Claire ging an meiner anderen Seite, einen Schritt hinter uns. Ganz bescheiden, fast demütig kam sie mir vor. Wieder vernahm ich anerkennendes Gemurmel ringsum, beifällige Bemerkungen, die allesamt auf mich gemünzt waren. Die Schatten der geschickt platzierten Beleuchtung ließen die Gesichtszüge der meisten Gäste im Dunkeln, ohne sie selbst ganz zu verbergen. Das verstärkte noch die geheimnisvolle Aura, in die der gesamte Raum getaucht war. Ich fühlte mich beinahe wie eine vorgeführte Prinzessin.

Es fiel mir gar nicht leicht, einen klaren Kopf zu behalten, dabei hatte ich noch keinen Tropfen Alkohol getrunken … leicht benebelt nahm ich am Rande wahr, dass einige der Möbel irgendwie … ungewöhnlich wirkten, ein wenig bizarr. Aber man konnte nicht sofort erkennen, was hinter ihnen steckte und welchem Zweck sie dienten – dienen konnten.

Mara Noire führte mich geradewegs zu einer Empore, auf der es gleich zwei intime Nischen gab. Wir setzen uns hin und Claire, die mich vor wenigen Stunden dominant ausgepeitscht und gestreichelt hatte, servierte uns in devoter Haltung Champagner. Sie trug eine schwarze Dienstmädchenuniform mit einem sehr kurzen Rock und schwarzen Strümpfen.

Diesen Kontrast genoss ich sehr, ich fand das seltsam erregend – und Claire offenbar auch, denn sie nutzte einen Moment, in dem Mara Noire nicht hinschaute, um mir versteckt zuzugrinsen.

»Meine Liebe, Alain hat vollkommen recht. Ich bin sehr froh, dass du gekommen bist, Christine …« Sanft, fast zärtlich sprach Mara meinen Namen aus und hob ihr Glas, um mit mir anzustoßen.

»Es macht mich ein bisschen verlegen, dass mich alle so anschauen«, gestand ich.

»Wieso? Du bist sehr hübsch, hast einen anmutigen schlanken Körper, und wir sind stolz, dass du dich entschieden hast, unserer kleinen Gemeinschaft beizutreten. Freude, Spaß und Sinnlichkeit sind unsere Ziele, unser Lebenselixier. Du passt ausgezeichnet zu uns …«

»Ich glaube das nicht!« Ein leicht angetrunkener älterer Herr, korpulent aber nicht unattraktiv, mit etwas verrutschter anthrazitfarbener Lederkrawatte, hatte die Empore erreicht und laut genug gesprochen, um das allgemeine Gemurmel zu übertönen.

Mara erhob sich blitzartig aus unserem kleinen Tête-à-Tête und glich einem zustechenden Skorpion.

»WAS glaubst du nicht, teuerster Gunter?«, flötete sie, liebenswürdig, doch mit stählernem Unterton. Ihre ganze Gestik ließ lauernde Wachsamkeit erahnen.

»Dass diese … diese Mademoiselle Danzer unsere Aufnahmeprüfung bestanden hat! Niemals! Das sieht doch jeder!«, behauptete der Mann namens Gunter. Sein Französisch klang nicht nur wegen des Alkohols ein wenig schwerfällig. Offenbar ein Flame. »Sie ist Ihr Günstling, Sie haben sie einfach ohne Probe eingeschmuggelt.«

»Eine äußerst unangebrachte, verleumderische Unterstellung, Gunter.« Mara Noires Stimme klang jetzt eisenhart.

»Ich glaube nur, was ich sehe, und einen Beweis dafür, dass Sie oder Claire diesem MÄDCHEN«, er betonte das Wort verächtlich, »unser Erkennungszeichen nicht einfach so um den hübschen Hals gelegt haben, besitzen Sie nicht!«

Adrenalin strömte durch meine Adern. Ich war STOLZ darauf, die Spuren meiner gelungenen Initiationsprobe zu tragen, und das würde ich verdammt noch mal auf der Stelle … An diesem Punkt meiner vor Zorn rot glühenden Gedanken hielt es mich nicht mehr in meiner Nische auf dem Samtsofa, sondern ich sprang heraus und baute mich wenige Schritt vor dem Korpulenten auf.

»Und ob es einen Beweis gibt!«, blitzte ich ihn an. Ohne seine Entgegnung abzuwarten, drehte ich mich temperamentvoll um, zog mein schwarzes Kleidchen hoch und streckte meinen wohlgerundeten Hintern raus. Ich trug nur einen winzigen Stringtanga, der nichts verbarg.

Bewunderndes »Aaaah!« und »Oooh!« klangen aus den Schatten – und ein Applaus, der nun noch begeisterter ausfiel als zuvor.

Auch Gunter sah gierig auf meinen von Striemen gezeichneten Po, wurde aber in seiner Betrachtung gestört.

»Und, Gunter?« Obwohl Maras scharfe Worte ihm galten, war ich es, die sie stolz betrachtete. »Nimmst du die Anklage zurück und entschuldigst dich?«

Der Korpulente senkte den Kopf und schien zusätzlich noch mehrere Zentimeter zu schrumpfen »Selbstverständlich, ich war im Irrtum, bitte verzeiht. Du auch, Mädchen … ich meine, Mademoiselle Danzer.« Seine Stimme klang unsicher, doch in seinen Augen funkelte etwas, das ihn verriet. »Ich lag falsch … Es sieht phantastisch aus und ist eindeutig Claires Handschrift, ich erkenne das Muster.«

Er näherte sich mir und streckte verlangend die Hand aus. Um das Muster zu berühren.

Sogleich war Mara Noire zur Stelle und versetzte ihm einen spielerischen Klaps auf die Finger. Offenbar hatte auch sie seine ursprüngliche Absicht erkannt. »So nicht, mein Bester! Du darfst sie anschauen, mehr aber keinesfalls. Jedenfalls vorerst nicht …«

Bei diesen besitzergreifenden Worten lief ein süßer Schauder über meinen Rücken. Gleichzeitig regte sich in mir rebellischer Protest. Es war doch wohl nicht etwa geplant, mich wie ein Geschenk von einem zum anderen zu reichen, womöglich noch Frauen und Männern gleichermaßen …?

Trotz dieser Gedanken richtete ich mich wieder auf. Mein Stretchkleid zurechtziehend, wusste ich, dass meine Wangen nach wie vor in Flammen standen. Aber es half alles nichts: Insgeheim erregte mich selbst diese Vorstellung. Allerdings, stellte ich bei fest, nur, solange auch Vincent darin eine Rolle spielte. Sei es, dass er zuschaute oder dass er mich einem Mann zuführte – oder einer Frau – den oder die ich dann auf sein Geheiß hin befriedigen musste.

Ich hatte keine Ahnung, ob ich diese lebhaften Tagträume auch wirklich erleben, mein Kopfkino in Realität umsetzen wollte. Aber leugnen konnte ich sie nicht.

»Es steht dir gut, wenn du rot wirst«, raunte Claire mir zu, indem sie mich am Arm nahm und wieder in die relative Abgeschiedenheit der Nische zurückzog. »Ich dagegen sehe dann aus wie eine Tomate.« Sie kicherte. »Geil gemacht mit Gunter! Wobei, so übel ist er gar nicht. Für so nen alten Sack. Vielleicht probierst du ihn mal aus, er hat einiges drauf …«

Ich schluckte leicht, zog es aber vor, ihr weder zu sagen, dass Gunter es genau darauf angelegt hatte, auf meine Aufmerksamkeit, noch dass mich der Gedanke an ihn und die anderen verunsicherte.

»Verstehe«, sagte Claire, indem sie aufmerksam in mein Gesicht schaute, »das geht dir alles ein bisschen zu schnell?« Sie lachte und strich mir vertraulich über den Rücken. »Lass dir alle Zeit die du brauchst. Du wirst unsere Regeln und Strukturen schnell durchschauen. Und großen Erfolg haben – bei beiden Geschlechtern.« Sie lachte mich an. »Keine Sorge, ich bin nicht eifersüchtig und auch nicht neidisch.«

Ich senkte leicht verlegen den Kopf. Offensichtlich war ich wirklich leicht zu durchschauen. Als ich wieder aufschaute, zwinkerte Claire mir zu und hob abermals ihr Glas. Mara Noire unterhielt sich noch mit Gunter.

»Claire, darf ich dich was fragen?«

»Natürlich, nur los.«

»Du spielst sozusagen auf beiden Seiten, oder?«

»Ja, wobei ich nicht die klassische Switcherin bin. Ich bin, wie du sicher schon vermutet hast, persönliche Zofe und Sklavin von Lady Mara – daneben genieße ich es aber auch sehr, Neulinge wie dich hart anzupacken oder irgendjemanden, egal ob Mann oder Frau, auf Verlangen meiner Herrin auszupeitschen, die betreffende Person lustvoll zu quälen, sie zum Höhepunkt zu bringen …«

Ich atmete tief durch, rief mir mein Initationserlebnis in farbigen, plastischen Bildern ins Gedächtnis zurück und sagte scheu: »Das hast du bei mir fast geschafft.« Wobei das für mich nicht das Wichtigste war, dachte ich, behielt diesen Gedanken aber für mich. Er gehörte nur mir allein.

Sie lächelte verklärt. »Ja, ich weiß. Und ich habe dich wirklich schön gezeichnet. Unser kleines Intermezzo hat mir gut gefallen und mich heiß gemacht …«

»Dabei hatte ich zuvor noch nie was mit einer Frau«, murmelte ich.

Die rotlockige Polizistin lachte schallend auf, so dass sich mehrere Köpfe zu uns herumdrehten.

»Wie süß! Ja, das bist du wirklich, bezaubernd süß, naiv, und einfach klasse«, gluckste sie. Ihr Lachen verebbte und dann näherte sich ihr Gesicht dem meinen. »Wenn ich dich auf den Geschmack gebracht habe, umso besser. Möglicherweise reifst du zu einer Frucht heran, die es wert ist, dass meine Herrin und ich sie uns teilen …«

Meine Wangen erglühten abermals.

Da wechselte oder eher – modifizierte Claire das Thema, indem sie leichthin meinte: »Aber ich denke, es ist an der Zeit, dass ich dir ein wenig erkläre, wie es bei uns zugeht. Du hast vielleicht vermutet, dass wir ein ganz normaler«, sie kicherte, »BDSM-Club sind?« Unter hochgezogenen Augenbrauen sah sie mich an.

»Ich habe eigentlich gar nichts vermutet«, sagte ich leise. »Jedenfalls nicht so – konkret.«

»Und wir sind tatsächlich nicht dogmatisch«, fuhr Claire fort. »Bei uns findet jede erotische Spielart Beachtung, hier wird niemand diskriminiert oder ausgegrenzt. Wie albern, wenn extreme SM-ler Blümchensex verdammen! ›Alles ist bereichernd‹, ist sozusagen unser Wahlspruch. – Uns geht es um das pure erotische Vergnügen. Bei uns tummeln sich Paare, Singlefrauen und Singleherren, und wenn ein Paar D/s ist, dann darf selbstverständlich der Sklave oder die Sklavin nicht ohne Erlaubnis seines ›Besitzers‹ mit anderen rummachen … sollte das doch einmal passieren, gibt es einen genau festgelegten Bestrafungskanon … jemand wie du, Christine, würde bei uns als ›freie Submissive‹ gelten, die ihre Partner selbstständig wählen darf. Ich meine, du hast doch nicht irgendwo einen Herrn, oder?«

Flüchtig dachte ich an Felix. »Nein«, sagte ich, »schon lange nicht mehr.«

»Gut, sehr gut …«

Claire schien noch etwas sagen zu wollen, doch Mara setzte sich zu uns und ihr Erscheinen lenkte Claires Aufmerksamkeit, wie es sich für eine gute Zofe gehörte, wieder auf die Clubbesitzerin. Sie schien bereit, jedem Wink ihrer Gebieterin zu folgen.

»Was ist mit Vincent?«, platzte es aus mir heraus, ungewollt, aber ich hatte die Frage nicht zurückhalten können. Als die beiden Frauen mich leicht befremdet ansahen, stammelte ich erklärend: »Ich m-meine, kommt er heute noch oder …«

Gott, geht es nicht NOCH ein bisschen plumper oder offensichtlicher, Christine?, schalt ich mich selbst, aber es war zu spät, um meine Worte zurückzunehmen.

Mara Noire nahm einen Schluck Champagner, beugte sich vor, und schaute mich über den Rand des Glases hinweg mit ihren unergründlichen Augen an. Die dunkle erotische Aura, welche sie umgab, wurde beinahe magnetisch. »Du möchtest ihn gern wiedersehen?«

Ich nickte.

»Ja, das kann ich mir vorstellen. Er ist ein gutaussehender Teufel …« Sie lächelte sphinxenhaft. »Meinen Segen habt ihr, bei dir könnte er seine dominante Ader ausleben – schließlich führen er und ich führen nur eine offene Vanilla-Beziehung.« Sie zwinkerte mir zu. »Ab und an habe ich Sex auf Augenhöhe nämlich ganz gern!«

Wieder spürte ich meine Unerfahrenheit, meine Nichtkenntnis dieser Szene, einer Welt, in der lächelnd alle bekannten Konventionen und Traditionen in kleine Stückchen zerbrochen und pulverisiert wurden … eine Welt, in der Grenzen nur deshalb existierten, um überschritten zu werden. Ich war hin- und hergerissen, wusste nicht, ob es mir gefiel oder ob ich abgestoßen war.

Ich musste recht betreten dreingeblickt haben, denn Madame Noire strich mir über das Haar und lächelte.

»Süße, es ist alles noch zu neu für dich, hm? Und etwas viel auf einmal.«

Sie war nach Claire nun schon die zweite, die mir das sagte.

»Entspann dich, mach dir nicht zu viele Gedanken und komm erst einmal an. Nachher gibt es eine Party zu deinen Ehren – dafür muss ich noch einiges vorbereiten. Ohne die Chefin geht es manchmal nicht.« Sie grinste und erhob sich wieder. »Claire wird sich weiter um dich kümmern«, sagte sie im Weggehen. »Und es könnte durchaus sein, dass Vincent sich im Haus noch blicken lassen wird. Aber später, glaube ich. Sehr viel später.«

»Du wirst dich auch ohne Vincent amüsieren«, behauptete Claire und setzte sich neben mich. Sie nahm meine Hand und massierte sie sanft.

»Wie lange sind sie schon zusammen?«, fragte ich und schaute Madame Noire nach.

»Meine Lady und Vincent Delano? Oh, noch nicht allzu lange. Warte mal … er tauchte das erste Mal auf, als wir gerade dabei waren, unsere Zelte in Antwerpen abzubrechen. Dann war er eine Weile fort und kam vor ein paar Monaten wieder. Seitdem intensiver.«

Claires massierende Hand bewegte sich wohltuend über meinen Unterarm, und dann erreichten ihre Finger meinen Ellbogen. Ihr Daumen suchte einen bestimmten Punkt und drückte fest zu. Mhmm … sie hatte ihn auf Anhieb gefunden: meinen Schmerzpunkt. Wenn man ihn lange und intensiv stimulierte, löste das ein fast schwebendes Gefühl aus. Doch so weit ließ es Claire, die genau Bescheid wusste, nicht kommen. Sie reizte mich nur, bis ich zu zappeln anfing.

»Genug«, grinste sie, »Ich wollte dir ja noch die Räumlichkeiten zeigen.« Ich reagierte mit einem wohligen Seufzen, was Zustimmung ausdrücken sollte, benötigte aber einen Moment, um mich aus der angenehmen Zweisamkeit zu reißen.

Die Atmosphäre in »La Belle Folie« hatte sich, von mir unbemerkt, mit gespannter Erwartung aufgeladen. Erst jetzt registrierte ich die Veränderung.

»Unsere Partys sind berühmt«, raunte Claire mir zu. Während sie mich durch den kreisrunden Hauptraum führte, machte sie mich hier und da mit einigen der handverlesenen Gäste bekannt.

Eine überschlanke Dame führte einen muskelbepackten jungen Mann an einer goldfarbigen Kette hinter sich her – er trug Kette und das dicke Lederhalsband mit sichtlichem Stolz.

»Wie reizend Sie aussehen, Mademoiselle Danzer – und ich muss Madame Mara zustimmen. Sie haben einfach das gewisse Etwas«, flötete diese Dame, die sich Lady Mireille nannte. Sie gab mir einen kleinen Klaps auf den Po, was ich genoss – ansonsten blieb ich erst einmal stumm, bis Claire mich leicht knuffte.

»Danke, Lady Mireille«, erwiderte ich verlegen und zugleich geschmeichelt.

Ein finsterer hagerer Herr im Ledermantel nahm sich die Freiheit, mich zart in den Oberarm zu kneifen, während seine funkelnden Augen mich interessiert musterten – er hieß Charles und war ein dominanter Singleherr.

»Ich hoffe, Sie kommen jeden Abend, Mademoiselle Danzer … vielleicht gibt es Gelegenheit, dass wir unsere Bekanntschaft vertiefen.«

»Ja, vielleicht«, murmelte ich und senkte den Blick.

»Genau solche jungen Damen brauchen wir … frisches Blut, damit sich der Club wieder mehr erneuert und nicht in alten Gewohnheiten verharrt«, meinte Charles noch und nickte Claire und mir zu, ehe er sich gemächlichen Schrittes entfernte.

Und alle Gäste, denen ich begegnete, trugen ihre Erkennungszeichen, den »La Belle« Folie Halsschmuck. Drei miteinander verbundene Ringe, einer groß, zwei kleinere – und nie fehlte der winzige Diamanttropfen.

Ich nahm mir Zeit für meine Beobachtungen, registrierte alles so gut ich konnte … nach und nach enthüllte sich mir das eine oder andere, zum Beispiel was die Möbel oder anderen Einrichtungsgegenstände anging.

Eine recht zentral auf einer Empore platzierte Sprossenwand beispielsweise, jetzt harmlos mit bunten glänzenden Tüchern behangen, konnte natürlich problemlos umfunktioniert und dazu benutzt werden, einen oder auch mehrere Submissive hier gefesselt zu präsentieren … Auch einen Dinnertisch registrierte ich, der mit wenigen Griffen zu einem Pranger umfunktioniert werden konnte.

Ich bewunderte den diskreten Charme des Subtilen, der im Club vorherrschte. Begann, mich weniger fremd zu fühlen. Und immer wieder tauchte Gunter in meiner Nähe auf und zog mich mit seinen Augen aus.

Kapitel 9

Ich folgte Claire in das erste Zimmer und staunte. Es war mit Seilen und Bondage-Utensilien aller Art geschmückt. Mehrere Sprossenwände, Andreaskreuze und andere Vorrichtungen rundeten das Bild ab und luden jeden Bondage-Meister dazu ein, sich mit seinem Modell zu verlustieren.

In der Mitte des Raumes befand sich eine goldbraune Holzsäule, deren warmer seidiger Schimmer mich sofort anzog.

»Das ist das Fesselzimmer!« Claire grinste mich an und nur ihr Grinsen verhinderte, dass ich ein »Ach« entgegnete. Es wäre genauso überflüssig gewesen, wie es der Name des Zimmers war.

Ich ging zu der Säule und strich bewundernd über die kostbaren Schnitzereien, bemerkte dabei anerkennend, dass manche Ornamente so gestaltet waren, dass man daran problemlos Fesseln und Ringe befestigen konnte.

Immer noch grinsend führte mich die Polizistin zurück auf den Flur und ein Zimmer weiter. »Und jetzt rate mal …!«, forderte sie.

Der Raum glich einer mittelalterlichen Folterkammer, von der Decke baumelnder Käfig, Pranger und Schandpfahl inklusive …

»Mittelalter?«, riet ich und musste mir Mühe geben, meine Gedanken nicht zu deutlich in meinem Gesicht ablesbar zu machen. *Wie schön ich hier lustvolle Stunden mit Vincent verbringen könnte …* Entschlossen schob ich den Gedanken beiseite und konzentrierte mich wieder auf Claire. Vincent war ein Verdächtiger und Claire … ja, was war Claire eigentlich?

Verwundert sah ich zu, wie die Polizistin mir voranlief, in ein Zimmer am Ende eines Ganges huschte, sich umsah und mir erst dann ein Zeichen gab. Ich folgte ihr und staunte. Der Raum war gänzlich anders und doch unterstrich er den Anspruch des »La Belle Folie«, die helle und die dunkle Seite der Erotik miteinander zu verbinden.

»Wir haben Glück, dass im Moment niemand hier drin ist«, erklärte meine Führerin, »dies sind die beliebten ›Himmlischen Gefilde‹.«

Tatsächlich passte auch hier der Name zu hundert Prozent. Perlmuttfarbenes Licht setzte die Schwanengefiedergeschmückte Wand in Szene, sehr viele Kissen und Sofas in gebrochenem Weiß, es gab ein riesiges Himmelbett und eine – ebenfalls helle – Massageliege. Selbst die Luft des Raums hatte sich dem Namen anpassen müssen. Es duftete zart nach Teerosen und Lavendel – beide Blüten waren auch in Hülle und Fülle als Dekoration verstreut oder schmückten langstielig mehrere Vasen. Es war überwältigend … und hoffnungslos kitschig. Ich schwankte in meiner Einstellung zwischen beiden Extremen.

»Für das Kuscheln danach oder einfach nur so«, meinte Claire, und beinahe hätte ich gekichert, weil sie sich gerade wirklich so anhörte, als zitiere sie aus einem Werbeprospekt. »Für Romantiker …«

»Um hier drin romantisch zu werden, müsste ich schon ziemlich verknallt sein«, äußerte ich.

Claire lachte hell auf und umarmte mich spontan. Dann zog sie mich in eine der aufwändigen Kissenlandschaften hinein, verwöhnte mich mit Weißem Tee und belgischen Pralinen. Nach einer Weile räkelte sich die rotlockige junge Frau faul an meiner Seite, stützte sich mit einem Ellbogen auf und ließ ihre andere Hand ein wenig in meinem Haar spielen. Dann fragte sie leicht hingeworfen, beinahe beiläufig: »Sag mal, Christine, hast du mir und meinen Kollegen gestern wirklich die Wahrheit gesagt?«

Ich erstarrte innerlich und starrte sie ebenso erstaunt an. Es war nicht so sehr der unerwartete Themenwechsel und Frage, sondern die scheinbare Beiläufigkeit, mit der sie gestellt wurde, die die Alarmglocken in meinem Inneren zum Schrillen brachten. Trotzdem gelang es mir, eingedenk von Marks Warnung, sehr nachdrücklich zu antworten: » Natürlich habe ich das!«

»Du warst also nicht am Strand, hast nicht dort am Tatort irgendetwas gesehen?«, hakte sie nach und ihr Tonfall war so behutsam, wie sie wohl auch mit einem kleinen Kind gesprochen hatte. Plötzlich störten mich ihre Finger in meinem Haar. Unwillig machte ich mich von ihr los.

»Meine Güte!« Ich gab meiner Stimme einen genervten Klang und rollte mit den Augen. »Nein, war ich nicht. Wieso sollte ich das verschweigen?«

»Und wie erklärst du dir dann«, jetzt klang ihre Stimme wieder ähnlich streng wie während des Rituals in der Lagerhalle, »dass die Leute von der Spurensicherung blonde Haare an der Kleidung des Toten gefunden haben?«

Offenbar rechnete sie damit, mich zu überrumpeln und durch meine Reaktion etwas zu erfahren. Doch zu meiner eigenen Überraschung behielt ich mein Lächeln und meine Körperhaltung bei.

»Da gäbe es sicher eine Menge Erklärungen«, erwiderte ich viel ruhiger, als ich mich fühlte.

»Könnten die Haare von dir sein?«, feuerte Claire die nächste Frage auf mich ab.

»Schon möglich. Aber vielleicht kamen sie vorher an seine Sachen … wir hatten uns ja einen Tag zuvor gesehen und mit Küsschen begrüßt. Er war nicht der Typ, der täglich seine Klamotten ausbürstet.«

Claire lächelte mich halb maliziös, halb zärtlich an. »Und das soll ich dir nun tatsächlich glauben?«

»Du kannst glauben, was du willst!«, entgegnete ich. Ihr war ich doch locker gewachsen! Ich schaute Claire mit meinen großen, unschuldigen, violettblauen Augen unverwandt an und glaubte fest an meine Aussagen. Sie mochten mit der Wahrheit nicht viel zu tun haben; egal, ich glaubte an sie. Und diese Überzeugung strahlte ich aus. Die Sekunden, die Claire meinem Blick standhielt zogen sich in die Länge und schienen zu Minuten in einem Duell zwischen violettblauem und eisgrünen Blick zu werden. Schließlich blinzelte Claire zuerst und begann zu lachen. Einen Moment später stimmte ich ein, obwohl mir ganz und gar nicht zum Lachen war. Lebhaft konnte ich mir vorstellen, welche Anweisungen Mara Noire ihrer Zofe gegeben haben musste: »Frag sie geschickt aus, harmlos … vor, tu harmlos, lass es spielerisch bleiben. Nicht, dass sie zuviel Verdacht schöpft und uns am Ende davonläuft!« Unvorstellbar, dass Claire ihre Fragen ohne Maras Zustimmung gestellt hatte, oder? Aber war sie auf meiner Seite oder die Täterin? *Und Vincent?*, fragte eine winzige kalte Stimme in mir, die ich sofort zum Schweigen brachte. Sicherlich hatte Mark mich mit seinen letzten Worten nicht in eine Löwengrube geschickt, sondern unter Leute, denen ich vertrauen konnte … vor meinem inneren Auge visualisierte sich die Limousine. Offenbar hatte er etwas übersehen – oder ich.

»Ist das nicht lästig, auch hier im Dienst sein zu müssen, Claire?« Ich stellte die unverfänglichste Frage, die mir einfiel.

»Oh, ich muss ja gar nicht. Entschuldige, es hat mich einfach nur – beschäftigt. Manchmal kann ich einfach nicht aufhören, mir über Fälle Gedanken zu machen. Ist wohl eine Art Berufskrankheit …«

»Hmm … ich verstehe.« Ich strich ihr über die prächtigen roten Haare, genoss das seidige Gefühl unter meinen Fingern und wünschte mir einen Moment lang, dass mich Mark nicht ausdrücklich vor der Polizei gewarnt hatte. Ein widersinniger Wunsch. Trotzdem hätte ich mich Claire gerne anvertraut. Es hätte so Vieles einfacher gemacht.

Sie drehte ihr Gesicht zu meinem und unser beider Blicke tauchten tief und zärtlich ineinander. Jetzt war Claire es, die mir die Haare sacht aus der Stirn strich. Näher und näher neigten wir uns zueinander, und ich schloss die Augen unwillkürlich, als ihre Lippen die meinen berührten. Es war das erste Mal, dass eine Frau mich küsste, und zu meinem eigenen Erstaunen erwiderte ich den Kuss zungenfertig und mit einem warmen Pulsieren echten Gefühls.

Wir seufzten beide leise, als wir uns wieder voneinander lösten. Claires grüne Augen wirkten auf einmal wie die einer Katze, als sie mich von der Seite anschaute.

»Wie lange bist du schon bei der Polizei von Ostende?«, nahm ich den Faden unserer Unterhaltung wieder auf.

»Noch nicht so lange. Ein Jahr und drei Monate, glaub ich.« Sie warf einen eher beiläufigen Blick auf ihre diamantbesetzte Uhr und sprang auf: »Oh, es wird Zeit! Du solltest dich noch rasch frisch machen, Christine, gleich stehst du im Mittelpunkt.« Sie lachte mich offen an, beinahe das Äquivalent zu einem Auslachen, bevor sie Richtung Bad deutete und den Raum verließ. *Miststück!* Ich stand auf und betrat den hübschen, blau gekachelten Toilettenraum. *Wie praktisch für La Belle Folie, eine Ordnungshüterin als Mitglied zu haben, noch dazu eine, die in ihrer Freizeit Zofe der Chefin ist … so war man immer vorgewarnt und wurde von einer Razzia nie eiskalt erwischt.*

Ein wohlklingender Gong ertönte, als ich mir gerade die Lippen nachgezogen hatte. Schnell steckte ich mir noch mein schulterlanges Haar hoch, dann eilte ich in den Hauptraum zurück.

Blonde Haare an Marks Kleidung, ging es mir noch ergrimmt durch den Kopf, *ach ja? Ich bin mir sicher, dass ich noch mehr forensische Spuren hinterlassen habe. Und wenn schon … Gleich morgen würde ich mich von den Schuhen und dem Kleid trennen, das ich an dem Tattag getragen hatte.* Energisch stöckelte ich durch den Flur, der von der Toilette zum runden Saal von »La Belle Folie« führte.

Sekunden später richtete sich bei meinem Eintreten von irgendwo oben ein goldfarbener Lichtkegel auf mich, fing mich ein und begleitete jeden meiner Schritte. Einen Moment lang war ich geblendet und versucht, schützend meine Hände zu heben, dann gewöhnten sich meine Augen an das Licht – und den Kontrast. Es gelang mir sogar, die Personen und Geschehnisse außerhalb meines hellen »Präsentiertellers« zu sehen. Mara Noire, die von vier halbnackten Männern mit eng sitzenden Ledermasken in einer prachtvollen, offenen Sänfte getragen wurde. Sie hatte sich umgezogen, trug jetzt ein körperbetontes schwarzes Lackkleid. Und mit dem Glanz des Materials um die Wette schimmerten zahlreiche Diamanten: Ringe an den Fingern, ein Diadem im Haar, ein schwerer tropfenförmiger Anhänger in ihrem großzügigen Dekolleté. Ob die Steine echt waren?

Dunkle, exotische Rhythmen erklangen leise im Hintergrund, unaufdringlich aber doch prägend. Die anwesenden Gäste klatschten mir wieder Beifall, als ich wie von Außen gesteuert auf die Sänfte zuschritt. Bereitwillig gaben sie eine Gasse frei.

Madame Noire schnalzte mit der Zunge. Die Sänfte hielt an, und sie streckte ihre Hand aus. »Komm an meine Seite, Christine! Ich heiße dich in aller Form bei uns willkommen. – Alain!«

Alain, der dienstbereite Mann im Netzhemd, eilte herbei und kauerte zu meinem Erstaunen und leichten Erschrecken vor der Sänfte nieder, beugte den Rücken, um so eine Stufe für mich zu bilden, damit ich leichter hinaufsteigen konnte.

»Benutze Alain – er genießt es, glaub mir!« Maras perlendes Lachen begleitete diese Worte, und alle anderen kicherten mit.

Und so stieg ich mit meinen hohen, spitzen Absätzen auf Alain. Eine Sekunde lang spürte ich einen Hauch davon, was eine dominante Frau empfinden mochte. Den Gunstbeweis und die Machtabgabe. Ich wusste nicht recht, ob es mir gefiel oder nicht.

Nun saß ich neben Madame Noire in den bequemen Seidenkissen des Sänftensitzes, und obwohl ich weiterhin das gesamte Gepränge, die

Show und die Atmosphäre genoss, fühlte ich mich doch seit Claires »Verhörversuch« ein wenig reservierter.

»Wir sind stolz auf dich als neues Mitglied, Christine«, verkündete Mara mit ihrer klangvollen, sympathisch-samtigen Stimme, »du hast unseren Einweihungstest mit Bravour bestanden, und das ist in letzter Zeit selten geworden! Wir hatten – liebe Freunde, ihr erinnert euch sicherlich – so einige Bewerber und Bewerberinnen, doch die meisten haben es nicht geschafft. Obwohl wir unsere Prüfungsszenarien stets ganz individuell zuschneiden und so einfühlsam wie möglich auf jegliche Neigung eingehen, brach so mancher Kandidat die Prüfung ab. Du jedoch, Christine, bist etwas ganz Besonderes!«

Aufrichtig tönende, bewundernde und schmeichelhafte Worte waren das. Sie sollten mich auszeichnen, mich zugleich aber auch einlullen und in Sicherheit wiegen. In falscher Sicherheit? Ich wusste es nicht. Noch nicht!

Es kostete mich allmählich Mühe, der charismatischen Frau weiter zuzuhören, und mein Lächeln klebte wie etwas Künstliches auf meinen Lippen und erreichte nicht mehr meine Augen. Leiser Zorn brodelte in mir. Ich sah in all die lächelnden Gesichter unter den milden, weich zeichnenden Lampenlichtern und wusste, dass einer von ihnen falsch spielte. Und Mara Noire musste es ahnen, wollte aber die Wahrheit weiterhin verdrängen, verbergen, in Samt und Seide hüllen, mit Seilen fesseln und Katz und Maus mit mir spielen? *Nun denn,* dachte ich finster, *in Ordnung, spielen wir. Es wird sich ja noch herausstellen, wer die Katze ist und wer die Maus.*

Auf einmal jedoch wich die Reserviertheit wieder von mir und jenes wohlbekannte, herrliche dunkle Prickeln stellte sich erneut ein. Es begann irgendwo in meiner Herzgegend und breitete sich von dort überallhin aus. Wie von selbst schweifte mein Blick zu dem Auslöser. Vincent! Er lehnte lässig im Türrahmen und beobachtete das bunte Treiben.

Mara Noire neben mir redete noch immer, aber ich hörte kein einziges Wort mehr. Einzig das Hämmern meines Blutes dröhnte mir in den Ohren. Mit aller Kraft musste ich mich bezähmen, um nicht allzu offensichtlich zu zeigen, was in mir vorging. Musste mich zusammenreißen, um nicht von der Sänfte zu hüpfen und mich ihm geradewegs in die Arme zu werfen. Schließlich war es durchaus möglich, dass er der Täter war. Trotzdem strahlte ich, und als Vincent näherkam, sich langsam auf die Sänfte zu bewegte, musste ich an unsere erste Begegnung in den Dünen denken. Unwillkürlich malte ich mir die nächsten Stunden mit ihm aus. Erregung stieg schwer und süß in mir auf.

»Guten Abend.« Vincents Augen wanderten von mir zu Mara und wieder zurück, und so feurig-herzlich sie mir zuvor erschienen waren, so frostig-kühl wirkten sie jetzt. Ich erstarrte innerlich, plötzlich heilfroh, dass ich mich nicht allzu weit aus dem Fenster gelehnt, mich ihm nicht an den Hals geworfen hatte.

»Es tut mir leid, aber ich bin nur auf einen Augenblick hier«, erklärte Vincent und sah überhaupt nicht so aus, als täte es ihm leid.

»Geht es dir ... nicht gut?«, fragte ich zögernd. Am liebsten hätte ich ihn berührt, um den unsichtbaren Frostkreis zu durchbrechen, der ihn umgab. Doch ich traute mich nicht.

Vincent antwortete nicht, sondern nahm Maras Hand, die sie ihm hinstreckte, damit er ihr – an mir vorbei – aus der Sänfte helfen konnte.

»Ach, wie schade!« Maras Stimme klang ehrlich. »In einer so besonderen Nacht wie dieser. Ich hatte fest damit gerechnet, dass du mit uns feierst, mein Lieber. Und nicht nur ich!«

Vincent blieb stumm, streifte mich mit einem flüchtigen Seitenblick, ignorierte mich ansonsten aber vollkommen. – Ich blieb wie ein begossener Pudel in der Sänfte zurück und musste mitansehen, wie sich Mara und Vincent ein Stück entfernten. Die Worte, die sie dabei wechselten, konnte ich nicht einmal erahnen; zu weit weg waren sie schon, und das erneut einsetzende Stimmengemurmel der anderen Gäste legte sich wie ein Geräuschvorhang zwischen sie und mich. Ich saß also da und fühlte etwas, das in meinem Inneren schärfer biss als Scham. Real gedemütigt zu werden hatte nichts mehr mit lustvoll inszenierten D/S-Rollenspielen zu tun ...

Vergangenheit, 1984

Die schwarzhaarige Frau mit den stolz funkelnden Augen bewegte sich wie eine Raubkatze. Sie schritt die Reihe der demütig wartenden Männer ab und wusste, dass jeder sich danach sehnte, auserwählt zu werden. Von IHR auserwählt zu werden. Die in enges Leder gekleidete Gebieterin schaute sich jeden einzelnen genau an, ohne eine Miene zu verziehen. Nur ihre Augen blitzten. Ihre rechte Hand umschloss den schwarzen Reitstock.

Außer Shorts trugen die Sklaven nichts am Leibe, und sie hielten ihre Köpfe, wie es sich gehörte, leicht geneigt. Die Schwarzhaarige blieb endlich vor einem von ihnen stehen. Er war sehr schlank, aber gut gebaut, hatte rotbraunes dichtes Haar und blaue Augen, wie sie feststellte, als sie ihm den Reitstock unter das Kinn schob und ihn zwang, sie anzusehen.

»Du«, sagte sie kühl.

Durch die Reihe der übrigen Männer lief ein unruhiger Schauder, und auch in dem blauen Blick des Auserwählten flackerte Lustangst.

Die Herrin winkte ihren beiden Zofen und diese führten den fast nackten Mann zu dem altarähnlichen Tisch in der Mitte des kreisrunden Raumes.

Die zwei hübschen Zofen entkleideten den Mann jetzt vollständig, zogen ihm genüsslich die Shorts herunter, und seiner Kehle entfloh ein seufzender Laut. Dann musste er sich bäuchlings auf den Tisch legen, was er auch willig tat. Seine Hände und Füße wurden ausgespreizt und mit kurzen Ketten an den Eisenringen befestigt, die jeweils am Tischrand angebracht waren.

Die Reihe der übrigen Sklaven löste sich derweil auf; die Männer wichen in die rötlichen Schatten zurück und verschmolzen dort mit den anderen Zuschauern, die nun erwartungsfroh seufzten, weil die Meisterin sich nun dem Tisch mit dem gefesselten Opfer näherte.

Sie lächelte. In ihrer Hand hielt sie plötzlich, wie durch einen Zaubertrick, einen 90 Zentimeter langen, knapp einen Zentimeter dicken Rohrstock aus Rattan. Ein paarmal ließ sie ihn durch die Luft zischen. Bösartig.

Der Mann hob den Kopf ein wenig, obwohl das in seiner Position schwierig war, und schaute sie mit seinen blauen Augen ruhig an. Ein Verstoß gegen die Regeln, ein Zeichen mangelnder Demut und fehlenden Gehorsams?! Aber sie fühlte sich durch seinen Blick – bewegt. Wie sonderbar.

»Es ist Zeit für – DAS STUMME ERDULDEN!«, rief sie mit klangvoller Stimme in die Runde, und auf ihr Nicken hin legten die Zofen dem Mann auf dem Altartisch einen schwarzen Ballknebel an.

Die Szenerie war effektvoll ausgeleuchtet. Das Abendritual konnte beginnen.

Sie schwang den Rohrstock und ließ ihn auf den festen, schönen Hintern des Mannes herabsausen. Hart und gnadenlos. Augenblicklich zeigte sich eine dunkle Strieme auf der Haut.

Schön! Sie erfreute sich an diesem Anblick, fuhr jedoch direkt mit der rituellen Züchtigung fort. Wieder und wieder biss der Rohrstock zu, von ihrer kundigen Hand geführt.

Nach dem fünften Hieb zitterte der Mann immer stärker und stöhnte dumpf in seinen Knebel. Aber er machte seine Sache hervorragend, er war wirklich gut.

Sie fragte sich allerdings langsam, ob sie ihr Ziel erreichen würde – womöglich diesmal nicht. Zwar würde niemand sie deswegen kritisieren, aber eine kleine Schmach wäre es dennoch.

»Öffne dich!«, rief sie dem Mann in Gedanken zu – und mit dem zwölften Hieb gelang es ihr dann doch; seine Haut platzte an einer Stelle auf wie eine Naht, und ein paar Blutstropfen traten aus.

Er stöhnte durchdringend.

Kollektives und zufriedenes »AAAH!« von Seiten der Zuschauer.

So sollte es sein.

Die Gebieterin der Schmerzen holte aus für den dreizehnten Rohrstockhieb und platzierte diesen unterhalb der Gesäßbacken – es war der stärkste Schlag von allen. Dann war es vorbei. Das Licht erlosch.

Für wenige Momente war es dunkel, und die Meisterin tat etwas Ungewöhnliches: Sie streichelte den mit Striemen überzogenen Po des Mannes.

Als das Licht wieder anging, diskreter diesmal, wusste sie, dass sie diesen Mann haben wollte. Sie würde ihn mit sich nehmen, sobald das Zeichen gegeben wurde.

Die Zofen banden den Mann los und hüllten ihn in einen Hausmantel aus dunklem Samt. Sein Blick war offen, befreit, glücklich – er hing an dem Gesicht seiner Peinigerin, als sei sie seine Göttin.

Und in dem Moment des Rituals bin ich das ja für ihn auch, dachte sie. Sie dachte es seltsam unzufrieden.

Es war ein Uhr, und der bronzene Gong erklang. Wieder einmal. Zeit für den Kreis aus Energie. Zeit, um Lust und Schmerz lebendig werden und sich mischen zu lassen.

»Folge mir«, bedeutete sie ihrem Auserwählten.

Ein Korridor, in dem gedämpftes Licht herrschte und der blaugoldenen Teppichboden hatte, verschluckte sie beide.

Nur wenig später hatten sie eine Reihe von Türen passiert, die sehr plastische, äußerst künstlerisch gestaltete 3-D-Motive trugen. Vor einer solchen Tür blieb die schwarzhaarige Lady mit ihrem devoten Begleiter stehen. Das Bild war absolut lebendig: Es zeigte einen geschwungenen Brückenausschnitt, silberblaues Wasser und eine Gondel, so dass man wahrhaftig einen Moment glaubte, hinter dieser Tür müsse sich Venedig befinden.

Betrat man den Raum, verflog diese Illusion natürlich sofort, und man erkannte einen weitläufigen Raum, praktisch eine Zimmerflucht, im Augenblick spärlich durch große beleuchtete Salzkristalle erhellt, nur an einigen Stellen. Einige Vitrinen sah man und auch eine hellfarbige Sitzgarnitur, bestehend aus Sesseln und einem Sofa – auf genau dieser Couch ließ die Gebieterin sich anmutig nieder und öffnete die obersten Knöpfe ihres Lederkleides.

»Was stehst du einfach so da und starrst mich an!?«, herrschte sie den Mann an, dessen ekstatisch hingerissene Blicke wahrhaftig glühend waren.

»Zieh dich aus und auf alle Viere. Ja, genau hier vor mich. Los.«

Eilig und doch anmutig gehorchte er – ja, er hatte etwas Edles an sich, war nicht auf jene kriecherische Weise unterwürfig, die sie als langweilig und abtörnend empfand.

Vermutlich war dieser Mann jemand, der es nur ab und zu genoss, sich einer starken Frau gehorsam hinzugeben. Sie benutzte ihn als Tisch und legte ihre gestiefelten Beine auf seinem Rücken ab. Das gestriemte Hinterteil schonte sie dabei natürlich. Und gewahrte im nächsten Moment seine Erektion.

»Ach, sieh mal an.« Sie sagte es ironisch, und er wurde rot.

»Verzeiht, meine Herrin.« Es war das erste Mal, dass er sprach; seine Stimme klang ruhig, tief und voll. Wunderbar klang sie.

»Wage es nicht zu kommen, ohne dass ich es dir erlaube, Sklave …«, sagte die Gebieterin streng und schüttelte ihre schwarze Lockenpracht energisch.

Und doch fühlte sie bei aller Strenge ein süßes Ziehen, ein Verlangen, etwas … Unnennbares. Mit einem Ruck nahm sie ihre Füße von seinem Rücken und befahl ihm hart, vor ihr zu knien.

Lustvoll führte er auch diese Anweisung aus. Ihre Hände mit den dunkelviolett lackierten, langen und spitzen Nägeln streckten sich quälend langsam nach ihm aus, berührten die Brustwarzen erst sanft. Doch dann packte sie fester zu, genoss sein Aufstöhnen, zwirbelte die Warzen immer stärker, bis er mit den Zähnen knirschte und es ihn Mühe kostete, seine Position zu halten. Aber sein Schwanz zuckte und wurde immer härter, und er stieß kehlige Laute aus unter der seligen Qual und der Hingabe. Sie beschloss, ihm eine außergewöhnliche Gunst zu gewähren und ihn zu wichsen. Gefühlvoll und fest zugleich packte sie seinen seidigen, geraden Schwanz und bewegte ihre Faust um ihn herum rhythmisch auf und ab, mal langsamer, mal schneller, und sein Stöhnen wurde wilder und wilder.

»Nicht kommen!«, mahnte sie abermals, und er presste ein: »Ja, Herrin!«, hervor, unter Aufbietung aller Kräfte.

Sie lächelte, ein warmes, echtes Lächeln war es, nicht die kühle Ironie einer dominanten Frau, nein …

»Leck mich!«, forderte sie den Sklaven auf, und auch in ihrer Stimme schwang dieser warme Ton mit, obwohl es ein Befehl war, den sie erteilte.

Sie streckte sich auf dem Sofa aus – sie hatte es satt zu sitzen, sie wollte auch einmal ganz entspannt liegen. Zögernd erhob er sich von den Knien und beugte sich über sie, bewegte seinen Kopf auf ihre Möse zu … ihre Hände zogen den Lederrock hoch, entblößten weiße Schenkel, bekleidet nur mit Strapsen und Strümpfen; einen

Slip trug sie nicht. Jäh packte sie seinen Kopf, zog ihn zu sich heran und küsste ihn. Es war ein glühender, leidenschaftlicher Kuss, den er anfangs verlegen, dann aber überwältigt erwiderte, und sie küssten einander hungrig, ja gierig.

Ehe er ihre Schamlippen, die äußeren zuerst und dann die inneren, zu lecken begann und sich mit kreisenden Zungenbewegungen zur Klit vortastete, diese äußerst geschickt zu verwöhnen begann – sie schnappte keuchend und erstaunt nach Luft und schrie laut ihre Lust hinaus, als sie zu einem sie glitzernd durchtosenden, herrlichen Orgasmus kam.

So – schnell!

Der Mann strahlte sie an mit seinen vergissmeinnichtblauen Augen.

Unaufgefordert nahm er wieder die kniende Stellung ein und wartete geduldig, bis seine Herrin sich von ihrem Höhepunkt erholt hatte. Es erregte ihn, ihr zu Diensten zu sein, daran konnte nicht der leiseste Zweifel bestehen – steif ragte sein Schwanz auf und musste ihn inzwischen lustvoll quälen.

Wie gut er aussah und wie wundervoll einfühlsam er war … Die schwarzgelockte Gebieterin beschloss, ihn zu erlösen. Aber ein wichtiges Detail fehlte noch.

Sie erhob sich und ging in den hinteren Teil ihrer Räume, und von dort holte sie ein Paar Handschellen, mit dem sie ihrem Auserwählten die Hände auf den Rücken fesselte. Er seufzte wohlig auf.

»Ich war mir sicher, dass dir auch das Spaß machen würde«, sagte sie weich.

»Du hast mir ja eben sehr schön die Möse geleckt … aber meinen Hintereingang hast du total vernachlässigt, Sklave.«

Sie drehte sich schwungvoll um, zog abermals den Rock hoch und senkte dann langsam ihr prachtvoll gerundetes Gesäß auf sein Gesicht nieder. Mit den Händen stützte sie sich dabei am Sofa ab.

»Ja, Herrin«, gelang es ihm gerade noch zu murmeln, und im nächsten Augenblick spürte sie seine geschickte Zunge auch in ihrer Rosette, was höchst angenehm war.

Sie wusste nicht wieso, aber alles, was er mit ihr anstellte, machte sie scharf. Es war schon eine ganze Weile her, dass sie auch nur annähernd Ähnliches erlebt hatte … Er machte seine Sache so gut, dass sie vor dunklem Genuss hemmungslos zu stöhnen anfing. Ihre

Erregung stieg mehr und mehr, wie die Meeresflut, und in wohliger Schwäche war auf einmal sie es, die auf die Knie sank, während er sie weiter und weiter mit seiner Zunge beglückte. Er stieß sie förmlich in ihren Anus hinein, beinahe fordernd, und sie genoss es. Ihre Möse schwoll an und begann verlangend zu pochen, und Lustsaft tropfte langsam aus ihr heraus.

»Komm …«, stieß sie lockend mit angerauter Stimme hervor und taumelte mit weichen Knien der Länge nach auf das Sofa.

Sie streckte die Arme nach ihm aus, und er kam. Legte sich behutsam auf sie.

»JAAA!«, keuchte sie auf, als seine Wärme auf sie überströmte und sie seine Männlichkeit spürte, die mehr als bereit war. »Ja, fick mich!«

Die Geräusche seiner Lust, die er von sich gab, stammten tief aus seinem Inneren, als er sie, sanft zuerst, dann immer härter, mit den Stößen seines großen Schwanzes beglückte.

Es war herrlich, und sie gelangten beide fast genau zur gleichen Zeit zu langen, funkelnden und atemberaubenden Orgasmen …

Nachdem sie sich ein wenig erholt hatten, fasste die Frau zärtlich die Hand des Mannes, der an sie gepresst auf dem Sofa lag, und sie flüsterte weich: »Du, ich kenne noch nicht einmal deinen Namen …«

»Oh«, machte er, »das … ich meine, dabei sollten wir auch bleiben. Ich bin anonym hier, das wissen Sie doch.« Er lächelte, um seinen Worten die Härte zu nehmen, aber sie schluckte dennoch.

Ein ABER schwebte auf ihren Lippen; er versuchte es zu unterdrücken, indem er ihren violett geschminkten Mund rasch küsste.

Vergebens.

Nach dem Kuss sagte sie hartnäckig: »Aber wir werden uns wiedersehen?«

»Es war großartig!«, beteuerte er. »Und ich werde bestimmt daran denken und wenn ich … also wenn sich noch einmal die Gelegenheit ergeben sollte, dann komme ich sicher wieder hierher.«

Das klang reichlich vage. Und er schaute sie fast ein wenig erstaunt an. Sie hatte auf einmal nur noch wenig Ähnlichkeit mit der dominanten strengen Gebieterin, die sie doch vor kurzem noch gewesen war.

»Wohin gehst du denn jetzt?«, fragte sie.

Er sah sie ruhig an.

»Zu meiner Frau«, antwortete er fest.

Als er fort war, kämpfte sie mit ihren Tränen, erhob sich endlich und ging zu ihren Vitrinen im hinteren Teil des Raumes. Berührte das kühle Glas jeder einzelnen, öffnete die eine oder andere, um sich am Anblick der kostbaren Sammlerstücke zu erfreuen. Strich mit ihren Fingerspitzen über Schmuckstücke, Münzen, eine antike Vase, die Zöpfe einer alten Puppe. Sie führte diese Handlungen wie unbewusste Rituale durch, und sie atmete dabei allmählich gleichmäßiger.

Der scharfe Schmerz, den sie soeben noch empfunden hatte, schien sich zurückzuziehen – wie ein Drache, der wieder in seiner Höhle verschwindet.

Kapitel 10

Der Gong erklang exakt um 1 Uhr. Fünfstimmig diesmal, nicht laut, aber sehr machtvoll. Der Ton schien von überall zu kommen, wurde von den Wänden zurückgeworfen und brachte alle Zellen meines Körpers zum Klingen. Neben mir erhob sich Mara Noire in der Sänfte und für Sekunden vermeinte ich beinahe die Träger ächzen zu hören. Alsdann wurde die königlich wirkende Frau von einem silbernen Lichtkegel erfasst. Der im Verborgenen arbeitende Beleuchtungstechniker des »La Belle Folie« war wirklich geschickt.

»Meine Freunde und Freundinnen! In der Nacht der Sommersonnenwende findet abermals unser Fest am Strand statt! Ich habe uns wie immer den ›plage naturiste‹ reserviert und auch die Erlaubnis für ein Sonnwendfeuer erhalten ...Euer Erscheinen wird also erwartet.« Sie klatschte in die Hände. »Und nun wie stets zur gleichen Zeit: Licht und Schatten, Schmerz und Lust. Das Zeichen ist gegeben«, sie malte drei ineinander verschlungene Ringe in die Luft, »essentiell wie stets, denn Rituale sind die Quelle unserer Energie. Lasst Tanz und Spiel beginnen, seid frei, entfaltet und entwickelt euch!«

Lebhaftes Gemurmel brandete rings um uns auf Anscheinend hatten alle Gäste auf dieses Zeichen gewartet. Raue und melancholische Blues-Rhythmen erfüllten mit einem Mal den Raum, Paare und Gruppen begannen zu tanzen, und beinahe fließend gingen die bloßen Tänze in einen erotischen Reigen über. Viele zogen sich aus oder entblößten sich bis auf knappste Dessous, ganz so, als hätte die Chefin *Entfaltet, entwickelt und entkleidet euch* gesagt.

Mara Noire glitt behände an ihrer Seite aus der Sänfte, und ich tat es ihr gleich. Seltsam erregt und zugleich neben mir stehend, hungrig und übersättigt zugleich durchstreifte ich den Raum, verspürte vorerst jedoch keine Lust, mich meines kleinen Schwarzen zu entledigen, ließ es aber zu, dass neugierige Hände meine Schulterträger herabstreiften und somit noch ein wenig mehr vom Ansatz meiner Brüste freilegten … Niemand versuchte mich zu bedrängen oder auch nur zu irgendetwas zu überreden. Und es ging nicht sofort zur Sache. Die knisternde, lustvolle Spannung baute sich allmählich auf, es war untersagt miteinander zu spielen, mehr zu tun als intensiv zu flirten, untersagt so lange, bis »das Ritual« begann.

Jeder und jede hielt sich an diese Regel. Erst wenn das Ritual begann, konnten sich die aufgestauten Energien entladen, Sehnsüchte, die sich mit ungeahnter Süße gefüllt hatten durch das Zurückhalten, die Verzögerung. Und so ließ ich mich treiben. Immer wieder suchte Gunter meine Nähe, doch ich wusste nicht, ob ich mich auf ihn einlassen wollte, und wich ihm unentschlossen einmal aus, ein anderes Mal trieb ich wieder auf ihn zu … womöglich wäre ich doch rasch in seinen Armen gelandet, aber im letzten Moment entschied ich mich für jemand anderen. Mir fiel ein anderer Mann auf, der im Alter etwa Mara Noire entsprach und ihr auch sonst seltsam ähnlich war. Genau dieser Mann hatte sich an der verdächtigen Limousine zu schaffen gemacht und von Madame Noire ein vertrauliches Schulterklopfen erhalten.

Entschlossen näherte ich mich ihm, der einsam – und noch vollständig bekleidet – in einer Ecke stand. Seine dunkelgrünen Augen blickten melancholisch in die Ferne, das schwarze, grau gesprenkelte Haar hing ihm strähnig in die Stirn. Irgendwie passte er nicht zu der lustvollen Heiterkeit ringsum. Seine etwas scheue, fast schüchterne Haltung machte es mir leicht, ihn freundlich anzusprechen.

»Sie stehen hier ganz allein … haben Sie vielleicht Lust, mit mir ein Gläschen Wein zu trinken?«

Überrascht schaute er mich an. Anscheinend nahm nicht oft jemand von ihm Notiz. Aber er zwang sich zu einem Lächeln. »Ja, wieso nicht. Leopold«, stellte er sich vor.

»Christine«, lächelte ich zurück.

Plötzlich begann er zu lachen, obwohl seine Augen weiterhin ihren traurigen Ausdruck behielten. »Oh ja, ich weiß. Ihr Name wurde heute oft genug genannt … und außerdem hat Mara schon zuvor häufig von Ihnen gesprochen.«

»Sind Sie … ähm … also Sie und Madame Noire? Sind Sie Maras …

ähm …?« Ich schämte mich selbst meines Gestammels, konnte aber für Sekundenbruchteile keinen klaren Gedanken fassen..

»Ja, Mara ist meine Schwester. Meine Zwillingsschwester, um ganz genau zu sein.«

Ich folgte ihm aus dem Saal hinaus, zu einem gemütlich eingerichteten Raum mit mehreren Tischen und locker zusammenhängenden Sitzgruppen. Ihm gegenüber Platz nehmend sah ich zu, wie Leopold uns goldfarbenen Wein aus einer Karaffe in zwei tulpenförmige Gläser eingoss.

Der devote Bruder der dominanten Clubchefin … Ich erinnerte mich daran, wie ehrfürchtig er zur Seite gewichen war, als Mara Noire ihm entgegen gekommen war. Irgendwie sympathisch, aber ebenso wenig anziehend und erotisch wie zum Beispiel Alain, der »Boy für alles«.

Einen Moment lang ließ ich mich zurücksinken in die behagliche Sitzgelegenheit und genoss die kleine Insel der Ruhe. *Es wäre wirklich schön hier in diesem Club*, dachte ich, *wenn ich vertrauen und genießen könnte.* Leise seufzend nippte ich nur an meinem Weißwein. Er schmeckte fruchtig-herb und war ebenso erstklassig wie alles hier im Club – und für den Augenblick genügte mir das an sinnlichem Genuss.

»Sie haben für das bunte Treiben hier nicht so viel übrig, Leopold?«, vermutete ich, und er nickte mit leicht geöffneten Lippen.

»Ich scheine heute einfach nicht in Stimmung zu sein«, antwortete er in entschuldigendem Ton.

»Das ist doch in Ordnung«, entgegnete ich besänftigend, »man kann ja nicht immer in Stimmung sein. Vor allem, wenn man tagein, tagaus mit ›La Belle Folie‹ zu tun hat.«

Er sah mich aufmerksam an. »Wieso vermuten Sie das?«

»Na ja, Sie sind mir heute Mittag schon aufgefallen, als Sie in diesem todschicken Wagen etwas suchten. Ich war im Adamant Bistro – da wusste ich noch nicht, dass ich gleich darauf Ihre faszinierende Schwester kennen lernen würde!«

Leopold lächelte auf sonderbare Weise. Fast ein bisschen schmerzlich. »Ja, Mara ist eine phantastische Frau, nicht wahr? Ich freue mich, dass Sie auch dieser Ansicht sind, Christine … Kommen Sie, ich zeige Ihnen etwas.«

Plötzlich ging ein Leuchten über sein Gesicht. Fast im selben Moment stand er auf, nahm meine Hand und zog mich hinter sich her, einen schmalen Korridor entlang und zu einer Tür, die mit einem verblüffend realistischen 3 D-Gemälde geschmückt war. Hatte Leopold schon beim Aufstehen anders gewirkt, schien er nun regelrecht verwandelt zu sein. Verschwörerisch blinzelten mir seine tiefgrünen Augen zu, während er mich in Maras private Gemächer führte. *Hoffentlich hat uns niemand gesehen!*, dachte ich. Doch von dieser leichten Furcht abgesehen, war ich höchst begeistert von der unvermuteten Gelegenheit, ein paar Eindrücke in den Privaträumen der undurchsichtigen Clubchefin zu sammeln.

»Schau dir an, wie fabelhaft ihre Sammlung ist …«, Leopold stellte das Licht in dem Raum anders ein und deutete auf zahlreiche Vitrinen. Hinter dem ersten Glas gab es alte, kunstvoll geschmückte Puppen. Sie wirkten wie Miniaturausgaben echter Menschen, ihre Kleidung genauestens getroffen. Und der Schmuck … Ich hätte Stein und Bein geschworen, dass er echt war. Vom kleinsten Ohrring bis hin zum auffallenden Halsschmuck.

Ich ging einige Schritte weiter und betrachtete uralte Münzen, Goldgravuren aus der Zeit Philipp II von Makedonien genauso wie Byzantinische, Römische und … Großer Gott! Waren die echt? Ich konnte spüren, wie meine Hände beim Blick auf die Karthagischen Schekel feucht wurden. Nur mit Mühe konnte ich mich von diesem Anblick lösen und mich dem nächsten Schaukasten zuwenden. Edelsteine jedweder Farbe und Gattung waren in unterschiedlichen Schliffen ausgestellt. Teilweise einzeln, teilweise zu Schmuck verarbeitet. Wenn tatsächlich alles echt war, musste allein der Inhalt dieses einen Kastens Tausende Euros wert sein. Und die anderen Sachen erst! Diamantbesetzte Büstenhalter, Goldgeschmiedete Kettendessous, Intimschmuck aus Silber und viele andere Dinge, die ich nicht wirklich zuordnen konnte. Aber alles sah wertvoll aus, teure Unikate und teilweise sogar antike Stücke – wie die Vase, die eine homoerotische Szene zeigte und womöglich tatsächlich aus dem alten Griechenland stammte. Benommen von soviel Reichtum und unerwarteten Informationen sah ich mich um. In den Glasvitrinen, die in den halb dunklen Ecken standen waren weitere Sachen ausgestellt. Neugierig machte ich ein paar Schritte vorwärts in dem geschmackvoll eingerichteten Raum.

In dem Moment geschahen zwei Dinge gleichzeitig. Leopold hielt mich sacht von hinten fest und streichelte über meine nackten Arme;

seltsamerweise hatte ich das Gefühl, dass er es mechanisch tat und in Gedanken weit weg war. Zudem sah ich plötzlich auf dem lederüberzogenen schweren Schreibtisch – antik wie die meisten Möbel hier – mehrere Fotografien in schwarzen Lederrahmen. Und die, die ich sehen konnte, zeigte MARA UND MEINEN VATER. Eng umschlungen. Sie wirkten beide sehr jung auf dem Bild, eine ockerfarbene Hausfassade befand sich im Hintergrund, und eine dritte Person, eine Frau mit Maske und kastanienfarbenen Locken stand vor dem glücklichen Paar. Sie trug einen herrlichen Diamantschmuck, der zugleich irgendwie eigenartig aussah. Ein bisschen erinnerte er mich an einen Harness … nur dass das Halsband sehr stark hervorstach …

All das erhaschte ich in den wenigen Sekunden, ehe ich mich verlegen aus Leopolds Armen wandte. »Ich denke, dass es keine gute Idee wäre …« Ich ließ den Satz bewusst offen, hoffte, dass Leopold ihn durch eine glaubwürdige Erklärung ergänzen würde. Was er auch gleich tat.

»Mara oder Gunter?« Süffisant hob er eine Augenbraue bei der Frage, wirkte aber nicht beleidigt, sondern eher in seiner Meinung bestätigt.

Ich lachte leise. Obwohl ich auf eine glaubwürdige Erklärung gehofft hatte, lag er soweit daneben, dass ich einfach nachfragen musste: »Wieso die Beiden?«

Für einen Augenblick wirkte Leopold irritiert. Dann grinste er und zum ersten Mal erreichte sein Lächeln auch seine Augen. »Weil es immer die beiden sind. Konkurrenten in der Liebe und im Hass. Sie machen aus allem einen Wettstreit.« Er lächelte ein wenig gequält, als wäre ihm sowohl die Offenbarung als auch das Verhalten seiner Schwester peinlich. Aber immerhin erklärten seine Worte Gunters Misstrauen bezüglich meiner Neu-Akquirierung.

»Und wieso ist das so?« Ich warf einen neuen Blick auf den Schreibtisch. Doch außer dem Bild mit der merkwürdigen Dreierkonstellation konnte ich wegen der unglücklichen Beleuchtung keines der Motive erkennen.

»Ist irgendwie schon immer so gewesen!« Leopold zuckte nonchalant mit den Schultern. Sein Auftreten wirkte wieder ebenso melancholisch wie im großen Saal und es schrie förmlich, dass es eine Lüge verbarg.

»Dann darf ER die schöne Limousine sicher nicht fahren, oder?«, lachte ich gespielt lässig und hoffte, dass der Übergang zu meiner Frage witzig genug klang, um nicht aufzufallen.

Tatsächlich runzelte Leopold zwar die Stirn, hakte aber freundlich nach: »Die Club-Limousine?«

»Club-Limousine?«, wiederholte ich. »Heißt das, jeder, der hier Mitglied ist, darf den Wagen benutzen?«

Er grinste und schüttelte den Kopf. »Nein, das nun doch nicht! Zugang hat nur der enge Kreis. Also doch dein Gunter«, er zwinkerte mir anzüglich zu, »Mara, Vincent, Claire und ich … irgendwie. Ach nein … mein Neffe auch. Aber der Bursche ist so selten hier, dass ich mich nicht mal mehr an seinen Namen erinnere.«

Leopolds Lachen, das seinen letzten Satz begleitete, informierte mich darüber, dass er sich sehr wohl an den Namen erinnerte und nur übertrieb, aber auch nicht gewillt war, mir mehr über Maras Sohn zu verraten.

Vergangenheit, 1985

Maras Obsidianaugen blitzten, als sie sich zu dem Pärchen umdrehte, das ihr bis vor die Tür gefolgt war, vor der sie nun stehenblieb. Mit schwungvoller Gebärde präsentierte sie den beiden, die Tür aufreißend, den Raum.

»Na, was sagt ihr? Unser neues Zimmer – la Chambre Surprise!« Sie lachte und zeigte ihre schimmernden Zähne.

Auf den ersten Blick unterschied sich der Raum gar nicht so sehr von den anderen: gediegen, edel eingerichtet mit teuren Teppichen, angenehmen Stehlampen und diversen Möbelstücken. Allerdings sahen die teilweise ein kleines bisschen merkwürdig aus.

»Wie gefällt es euch? Mademoiselle Vogel?«

Der schlanke junge Mann lächelte, während er seine Augen unternehmungslustig durch den Raum schweifen ließ.

»Phantastisch. Du hast dich selbst übertroffen …«

Beschützend legte er den Arm um die brünette junge Frau, die ein wenig scheu und skeptisch wirkte. Sie lächelte aber sogleich vertrauensvoll zu ihm hinauf. Ihre anfängliche Nervosität schien wieder zu verfliegen … Er küsste sie kurz, aber sehr zärtlich, und legte das Kästchen, das er in seiner anderen Hand hielt, sorgsam auf eine Palisander-Kommode in der Ecke. Ein paar Minuten ließen die Drei einfach nur die Atmosphäre des Zimmers auf sich wirken. Ed grinste breit, als er auf zwei der Stühle zutrat, die lange, leiterähnliche Rückenlehnen hatten, an denen eiserne Ringe hingen …. Mara befasste sich inzwischen mit der Brünetten und schaute sie mit strengem Blick an.

»Mademoiselle Vogel? Ich möchte jetzt sehen, ob Sie meinen Wünschen entsprechend gekleidet sind – unter diesem Fähnchen, das Sie da anhaben.«

Die junge Dame errötete und beeilte sich, ihr bunt bedrucktes Sommerkleid über den Kopf zu ziehen. Sie suchte dabei Halt an ihrem Begleiter, der wieder an ihre Seite trat und dessen Hose sich bereits sichtbar ausbeulte.

»Mhmmm«, seufzte er anerkennend, als Mademoiselle Vogel ihr Kleid entfernt hatte.

Darunter trug sie eine schwarze Spitzen-und-Satin-Büstenhebe, die ihre kleinen rosigen Nippel keck hervorspringen ließ, und einen gleichfalls mit Spitzen besetzten und im Schritt offenen Slip. Auch Mara betrachtete den in diesen verführerischen Dessous steckenden Körper wohlgefällig. Genau so hatte sie es sich gewünscht. Sie gab ihr nur mit den Augen einen Befehl. Anmutig kniete das Mädchen vor Mara nieder. Und diese stieg aus ihrem langen schwarzen Samtrock. Ihr Unterleib war entblößt.

Leise klassische Musik erklang auf einmal, und Vanilleduft breitete sich im Raum aus. Ed trat von der Wand zurück, wo er den Schalter für die Duftorgel betätigt hatte, und gesellte sich wieder zu den beiden Damen. Der erotische Dreier-Reigen konnte beginnen. Auch er entkleidete sich und es erregte ihn unübersehbar stark, die zwei Frauen miteinander spielen zu sehen. Er setzte sich auf ein niedriges Sofa und seine Hand umschloss seinen aufgerichteten Schwanz – es machte ihn unwahrscheinlich an zu sehen, wie Mademoiselle Vogel seine Freundin Mara mit ihrer Zunge verwöhnte. Sein Stöhnen vermischte sich mit dem von Mara, während diese, auf einem niedrigen Samtsessel niedersinkend, den braunhaarigen Kopf ihrer neuen Gespielin mit den Händen dirigierte, mal fester, mal sachter gegen ihren Schoß presste und so anzeigte, wie sie es haben wollte. Maras Blick traf den seinen über den Kopf von Mademoiselle Vogel hinweg, und sie nickte beinahe unmerklich. Noch deutlicher las er das Einverständnis in ihren dunklen Augen – JA! Sie war bereit, das zu tun, was sie besprochen hatten.

Doch erst einmal gab sie sich, tief atmend, dem vertrauten Gefühl hin, das das »neue Mädchen« in ihr auslöste. Mademoiselle Vogel – die erst danach mit ihrem Vornamen angeredet werden würde – machte ihre Sache sehr gut; ihre sehr weiche, bewegliche, zarte Zunge leckte durch die feuchten Falten von Maras Geschlechtes, fand die vor Lust geschwollene Perle, bearbeitete sie kundig, so dass pures Vergnügen schauernd durch Maras Adern rieselte. Bei der köstlichen Entladung schrie sie rau auf und ihr gesamter Körper zuckte minutenlang.

Dann kam Ed, der sich noch keine Erleichterung verschafft hatte, und er hüllte sich in die schwarze Seidenrobe des Meisters.

»Komm«, sagte er zu Mara.

Mit sanfter Strenge dirigierte er sie zu einem harmlos aussehenden Blumenhocker. Der hatte diskret angebrachte, im Holz versenkbare Eisenringe, die ihn im Handumdrehen in ein Strafmöbel verwandeln konnten … oder in eines der dunklen Lust, ganz, worauf man die Betonung legen wollte.

Selig entspannt und voller Vertrauen schaute sie ihm in die Augen. Das fremdartige Gefühl, sich in die Hände eines anderen zu begeben, schwand … stattdessen lud sich ihr Inneres mit wohliger Spannung auf … Spannung, die in einem feurigen Strom durch ihren Körper floss. Und Ed achtete bei seinem folgenden Tun sehr, sehr genau auf ihre Reaktionen. Es war besonders in diesem Fall extrem wichtig, denn sie war noch nie auf die andere Seite gewandert, war bislang stets die Herrin gewesen, die Gebieterin, die Schmerz und Lust verteilte … ohnehin ging es ja NUR mit Vertrauen und Achtsamkeit beim Spiel mit jener intensiven, dunkelsüßen Seite der Erotik. Er fesselte sie an den Hocker, rücklings, mit bereit liegenden Ledermanschetten, und alsdann liebkoste er genüsslich ihre Schamlippen, um dann, sich langsam steigernd, ihre seidenglänzende nasse Möse mit Schlägen zu verwöhnen – sanft, mit der flachen Hand, aber spürbar. Sie seufzte lustvoll.

Die Dritte im Bunde, Mademoiselle Vogel, hatte eine Weile angeregt zugeschaut, bis irgendetwas sie zu stören schien. Fühlte sie sich ausgeschlossen? Konnte sie es nicht erwarten, bis auch sie an die Reihe kam? Aus den Augenwinkeln beobachtete Mara, wie das Lächeln auf Mademoiselle Vogels feinen Gesichtszügen verblasste. Es welkte wie eine Rose ohne Wasser. Das blieb für Mara aber ein sehr flüchtiger Eindruck – Eds Hände und sein steifer, harter Schwanz beschäftigten sich so intensiv mit ihrem Körper, dass die Lust stärker und stärker durch ihre Nerven pulsierte, und sie vergaß die Neue. Vergaß die Dritte im Bunde für zeitlose Momente.

Vor Wonne fast unkenntliche Wohllaute drangen aus ihrer Kehle – oh, wie herrlich, sich einmal vollkommen fallen zu lassen – in Eds Arme! Nur in seine! – sie war gefesselt und konnte sich gegen nichts wehren, was er mit ihr machte – und sie WOLLTE sich auch nicht wehren …

Endlich drang er grob in sie ein – sie genoss seine Grobheit – allein das ließ sie mit wilderen Schreien als zuvor und lang, unglaublich lang wie eine rollende Woge der Nordsee, zum Orgasmus kommen.

Ed löste die Fesseln und liebkoste die halbnackte Mara ausgiebig danach; sie umarmte ihn und sie waren beide hochzufrieden, wohlig ermattet, mehr denn je.

Aber Mademoiselle Vogel ging danach unziemlich früh. Ihr »Geschenk«, das sie Ed überreicht hatte, ein mahagonifarbenes Kästchen mit wertvollem Schmuck darin, ließ sie zurück.

Kapitel 11

Mara, Vincent, Claire, Leopold und Gunter … Wer von ihnen hatte das Auto zur Tatzeit gefahren? Ich sah mich um, konnte aber weder Claire noch Mara entdecken. *Also Gunter*, dachte ich. Endlich hatte ich einen Grund, mich mit ihm einzulassen!

Doch wie immer, wenn man etwas ganz dringend brauchte, war es verschwunden. Die ganze Zeit über hatte Gunter MICH begehrt, hatte alles probiert, um in meiner Nähe zu bleiben, aber jetzt war er wie vom Erdboden verschluckt. Also ließ ich mich erst einmal weiter durch die Clubnacht treiben, hielt Ausschau nach Gunter und tauchte in die sinnlich-prickelnde Atmosphäre von »La Belle Folie« ein. Bald schon konnte ich die Spannung in meinem Inneren, lustvolle Spannung, die sich entladen wollte, nicht mehr ignorieren. Ich hatte ja gehofft, meine Bekanntschaft mit Vincent auf angenehme Weise vertiefen zu können, doch nun war die Lava meines Begehrens erst einmal zu Eis abgekühlt. Was nicht bedeutete, dass die gesamte Lava abgekühlt war. Im Gegenteil, sie wühlte in meinen Eingeweiden, pochte in meiner Libido und kribbelte in meiner Klit. Selbst mein Verstand hielt es für eine gute Idee, mit anderen Leuten ins Gespräch zu kommen, um die Alibis der potentiellen Autofahrer zu prüfen.

Und so fand ich mich schließlich mit einem jungen Pärchen in einem Zimmer namens Flamingo-Raum wieder. Es war vollkommen in Pink, Rosa und Lachsfarben eingerichtet; auch hier gab es unzählige Kissen in allen Größen und sogar ein kleiner Pool mit rosig beleuchtetem Wasser.

»Wie waren denn eure Aufnahmezeremonien?«, fragte ich, während ich meine Hand ins Wasser tauchte, um die Temperatur zu testen.

Die junge Frau erschauderte kunstvoll. »Meine fand hier statt. Ich hatte mich bis dahin noch nie vor Zuschauern nackt gezeigt, und da sollte ich es vor einem Haufen vermummter Kuttenträger tun. Das war ganz schön unheimlich … UND ich bin voll drauf abgefahren.«

»Ich war einer der Vermummten«, lächelte der Mann und strich seiner Partnerin durch das Haar. Mehr wollte er offenbar nicht sagen, also ergriff ich wieder das Wort und schlenderte zu den beiden, die sich schon auf den Kissen niedergelassen hatten: »Für mich ist es ja meine erste Nacht bei euch. Der Club ist super ausgestattet … nahezu jedes Detail bringt mich zum Staunen.« Ich krabbelte auf die Kissen. »Eben habe ich von Leopold erfahren, dass es sogar eine clubeigene Limousine gibt.«

»Leopold?«, unterbrach mich der Mann, bevor er zu lachen begann. »Ach so, ja, der unauffällige Bruder unserer schillernden Mara. Schade, dass er die Limou nicht selbst fahren kann, oder?« Er grinste immer noch so vergnügt, dass ich nicht umhin kam, eine weitere Frage zu stellen: »Wieso denn nicht?«

»Na, weil er keinen Führerschein hat.«

Grinsend schlug ich mir mit der flachen Hand vor die Stirn. DAS erklärte Leopolds »irgendwie« natürlich eindrucksvoll – und nahm ihn ebenso eindrucksvoll von meiner Verdächtigenliste.

»Und die anderen? Leopold erzählte mir von Mara, dem alten Gunter, Vincent, Claire … und seinem Neffen, der sei aber zu selten hier.«

Der Mann legte kurz die Stirn in Falten und nahm einen Schluck aus seinem Glas. Seine Freundin stand auf und mixte an der kleinen Bar für jeden einen pinkfarbenen Drink. Passend zur Einrichtung.

»Mir fällt der Name nicht ein. Aber er ist eh außer Landes – so gut wie immer jedenfalls.« Er wandte sich seiner Partnerin zu, die mir gerade meinen Cocktail reichte. »Weißt du den Namen, Schatz?«

Sie schüttelte den Kopf. »Nö, habe ihn aber auch nur einmal in dem Jahr gesehen«, sie nahm einen Schluck von dem Getränk und schüttelte sich leicht. »Aber Gunter, den habe ich gesehen!«.

Sie kicherte. »Er sitzt an der Kellerbar und sammelt sich … für … Erlebnisse.« Mit einem Seitenblick auf mich ergänzte sie: «Und ich glaube, Gunter wird nicht eher ruhen, bis er das hat, was er begehrt!« Sie begann sich langsam und provozierend auszuziehen. Und unter dem Blick ihres Freundes tat ich es ihr nach. Endlich!

In wohliger Trance zog ich Kleid, Tanga und schwarzen Spitzen-BH aus, und das Paar betrachtete mich ebenso wohlgefällig wie ich sie. Die Frau war klein und von harmonischer Rundlichkeit, dabei ausgesprochen hübsch. Ihre makellose Haut besaß einen perlenhaft rosigen Schimmer, und ich starrte fasziniert auf ihre Nippelpiercings, goldene Ringe, die sehr gut kontrastierten zu ihren großen dunklen Höfen. Er hingegen besaß einen straffen, sehnigen Körper und hatte eine sehr helle Haut. Außerdem war er überall rasiert – nannte man nicht Männer wie ihn neuerdings »Delfine«? Sein beeindruckender Schwanz stand bereits so weit aufrecht, dass er sich beinahe gegen seinen unteren Bauch presste – die große Eichel glänzte in einem intensiven Rosé – und auch er besaß ein Intimpiercing: einen Prinz-Albert-Ring. Ich schluckte leicht.

Beide lächelten, als sie mein lebhaftes Interesse bemerkten.

Gemeinsam wechselten wir zu den seidigen Laken, wo man sich zwischen kopfgroßen Rosenquarz-Kristallen und Amethyst-Drusen verspielen konnte. Unabgesprochen ließen wir uns dort im Kreis voreinander nieder und begannen einander zu streicheln. Obwohl ich mich noch nie mit einem Paar vergnügt hatte, entspannte ich mich rasch, fiel in wohlige Passivität und ließ mich von beiden liebkosen und massieren. Mein Schoß wurde nass und bereit, aber als die Frau mich lecken wollte, legte ich schnell eine Hand vor meine Möse, was ohne weiteres akzeptiert wurde. Ich hatte jedoch nichts dagegen, sie ein wenig mit meiner Zunge zu beglücken – das wollte ich gern einmal ausprobieren. Zaghaft erst, dann aber durch ihr anspornendes Stöhnen ermutigt, leckte ich ihre Schamlippen und die pralle Klit, schmeckte sie, der ein scharf-süßliches Moschusaroma entströmte. Während ich das tat, fing ich plötzlich an zu stöhnen, da der Mann anfing, mich von hinten zu fingern. Und sobald er spürte, dass wir beide bereit waren – wir stöhnten verlangend nach MEHR!, zog er sich rasch ein rosa Kondom über und drang abwechselnd in uns beide ein. Ich genoss seinen Schwanz sehr und tat dies auch mit rauen Schreien kund. Geil war jedesmal die Vorfreude, die ich in der Pause spürte, während er sie fickte … Ich kam, nachdem er mich eine Weile lang mit seinen kräftigen Stößen beglückt hatte … heftiges Prickeln und Zittern durchlief meinen ganzen Körper, ich verkrampfte mich und schrie laut, als die Erlösung mit funkelnden Flügelschlägen durch mich hindurchrauschte.

Zu meiner Freude packte mich der Mann, dessen Namen ich ebensowenig kannte wie den der Frau, kaum, dass ich mich erholt hatte, zwang mich auf den Rücken und presste meine ausgebreiteten Arme hart gegen den Boden. Vergeblich – und mit jäh in mir hochschießender frischer Lust – wand ich mich unter ihm; und alsdann erfuhr ich köstlicherweise ein wenig Härte. Ohne viel Federlesens verlagerte er sein Gewicht, rutschte auf meinen Oberkörper und schob mir seinen Schwanz tief in den Mund, tiefer, immer tiefer, stieß noch ein wenig zu – bis ich leicht würgen musste. Daraufhin zog er sich ein wenig zurück, ließ mich Atem schöpfen – und machte dann weiter. An meiner Reaktion konnte er sehen, wie geil ich es fand. Das Verlangen danach, auf solche Weise benutzt zu werden, wurde befriedigt, endlich! Erst als ich kurz davor war zu kommen, zog er abrupt seinen Schwanz aus meinem Mund und wandte sich seiner Gefährtin zu. Er spreizte ihre Gesäßbacken, und ich sah die sorgsam enthaarte rötliche Rosette. Ein schöner Anblick …

Ich sah zu, wie er einen kleinen transparenten Analplug von der Kommode nahm, ihn mit Gleitgel bestrich und ihn seiner Partnerin in den Anus schob. Unter ihren genussvollen Seufzern bereitete er sie vor, weitete sie … um sie sich dann richtig vorzunehmen. Vorsichtig, aber tiefer und tiefer drang er in ihre Rosette ein, wobei sie beide laut und lustvoll stöhnten, während ich selbst schweigend, noch leise keuchend zusah, wie sie auf sehr innige Weise miteinander verschmolzen.

Ich nutzte diesen Moment, um mir mein Kleid zu schnappen, es über meinen nackten Leib zu streifen und unbemerkt aus dem Flamingozimmer zu schlüpfen.

Vergangenheit, 1986

»Du glaubst, du könntest einfach alles bestimmen!«, rief Ed zornig aus. Seine himmelblauen Augen hatten sich verdunkelt.

»Das ist nicht wahr!«, schrie Mara zurück. »Ich ertrage es nur nicht, von dir hintergangen zu werden …!«

Er zuckte, tief getroffen, zusammen.

»Hintergangen?«, wiederholte er leise. »Wie kannst du es wagen, so etwas zu mir zu sagen. Alles Wesentliche zwischen uns wurde abgesprochen, und …«

Sie fiel ihm ins Wort. »Bleib bei mir, Ed. Bitte!«, beschwor sie ihn in leidenschaftlichem Ton. »Wir zwei verstehen uns doch am Besten. Denk daran, was wir alles miteinander erlebt … und was wir alles gemeinsam aufgebaut haben.«

Doch seine schönen blauen Augen blieben dunkel, sein Gesicht ausdruckslos. Seine Züge erinnerten an eine schroffe Felsenlandschaft. Verzweifelt klammerte sich die hochgewachsene, sonst so stolze schwarzlockige Frau an seinen Arm.

»Ich gebe dir alles, hörst du, sogar das wertvollste Stück meiner Sammlung!«

Er lachte spöttisch auf.

»Du meinst diesen ganz besonderen Schmuck. Ha, der gehört mir doch ohnehin …« Unwillkürlich wanderte sein Blick zu seiner grauen Aktentasche, und er packte sie fester.

Nun ergriff Mara seinen anderen Arm ebenfalls. Ihre Hand umschloss ihn wie ein Schraubstock. Aber er befreite sich mühelos. Da trat sie, schwer atmend, einen Schritt zurück. Ihre unnatürlich geweiteten Augen glänzten.

»Und wenn ich nun schwanger bin?« In herausfordernder Pose,

die Hände in die Seiten gestemmt, stellte sie sich vor ihn hin. Er lächelte nur müde.

»Du bist es aber nicht. Ich habe im Bad das Ergebnis des Tests gelesen. Du solltest sowas nicht rumliegen lassen, wenn du schon beabsichtigst, mich zu erpressen und anzulügen …«

»Bitte, Ed … ich … aber …« Ihre provozierende Haltung brach sofort wieder in sich zusammen. »Eines Tages WERDE ich dir ein Kind schenken! Sie – unsere kleine Mademoiselle Flatterhaft – kann es ja doch nicht!«

Es machte sie rasend, dass er weiterhin so ruhig, kalt und gleichgültig blieb. Und zugleich machte es ihr klar, dass sie verloren hatte. Er ging. Das Zuklappen der Tür war so, als würde ein Stein auf ihr Herz fallen. Gleichzeitig quoll erstickender Zorn wie säurehaltiger Qualm in ihr hoch.

Immerhin – ein einziger, ein bittersüßer Trost blieb ihr. Noch immer besaß sie jene Kostbarkeit, die ihresgleichen suchte. Letztlich aber war das wirklich nur ein schäbiger kleiner Trost – den Gegenstand behalten, aber den Mann verloren. Trotzdem, sie war SCHÖN, sie erschien vor ihrem geistigen Auge und gab ihr Atem, Mut und Lebenskraft zurück.

Mara sah sich entschlossen um. Hier würde die Kostbarkeit nicht mehr sicher sein – sie würde sich nach einem anderen Versteck umsehen. Nach einer Weile – Mara starrte blicklos vor sich hin – klopfte es an ihrer Tür.

»Herein!«, rief sie lustlos.

Ein Mann mit grünbraunen Augen trat ein.

»Ah, der Herr Vandenvoorde«, begrüßte sie ihn schleppend.

Er sah sich um, erblickte niemanden außer Mara, schaute in ihr blasses Gesicht und begriff.

»Er ist fort«, stellte er fest.

Seine Worte rissen die ohnehin noch frische Wunde in ihr weiter auf, und zitternd senkte Mara den Kopf, wusste nicht wohin, sah sich dann verloren um und taumelte. Herr Vandenvoorde fing sie mit starken Armen auf. An seiner breiten, bergenden Brust begann sie hemmungslos zu schluchzen, und er drückte sie wortlos-tröstend an sich …

Kapitel 12

Zu den mystischen Klängen von Debussys »La Mer« wanderte ich umher, nickte einigen lächelnden Pärchen zu, die mir aus ihren Nischen zuwinkten und die mir schon fast vertraut vorkamen. Trotzdem fehlte etwas, ich hatte das Gefühl, mein Körper und meine Emotionen wären trunken vor überschäumenden Empfindungen, betäubt und verwirrt. Der Stimme der Vernunft gehorchend, aß ich ein paar grüne Oliven – fühlte mich aber seltsam nüchtern. Als wäre ich auf der anderen Seite von »Betrunken« angelangt und würde endlich – jetzt endlich – alles klar sehen. Zum ersten Mal in meinem Leben.

Als die Musik abermals wechselte, wusste ich plötzlich, was mir WIRKLICH elementar fehlte. Beinahe hätte ich aufgestöhnt, aber diesmal vor innerer Abwehr. Rosenstolz sangen von blauen Flecken.

Tief in meinem Inneren brannte immer noch die Kränkung, die mir Vincent durch sein so plötzlich verändertes, sein kühles Verhalten mir gegenüber zugefügt hatte, und ich wollte diesen Schmerz lindern, auslöschen, wollte wahre Befriedigung, wenn auch nur für den Augenblick. Verdammt, dachte ich, und dabei hatte ich geglaubt, dass es mit normalem Sex inzwischen auch ebenso gut geht!

Doch seit meinem Erlebnis mit Vincent, am Strand, hatte sich etwas in mir verändert, verschoben. Wie angewurzelt ließ mich dieses überwältigend Wissen stehen.

Dann machte ich auf dem Absatz kehrt und suchte den Weg zur Kellerbar, wo mir Gunter gleich in zweifacher Weise würde helfen können. Seine Augen leuchteten auf, als ich erschien.

Erstmals musterte ich den stattlichen älteren Herrn genauer, der – nach seinen Falten an Kinn und Hals zu urteilen – schon mindestens 65 war. Bei diesem Gedanken musste ich schlucken. Und doch übte er eine seltsame Anziehungskraft auf mich aus. Er hielt sich sehr gerade, so dass seine Korpulenz kaum auffiel; seine Nase war klein und gebogen wie der Schnabel eines Raubvogels, und darüber funkelte ein graugrünes Augenpaar.

»Da bist du ja«, sagte er aufrichtig erfreut.

Seine Freundlichkeit brachte mich ein wenig aus dem Konzept, hatte ich doch eher mit Grobheit gerechnet. – Insgeheim war ich entschlossen gewesen, dem mit Kühle und Verachtung zu begegnen. So aber nahm er mir den Wind aus den Segeln.

»Hast du dich bislang gut amüsiert, Christine Danzer?«

»Ja, kann man so sagen«, erwiderte ich immer noch ein wenig verunsichert und verwirrt über sein plötzlich so gänzlich anderes Verhalten.

»Ich hoffe du nimmst mir meine kleine Provokation von vorhin nicht übel. Im Grunde war sie eh nicht auf dich gemünzt.«

»Nein«, lachte ich und setzte mich zu ihm. »Offenbar ging sie Richtung Mara.«

Einen Moment lang wirkte Gunter sprachlos, dann lachte er. »Offenbar nimmst du es mir tatsächlich nicht übel!« Absichtlich ging er nicht auf meine Unterstellung ein sondern lenkte das Thema auf einen anderen Punkt. »Aber sonst hättest du mich kaum hier in meinem unterirdischen Schlupfwinkel aufgestöbert, um … damit wir uns ein bisschen besser kennenlernen, oder? Wie du siehst, wollte ich mich hier nicht weiter betrinken.« Er hob eine dampfende Kaffeetasse, zwinkerte mir zu und die letzten Reste meines Grolls verflogen.

Gunter nahm sanft meine Hand – sie verschwand in der seinen, die groß und angenehm warm war – und ein leiser Seufzer entrang sich mir. Verdammt, ich gab wirklich eine schlechte Detektivin ab wenn mich schon eine Kleinigkeit so ablenken konnte…!

»Ich denke, ich trinke auch noch einen Kaffee mit Ihnen und mache mich dann auf den Weg.« Ich versuchte meine Stimme fest klingen zu lassen, entzog ihm meine Finger wieder und griff nach der Kaffeekanne und einer Tasse.

»Wie schade! Möchtest du dich wirklich schon verabschieden und gehen?«, fragte er mit seinem harten Akzent, der aber seine Freundlichkeit nicht verringerte.

»Ich weiß nicht recht«, murmelte ich nachdenklich. Einerseits wollte ich wirklich gerne die Chance nutzen Gunter auszufragen, andererseits wollte aber auch nicht in einen Streit zwischen ihn und Mara geraten.

Als könne Gunter meine Gedanken lesen, meinte er: »Madame Noire ist eine fabelhafte Frau. Ich kenne sie schon eine halbe Ewigkeit, und auch wenn wir uns manchmal streiten, ist das nie ernst gemeint, weißt du …«

Erneut flammte sein Blick auf und verschlang mich förmlich. Um mich selbst abzulenken nahm ich einen Schluck aus meiner Kaffeetasse und verbrühte mir beinahe die Lippen an dem kochend heißen Getränk.

»Mein vollständiger Name ist übrigens Gunter Vandenvoorde«, erklärte mir der ältere Herr nun mit einigem Stolz. Etwas, was meine Verlegenheit anfachte, denn offensichtlich sollte mir sowohl dieser Name, auch in Zusammenhang mit Mara etwas sagen – tat es aber nicht.

Gelassen überspielte Gunter diesen Moment und wechselte abermals das Thema: »Wenn du gehen möchtest, ist das vollkommen in Ordnung. Hier zwingt dich niemand zu etwas … es sei denn, du möchtest es ausdrücklich …« Seine grüngrauen Augen funkelten, und diesmal berührte seine Hand meinen Rücken. Ich ließ ihn gewähren, versuchte mich trotz des plötzlichen Kribbelns in meinem Unterleib zu konzentrieren und schaffte es schließlich, eine Frage zu formulieren.

»Ich würde ja gern einmal mit dieser fabelhaften Club-Limousine fahren. Meinen Sie, das wäre möglich? Könnten Sie mich chauffieren, Gunter?«

»Oh, ich bin seit meinem Autounfall nicht mehr selbst gefahren. Aber ich kann dir ein Taxi rufen, sweet Christine …« Seine Hand glitt tiefer als ich vom Barhocker rutschte, im Begriff zu gehen

»Ja … gut, danke. Es wird langsam Zeit für mich … ich bin ziemlich müde.« Ich versuchte, das möglichst kühl zu sagen, aber ein winziges Zittern in meiner Stimme konnte ich nicht gänzlich unterdrücken. Mein unerfülltes, dunkles Verlangen wuchs von Minute zu Minute.

»Ich begleite dich bis zur Tür – wenn du nichts dagegen hast.«

»Nein, habe ich nicht.«

»Und vorher gebe ich dir noch etwas für den Heimweg mit.« Das klang immer noch liebenswürdig-nett, aber ein Unterton von berechnender Grausamkeit schwang in Gunters Stimme mit. Als Reaktion auf seine Worte begann meine Möse zart zu pulsieren. Und im nächsten Moment setzte Gunter sich tatsächlich einfach so auf einen Korbhocker, zog mich über seine starken Schenkel und streifte mir das Kleid hoch. Diese Stellung kannte ich. Nur zu gut. Und sie ließ mich augenblicklich feucht werden.

»Mhmm schön, nicht einmal einen Slip hast du mehr an«, lobte er, »es war ja schon wunderbar, wie keck und frech du uns deinen CU CHAUD entgegenreckt hast, vorhin ... aber nun darf ich ihn in seiner vollen Pracht sehen.«

Ich zappelte, leistete aber keinen ECHTEN Widerstand. Schließlich war Gunter ja ein erfahrener Dom, und laut Claire sollte ich ihn ja ruhig einmal »ausprobieren«. Ob uns andere Gäste heimlich beobachteten? Allein die Vorstellung jagte Schauer der Erregung über mein Rückgrat und bis in meinen Unterleib hinab, und als Gunter mich mit kundigen Fingern sanft zu streicheln begann, machte mich das vollends geil. Ein verlangendes Stöhnen entwich mir.

»Hmm schön«, seufzte er genüsslich, während er mit den Fingerspitzen der Länge nach über eine der Striemen strich: »Keine Angst, ich weiß ja, dass du heute keine weiteren Schläge auf den Po verträgst. Nicht nach dieser ausgiebigen Behandlung durch Claire. Ich werde dich also schonen. Das nächste Mal hingegen, wenn dein hübscher Hintern wieder glatt und hell ist ...« Dieser letzte Satz hatte einen stählernen Klang.

Sein Finger glitt durch die Furche zwischen meinen Gesäßbacken, und ich seufzte ... mein Seufzen verwandelte sich in ein jähes Aufkeuchen, als seine Hand meinen durch die Striemen empfindlichen Hintern etwas stärker streichelte.

Abrupt stoppte er, zog mich in die Höhe und befahl: »Zieh dich aus.«

Ich gehorchte, gab mich ganz der Situation und dem fordernden Klang seiner Stimme hin.

»Bestimmt kennst du eine passende Stellung, mit der du mich erfreuen könntest«, meinte er.

Die kannte ich in der Tat, und es machte mich sehr geil, sie einzunehmen. Alles andere war ausgelöscht, es gab nur noch meinen vor dunkler Lust bebenden Körper und Gunters Art mich zu dominieren. Nackt wie ich war, konnte ich den Lustsaft spüren, der sich in meinen Schamlippen ansammelte; ich kniete vor Gunter nieder und verschränkte meine Arme im Nacken. Er stand vor mir, und ich konnte sehen, wie sich seine Hose ausbeulte. Ohne jeden Zweifel bot ich in dieser Haltung einen äußerst reizenden Anblick – meine Brüste wurden vorteilhaft präsentiert, und die Nippel waren aufgerichtet.

»Du hast wunderbare Titten, sie sind ja genauso klasse wie dein Arsch«, murmelte Gunter hingerissen. »Welche Körbchengröße hast du, 80 B?«

Ich nickte. Wie aus dem Nichts zauberte der dominante ältere Herr auf einmal zwei silberne Brustklemmen mit Ringen hervor, und ich biss mir schon auf die Lippen, bevor er sie einfühlsam, aber unerbittlich an dem steifen Nippel meiner linken Brust befestigte. Als er die Klemme losließ und ich den tiefen ziehenden Schmerz wirklich spürte – er strömte bis in meine Achselhöhlen hinein – schrie ich leise auf und wand mich. Die Lust, die mich durchfuhr, hatte etwas allzu Heftiges an sich.

»Bitte …!«, stöhnte ich.

»Hmmm … sweet Christine, ein ›Bitte‹ bedeutet ›mach weiter‹, oder? Das Stoppwort ist das gleiche wie bei deinem Aufnahmeritual. Solange du es nicht aussprichst, setze ich die Tortur fort.«

Ich wand mich hin und her, begann aber gleichzeitig in den Schmerz hineinzuatmen und ihn zu genießen. Der zweiten Klammer schaute ich dennoch mit vor Angstlust weit aufgerissenen Augen entgegen. Da meine rechte Brustspitze noch empfindlicher war als die linke, war mein Aufschrei besonders wild, als auch sie geklammert wurde.

»Jaaa!«, rief Gunter begeistert. Seine Augen hatten zu leuchten begonnen und er fasste an den Schritt. Noch deutlicher als zuvor war sein aufgerichteter Schwanz unter dem Hosenstoff sichtbar. Und ich? Ich gab mich der süßen Qual jetzt ganz und gar hin … der Schmerz wurde dumpfer, flammte hell auf, wann immer Gunter sich vorbeugte und an den dicken silbernen Klammern zog oder drehte … in einem klar denkenden Winkel meines umnebelten Gehirns konnte ich noch denken, dass ich allerdings nicht von Gunter gevögelt werden wollte.

Es war, als lese er meine Gedanken. Als er nämlich seine Hose öffnete und seine harte Männlichkeit in das Tal zwischen meinen Brüsten bettete, wurde mir rasch klar, er hatte lediglich einen kleinen Tittenfick im Sinn, den ich ihm gern gewährte. Seine Hände liebkosten dabei grob meine gepeinigten, empfindlichen Brüste, und ich stöhnte ein ums andere Mal. Mir war klar, dass er die Klammern erst dann abnehmen würde, wenn er selbst befriedigt war, und dieser Gedanke machte mich ebenso scharf wie alles andere; ich wimmerte vor Geilheit. Er begann ebenfalls zu stöhnen, wobei es bei ihm mehr wie ein Brummen klang, und endlich ergoss er sich zwischen meinen Brüsten. Sekunden später griff er, immer noch keuchend nach den Klammern und zog sie mir unsanft ab.

Der grellsilberne Schmerz, der wie Blitze durch mich hindurchschoss, ließ mich laut aufheulen, was der wohlig erschöpfte Gunter mit einem »Gut, sehr gut … jaa, schön, wie du schreist«, quittierte.

Grinsend und zufrieden erschöpft zog ich mich in das kleine Bad auf der Kelleretage zurück. Dort machte ich mich ein wenig frisch und zog mir das Kleid wieder an. Als ich zurück auf den Flur trat, wartete Gunter auf mich. Fürsorglich legte er den Arm um mich und gab mir das seltsame Gefühl, wirklich gern gehabt zu werden.

»So, und nun ab nach Haus mit dir, sweet Christine.« Er tätschelte mich, eine vertrauliche Geste, die etwas sehr Freundschaftliches hatte »Ich meine in dein Hotel. Soll ich dir ein Taxi rufen?«

Er wartete meine Antwort gar nicht ab, sondern zückte sein Handy und rief ein Taxiunternehmen an. Ein Glück. Weiteren Input hätte ich auf gar keinen Fall mehr verkraften können.

Nur zehn Minuten später saß ich hinten im Wagen. Ich hatte keine Ahnung, was der Taxifahrer wohl dachte, als ich mit unsicheren Schritten über den Gehweg stöckelte, mich sehr vorsichtig auf die Autorückbank setzte und dabei das Gesicht verzog. Gedankenverloren strichen meine Hände über meine Brüste und ich zuckte auch dabei zusammen.

Mein Haar war in Unordnung und meine Wangen sicherlich erhitzt. Mein kostbarer schwarzer Spitzen-BH und mein Stringtanga waren in »La Belle Folie« geblieben. Es kümmerte mich nicht. Ich fühlte mich herrlich entspannt, die Nacht war ein Wechselbad der Gefühle gewesen, voller Eindrücke, wie sie verschiedener kaum hätten sein können, ich war mehrfach befriedigt worden, einmal auch bis zum Orgasmus – und dennoch, es blieb ein schaler Nachgeschmack. Und es hatte nichts mit meinen Ermittlungen zu tun. Mit denen war ich erstaunlich gut vorangekommen. Mit Vincent weniger. Sollte ich ihn anrufen oder ihm eine SMS schicken? Etwas, was mein Stolz verbot.

Als ich endlich in meinem Hotelbett lag, glaubte ich, auf keinen Fall sofort einschlafen zu können, vor allem wegen der vielen sich in meinem Kopf jagenden Gedanken und auch wegen des prickelnden bis brennenden Lustschmerzes, der sich in Wellen von meinem Gesäß überallhin ausbreitete. Natürlich hatte ich mich geirrt und es dauerte keine Viertelstunde, bis ich in einen schweren, dumpfen Schlaf versank.

Stunden später erwachte ich mit einem trockenen Mund und salzverkrusteten Augenwinkeln. Hatte ich im Traum geweint? Ich erinnerte mich nicht mehr. Missmutig und ohne große Lust aufzustehen, drehte ich mich um und wühlte mich tiefer in die Decke.

Da gab auf einmal mein Handy Laut. Der Gitarrenakkord. Verschlafen blinzelnd spähte ich auf das Display, und mein Herz machte einen Satz.

Kapitel 13

Die Kurznachricht kam von Vincent: »Verzeih mir, Christine. Ich wollte dich nicht verletzen. Erkläre dir alles. Lade dich zum Essen ein.«

Meine Freude und meine Erleichterung hätten es von der Ausdehnung her mühelos mit der Nordsee aufnehmen können. Oh, Gott sei Dank, ich hatte mich nicht gänzlich getäuscht, was seine Gefühle für mich anging; war nicht von ihm einfach nur benutzt worden, um mich für »La Belle Folie« zu ködern … Ich hatte sogar Tränen in den Augen – und diesmal waren es keine Tränen der Enttäuschung.

Innerlich jubelnd hüpfte ich in die Dusche; jegliche Müdigkeit war verschwunden, als sei ich von der Sonne geküsst und vom Meeresschaum wachgestreichelt worden.

Doch trotz meiner Freude würde ich das Essen auf den Abend schieben, überlegte ich mir, während ich mich mit dem großen elfenbeinfarbenen Handtuch trocken rubbelte. Schließlich hatte ich noch andere Dinge zu erledigen und wollte es ihm nicht zu leicht machen.

Wie als körperlicher Nachhall auf meinen Vorsatz begann mein Gesäß leicht zu pochen, die Striemen schmerzten auf beharrliche, jetzt wieder sehr süße Weise. – Nun hatte alles wieder einen Sinn. Letztendlich trug ich all diese Spuren stolz FÜR Vincent; egal, von wem ich sie empfangen hatte. Nur so gewannen meine Erlebnisse jenen Zauber des BDSM – soviel wusste ich mittlerweile.

Seltsam, ich kannte Vincent zwar noch nicht lange, aber unser beider Neigung schuf ein sonderbares Band zwischen uns, so dass ich ihn eben doch ein Stück weit kannte. Hinzu kam das, was ich aus dem Gespräch mit Mara erfahren hatte. Ich vermutete also, dass Vincent in Sachen Erotik ein Freigeist war, dass er sich nicht einengen ließ und selbst auch »großzügig« mit seiner Gespielin umging. Sie mit anderen zu teilen und sie vorzuführen, beides traute ich ihm zu. Als Gedanke, als Kopfkino, erregte mich das total. Ich staunte über mich selbst, denn sexuelle Unterwürfigkeit, die so weit ging wie in der »Geschichte der O« hatte ich bislang noch nie kennengelernt.

Das ich sie ausgerechnet für jemanden empfand, der durchaus zum Kreise der Verdächtigen zählte – eigentlich sogar mehr als alle anderen – machte leider Gottes einen Teil seines Reizes ausmachte …

Ich versuchte konzentriert nachzudenken, aber es war, als ob bunte Falter durch meinen Kopf flattern würden. Erstmal frühstücken! Ich zog einen geblümten knielangen Rock an, dazu ein grünes Seidentop, und nach einem prüfenden Blick in den Spiegel verließ ich beschwingt das Zimmer. Den Lift verschmähte ich – zu langsam – und tanzte stattdessen die von einem dicken grauen Läufer belegte Treppe hinab. Dabei schwebte ich immer noch wie auf rosa Wolken. Meinen Gefühlen waren meine Gedanken anscheinend vollkommen egal.

Als ich die Straße betrat, atmete ich bewusst auf. Salziger Wind trieb durch die Straßen von Bredene-Dorp, es war halb sonnig, halb wolkig, große weiße Schäfchenwolken glitten durch das Himmelsblau – ich hatte einfach Lust, mich zu bewegen und das Erlebte noch einmal Revue passieren zu lassen und … aber ein seltsames, diffuses Gefühl hinderte mich daran.

Ich setzte mich in ein Straßencafé, bestellte einen Latte Macchiato und sah mich argwöhnisch um. Nichts, niemand. Nur das Gefühl, als stimme irgendetwas nicht.

Als ich nach einem ausgiebigen Spaziergang die Stadtbücherei erreichte, ließ es sich nicht mehr verdrängen: Ich wurde beschattet – von der Polizei. Eindeutig hatte ich die Empfindung gehabt, ein Beamter in Zivil – doch trotzdem recht eindeutig seinem Berufsstand zuzuordnen – habe sich bemüht, mich nicht aus den Augen zu verlieren.

Mit einem unbehaglichen Gefühl setzte ich mich an den internetfähigen Computer und überlegte. Eine Schlüsselfigur war sicherlich Mara. Das Foto, das sie und meinen Vater zeigte – zusammen mit der unidentifizierbaren dritten Person – hatte mich sehr erschüttert. Wie jung beide auf dem Bild wirkten … war es vor meiner Geburt aufgenommen worden oder danach?

Also versuchte ich es zuerst mit Mara Noire, dann mit Mara Noire und Antwerpen. Es gab 25 000 Treffer, Mist!

Immerhin fand ich nach dem Lesen der ersten Artikel heraus, dass sie dort sehr lange einen Club namens »De Dolle Geit«, geführt hatte. Einige seltsame Vorfälle, die allerdings allesamt mit »allzu gewagten Fesselspielen« und Vorurteilen zu tun hatten, wurden beschrieben. Nichts wirklich Interessantes. Nur Schlagzeilen aus den späten Achtziger Jahren, als BDSM noch ein Tabu gewesen war, weit davon entfernt, in ein immer bekannter werdendes Kürzel zusammengefasst und in Clubs ausgelebt zu werden.

Enttäuscht gab ich zusätzlich zur Suche mein Geburtsjahr ein und die Treffer verringerten sich auf sagenhafte drei Einträge. Allesamt führten zu toten Links bekannter Antwerpener Zeitungen und trugen Schlagzeilen wie: »Dieb bestohlen«, »Diamantenraub in Antwerpen« und »S/M Diamanten gestohlen«

Ich lehnte mich auf dem unbequemen Stuhl zurück und schloss die Augen. Die Schlagzeile »S/M Diamanten gestohlen« hing ganz sicher mit Mara zusammen. Aber war Mara der Dieb oder die Bestohlene?

Mit einem Seitenblick auf den Zivilpolizisten, der sich immer noch hinter einem Bücherregal herumdrückte und so tat, als lese er ein psychologisches Frühwerk von Jung, löschte ich den Verlauf des Browsers. Erst, als ich mir sicher war, keine rasch aufzudeckenden Spuren hinterlassen zu haben, stand ich auf und wandte mich an die Bibliothekarin, die etwas gelangweilt an der Information stand.

Allein der Blick, mit dem sie meine Frage quittierte, verriet mir, dass ich Pech hatte – viel Pech.

Zeitungen aus dieser Zeit gab es noch, allerdings nicht auf Mikrofiche, sondern nur im Original. Mit einem Lächeln, das sich daran erfreute, dass ich von uns beiden das schlechtere Los des Tages gezogen hatte, führte sie mich ins Archiv der labyrinthischen Bücherei und erklärte mir in kurzen, präzisen Worten, wie die Zeitungen geordnet waren.

Mit dem Gedanken bei meinem Verfolger und einem Lächeln, das dem der Bibliothekarin beinahe in nichts nachstand, fragte ich noch zwei weitere Jahreszahlen und drei weitere Zeitschriften ab – solche, die rein gar nichts mit mir oder »La Belle Folie« zu tun hatten.

Wenn ich mich schon durch uralte Informationen und Staubschichten wühlen musste, sollte es ruhig irgendjemanden geben, der dafür büßen musste! Die Vorstellung, wie sich die Polizei aus meiner Suche versuchte einen Reim zu machen, gefiel mir immer besser. Ich empfand dabei direkt ein diebisches Vergnügen. Schalkhaft grinsend trug ich meine fiktive Suche in der Besuchermappe ein, verabschiedete die hilfsbereite, junge Frau und schritt entschlossen den rechten Gang ab.

Trotz der Erklärung benötigte ich zehn Minuten, um die erste Schlagzeile, die ich im Internet entdeckt hatte, zu finden. »S/M Diamanten gestohlen« beschränkte sich auf die Grundinformationen, die ich mir schon selbst zusammengereimt hatte. Wertvoller Diamantschmuck – S/M Schmuck – war aus Mara Noires Club gestohlen worden. Die einzig neue Information war, dass die Polizei einen Zusammenhang zu der Diamantenraubserie aus dem vorangegangenen Jahr vermutete.

Jetzt würde ich mich auch noch durch dieses gesamte Jahr hindurchackern müssen! Ich seufzte gequält, und machte mich erst einmal daran, die anderen zwei Zeitungsausschnitte zu finden. »Diamantraub in Antwerpen« vermutete ebenfalls einen Zusammenhang zwischen dem Raub im S/M Club und der vergangenen Raubserie, verteufelte die BDSM Szene und vermutete den Täter in deren Reihen. Unter dem Artikel gab es ein Foto von Mara und der schönen Unbekannten – wieder mit Maske.

Und der dritte Text … war weg! Herausgerissen worden! Ich ballte die Hände zu Fäusten und musste an mich halten, um nicht laut zu fluchen. Zweifellos war diese Anzeige die wichtige gewesen. Wie hatte sie noch gelautet? »Dieb bestohlen?!« Jetzt fluchte ich doch. Leise, aber intensiv.

Verärgert räumte ich die Zeitungen wieder ein und machte mich auf, die Diebstähle des Vorjahres zu recherchieren. Doch nach zwei Schritten hatte ich plötzlich eine Eingebung. Mit dieses Mal zittrigen Fingern nahm ich mir die Folgezeitungen vor und überprüfte die kleineren Berichte. Eine Woche lang gab es keinen weiteren Bericht über den Einbruch in »De Dolle Geit«, dann eine kleine Randnotiz in der Stadtteil-Beilage. Was für ein Glück, dass die Bücherei ausgerechnet den Antwerpener Innenstadtteil gesammelt hatte!

Beinahe hätte ich laut gejubelt. – Allerdings wäre mir der Laut Sekunden später im Halse stecken geblieben.

»Das gibts doch gar nicht!« Unwillkürlich hatte ich laut gesprochen, doch das Bild veränderte sich nicht. Der Mann, der laut Widerruf nichts mit den Diebstählen zu tun gehabt hatte, war mein Vater. Er war so jung wie auf Maras Foto und trug einen anderen Nachnamen, und doch gab es keinen Zweifel. Mein Vater ein Verdächtiger … vielleicht ein Dieb. Und in diesem Falle der Bestohlene.

Ich setzte mich, die Zeitung weiterhin fest umklammert, auf den Boden und starrte die Informationen an. Obwohl sie logisch waren, verschwammen die Buchstaben vor meinen Augen, tanzten Worte ohne Zusammenhang hin und her und ergaben einfach keinen Sinn, egal wie ich sie drehte und wendete.

Nach einigen Schockminuten gelang es mir schließlich wieder in die Realität zurückzufinden. Mich umsehend stellte ich fest, dass ich allein war. Ohne schlechtes Gewissen riss ich den Artikel aus und verstaute den Papierfetzen in meiner Rocktasche, bevor ich die Zeitung wieder einsortierte.

Erst auf dem Weg nach Draußen, bei dem ich beinahe mit dem wartenden Zivilpolizisten kollidierte, fiel mir noch etwas ein. Die anderen Diebstähle!

Ich machte auf der Stelle kehrt und ging zurück. Zwei Stunden später war ich auf dem Laufenden. Insgesamt hatte es in Antwerpen und Umgebung dreißig Einbrüche gegeben. Jedes Mal waren Schmuck, Diamanten und Bargeld verschwunden. Und es hatte nur einmal einen anonymen Hinweis gegeben – auf »La Dolle Geit«, deren Besitzer Mara Noire und der Mann, der mein Vater war, aber anders hieß, vergeblich verhört worden waren.

»Das ist toll!«, behauptete ich, als ich mir meine Notizen ansah. Meine Emotionen behaupteten genau das Gegenteil und kreisten und die Behauptung, dass mein Vater vielleicht, möglicherweise, und ganz eventuell ein Dieb war.

Wie betäubt war ich zum Hotel zurückgeschlichen: Auch wenn es schwer sein würde, es war Zeit, einen klaren Kopf zu bekommen und einmal alle Informationen, die ich bis jetzt gesammelt hatte, zu sortieren. Als ich mich an mein Laptop setzte, hatte ich immer noch das Gefühl, zu viel getrunken zu haben. Ob zuviel Sex zu Halluzinationen führen konnte?

Entnervt stöhnte ich auf, als ich zu allem Überfluss drei E-Mails von Felix in meinem Postfach vorfand. Er mache sich allmählich Sorgen, stand darin, in drei verschiedenen Varianten, von witzig bis verärgert, und was unsere Forschungen denn für Fortschritte machten, Marks und meine?

Ich antwortete hinhaltend und behauptete, ich würde ihm später alles erklären. Dann schnappte ich mir einen Hotelbriefbogen. »Mordverdächtige«, schrieb ich in die linke Spalte einer rasch skizzierten Tabelle Mara Noire, Gunter, Vincent, Claire, Leopold und Maras Sohn.

In die Spalte rechts daneben schrieb ich Alibi und trug bei Leopold »kein Führerschein«, bei Gunter »fährt nicht wegen Autounfall« und bei Maras Sohn »Abwesend« ein.

Über die dritte Spalte schrieb ich Motiv. Bis vorhin hatte mir ein potentielles Motiv gefehlt ... es konnte und musste mit etwas zusammenhängen, was Mark über meinen Vater herausgefunden hatte. Jetzt war es offensichtlich. Mein Vater war ein Dieb, der wertvolle Dinge gestohlen hatte. Wahlweise – und weniger plausibel – auch jemand, dem etwas Wertvolles gestohlen worden war. In beiden Fällen lag die Betonung auf »Wertvoll«. Also konnte das Motiv »Habgier« sein. Ich zuckte mit den Schultern. Nicht originell, aber Mord aus Habgier war ein ziemlich gängiges Tatmotiv; wusste man ja als eifriger Krimileser.

Ich dachte nach, doch andere Motive waren im Grunde genommen nicht in Sicht ... wer sonst hätte ein Interesse daran haben können, Mark zu ermorden? Ausgerechnet in dem Moment, da er möglicherweise vor einem Durchbruch in der Suche nach meinem Vater gestanden hatte. Hatte Mark meinen Vater gefunden oder das Diebesgut oder etwa beides? Weshalb hatte er sterben müssen?

Müde und verwirrt legte ich mich ins Bett ... ich wollte die Erlebnisse noch einmal nachklingen lassen und mir überlegen, ob ich irgendein Detail übersehen hatte. Wenn Mark mich doch nicht vor der Polizei gewarnt hätte! Ob ich wenigstens Claire vertrauen konnte? Oder Vincent? Ich würde ihr Alibi prüfen müssen.

Pünktlich um 20 Uhr holte mich Vincent in der Hotellobby ab. Er verhielt sich mustergültig galant und ritterlich, bot mir den Arm, machte mir Komplimente und ging mit mir in den feinen Royal North Sea Yachtclub von Ostende, am Montgomerykaai 1.

Dort hatte er einen wunderbaren Platz für uns reserviert, mit Blick aufs Meer, und es gab fangfrische Seezunge. Als Beilage wurden die berühmten belgischen Pommes Frites gereicht; außerdem gab es Eisbergsalat mit Tomaten. Es schmeckte herrlich und der helle, zart gewürzte Fisch zerging wie Sahne auf der Zunge, Wir ließen es uns nach Herzenslust schmecken.

Hatte Vincent am Anfang noch ein wenig angespannt gewirkt, legte sich dieser Eindruck nach und nach. Ich schmunzelte, machte es ihn mir doch noch sympathischer. Es war schön, dass er nicht ständig den coolen, souveränen Mann von Welt heraushängen ließ, sondern man erkennen konnte, dass auch er Gefühle der Unsicherheit und Nervosität kannte. Als er mir einmal das Salz reichte, bemerkte ich sogar, dass seine Hände ganz leicht zitterten. Endlich sahen mich seine schönen Augen auf diese besondere Weise an, die ich so sehr genoss; fast als wäre sein Blick ein zärtlich-intensives Streicheln.

»Wunderbar, dass wir ein wenig Zeit für uns haben«, sagte er, »nur wir beide. Wieder, sollte ich wohl sagen«, ergänzte er mit der Andeutung eines anzüglichen Grinsens … und seine Anspielung auf unser erstes Zusammentreffen in den Dünen brachte sogleich das Blut in meinem Schoß zum Pochen.

Doch erst einmal genossen wir einfach die angenehme gediegene Atmosphäre, das Essen, die aufmerksamen Kellner, die uns stets fruchtigherben Weißwein nachschenkten … und ab und zu spielten Vincents Finger versonnen mit meiner Hand, die auf dem Tischtuch lag und jede Berührung, auch die zarteste, in vollen Zügen genoss. Seine Fingerkuppen glitten zunächst über meinen Handrücken; nach einer Weile drehte er meine Hand um und zog die Linien meiner Handinnenfläche nach, bis meine Haut leise brannte und heftig prickelte.

Während dieser zauberhaften Minuten ereignete es sich. Ich bemerkte, dass ich nicht nur flirtete, nicht nur Informationen wollte, und Vincent Delano nicht nur begehrte. Nein, es war mehr. Es war mein Herz, das mit diesem Mann sprach und sich nach ihm sehnte.

Als wir beim Kaffee angelangt waren, war ich überzeugt, den schönsten Abend in meinem Leben zu verbringen. Vergessen fast war die Kränkung, die Vincent mir am Abend zuvor zugefügt hatte – und beinahe vergessen auch die Tatsache, dass er ein Verdächtiger war.

»Deine Augen sind wunderschön«, murmelte Vincent, nicht sehr originell. Aber nach einem kurzen Blick auf die friedvoll daliegende abendliche See vor dem Fenster fügte er hinzu: »Sie haben die Farbe des Meeres, so wie es gerade jetzt aussieht, mit diesem zarten Stich ins Violette …«, und bewies, dass er tatsächlich wusste, wovon er sprach. »Magst du noch ein paar Schritte gehen, hinaus auf den Hafenpier?«

»Ja, gern«, sagte ich leise.

Eng umschlungen spazierten wir auf den Hafenpier hinaus, wo der Meereswind mit jedem Schritt heftiger wehte und ich mich an Vincents Seite beschützt und geborgen fühlte.

All die ungelösten Rätsel, die offenen Fragen, die Verdachtsmomente – nichts von alledem schien im Augenblick eine Rolle zu spielen, doch ich kämpfte darum, nicht vollkommen in dieser Flut köstlicher Gefühle unterzugehen; bei dem allerdings, was Vincent am Ende des Piers mit mir machte, war ich machtlos, unterlegen, verloren.

Er küsste mich, und ich versank in Glückseligkeit. Noch nie hatte mich ein Mann auf diese Weise geküsst, langsam, bedächtig, meine Zunge berührend, meine Mundhöhle ausgiebig erforschend, wirklich noch nie. Oder lag es einfach daran, dass unsere Körper so gut miteinander harmonierten? Ich reagierte instinktiv, erwiderte den Kuss, und als Reaktion schienen glühende Ströme durch meine Adern und meinen gesamten Körper zu fließen. Vincent nahm mein Gesicht in seine Hände, schützend zwischen seine Handflächen … und ebenso behutsam wie er der Kuss begonnen hatte, beendete er ihn auch wieder. Dann drückte er mich an sich, wartete, ließ alles in mir nachklingen und flüsterte mir dann einige seiner Phantasien ins Ohr. Wie er mich zu sehen wünschte, eines Tages, nackt vor ihm kniend, nur mit einem Halsband bekleidet … Ob mir das gefallen würde?

»Sehr sogar!«, gestand ich und konnte nicht verhindern, dass meine Stimme einen heiseren Unterton bekam.

Er wolle mich auch an ein Andreaskreuz binden und mich … Vincent unterbrach sich, atmete tief ein und fuhr dann fort: »Ich werde in dich eindringen, nachdem ich deinen hübschen Körper mit Striemen gezeichnet habe, um ihn als meinen Besitz zu kennzeichnen und dir einzubrennen, zu wem du gehörst …« Ich erschauerte, und als er mich fragte, wogegen ich mich in der Regel bei dunklen, erotischen Spielen am meisten sträuben würde, antwortete ich ohne Zögern: »Fesseln.«

In der Dämmerung stellte er sich hinter mich und drückte mich sanft gegen das Geländer.

»Vertraust du mir?«, hörte ich seine selbstbewusste, sanfte Stimme dicht an meinem Ohr.

»Ja«, flüsterte ich. Und meinte es so.

»Dann leg deine Hände auf dem Rücken zusammen.«

Ich tat es ohne Zaudern, und was dann kam, war nicht überraschend. Mich erstaunte nur, wie ruhig und lustvoll ich es diesmal hinnehmen konnte ... mit einem kräftigen, harten Strick, den er aus seiner Jackentasche hervorzauberte, fesselte Vincent sehr straff meine Gelenke ... es schmerzte, doch zugleich stach ein süßer Schmerz durch meine Möse und ich stöhnte dumpf.

»Schön?«

Ich nickte heftig. Am liebsten hätte ich gesagt: »Zieh das Seil noch fester an, und dann mach mit mir, was immer du willst ...« aber ich wusste, ich könnte kein Wort hervorbringen.

»Vielleicht noch etwas zu locker«, murmelte er, spürte, wonach ich mich sehnte! Im nächsten Augenblick schnürte er den Strick noch strammer, legte von hinten seine Arme um meinen Leib, und hielt mich so. Ich war ihm ausgeliefert, mit schmerzenden Handgelenken – wartete und spürte, wie meine Brustwarzen sich aufrichteten und ich nicht nur feucht wurde, sondern ohne Übergang sehr schnell sehr nass.

Nichts mehr von jener alten Blockade, der Hemmung, der Angst, die ich damals mit Felix schon zum Teil bearbeitet hatte, die aber immer noch da gewesen war ... Vincent fügte mir keinen weiteren Schmerz zu, er streichelte mich nur und hielt mich so, dass keiner der anderen Spaziergänger etwas wahrnehmen konnte. Ab und an glitt seine Hand sanft unter mein goldfarbenes Minikleid, berührte mich an den Schenkeln. Sie waren nackt bis zum Spitzenabschluss meiner Seidenstrümpfe und seine warmen Finger, mal auf meiner bloßen Haut, mal durch den Stoff hindurch zu spüren, war ein verlockender Wechsel. Schließlich wanderten die Finger höher, stimulierten mich zart durch den Slip hindurch. Zu zart!

Das machte mich ganz verrückt. Ich wollte mehr, wollte alles ... und ... Vincent löste die Fesseln wieder, lächelte, sagte, er hoffe, dass die Abdrücke noch eine Weile sichtbar sein würden, und hielt mich fester, da ich auf meinen 10-cm-Absätzen der Goldsandaletten bedenklich schwankte. Ich genoss das langsame Abklingen vom Schmerz ... die Lust blieb, setzte sich wie mit Widerhaken in mir fest.

Erst in der kleinen Hafenbar, in die Vincent mich »auf einen letzten kleinen Cocktail« führte, kam ich halbwegs wieder zu mir. Und erlangte meinen klaren Verstand weit genug zurück, um wieder all die unbeantworteten Fragen zu spüren, die zwischen uns standen.

Wir saßen auf Barhockern nebeneinander, und ich hatte meinen pinkfarbenen Drink noch nicht angerührt. Auch Vincent schien sich plötzlich unbehaglich zu fühlen – es gab einfach einen wunderbaren Gleichklang, eine synchrone Schwingung zwischen uns. Aber er fand offenbar nicht den richtigen Anfang; also musste ich es tun. Wenn ich mich ihm öffnete und bislang Verschwiegenes erzählte, dann …

Aber seltsam, ich brachte es nicht fertig. Erst musste ich mehr von ihm wissen … Schließlich war ich diejenige, die mehr zu verlieren hatte!

Ich lehnte mich ein wenig nach vorne, um die Nähe zwischen uns zu betonen, bevor ich bat: »Bitte sag mir, wer du wirklich bist. Was ist dein wahrer Beruf, Vincent? Sag nicht In- und Export, denn ich weiß, dass es nicht stimmt. Und wieso warst du so abweisend zu mir?«

Vincent sah mich ernst an, öffnete den Mund zu einer Antwort und … Sein verdammtes Handy klingelte!

»Ich kann dich nur um Entschuldigung und Vertrauen bitten, Christine …«, stieß Vincent hastig hervor, schwang sich vom Barhocker und entfernte sich ein Stück mit dem Handy am Ohr.

Ergrimmt hieb ich mit beiden Fäusten auf das silberne Polster seines Barhockers, was mir einen rügenden Blick des Gläser polierenden Barkeepers eintrug.

Mit hochroten, brennenden Wangen und blitzenden Augen wartete ich auf Vincents Wiedererscheinen, doch als er kam, goss er nur noch mehr Gift in den See von Misstrauen und Enttäuschung, der sich inzwischen in mir gebildet hatte. Er erklärte mir, dass er leider weg müsse und mir schon ein Taxi gerufen habe. Der Schuft! Doch am stählernen Klang seiner Stimme merkte ich, dass es nicht den leisesten Zweck haben würde, zu streiten oder zu protestieren. Also straffte ich mich, hob Kopf und Kinn höher denn je und wünschte ihm eisig eine gute Nacht und viel Erfolg bei was-auch-immer. Er streckte eine Hand aus, aber ich wich behände zur Seite, entging so jedweder Berührung des doppelzüngigen Schurken und stöckelte mitsamt meinem schrecklichen Gefühlschaos hinaus, zum bereits wartenden Taxi.

Nein!, dachte ich, *das darf nicht wahr sein! Das gab es nicht, solche Zufälle existierten nicht!* Und eine grässliche Stimme in meinem Inneren antwortete: *Und wenn ALLES abgekartet gewesen ist?! Wenn er mit dir spielt, weil du der Schlüssel zu deinem Vater – und zu dem wertvollen Was-auch-immer bist?*

Am Taxi holte mich Vincent ein. Seine warme Hand legte sich auf meine Schulter. Sowohl mein Glücksgefühl als auch meine grässliche Stimme triumphierten und stürzten mich noch tiefer in die Verwirrung.

»Christine … warte! Ich bin da, ich habe … erkannt, dass ich dich nicht so behandeln darf.«

»Ach ja?«, schnaubte ich wütend, doch mein Zorn schmolz fast augenblicklich. Es war verrückt; doch ich brachte es nicht fertig, böse auf ihn zu sein. Sein Verzeihung heischendes Lächeln war umwerfend. Wenn er mit mir spielte, dann sehr geschickt – denn ich wollte nicht, dass er aufhörte.

»Komm, lass uns in den Club gehen. Es ist zwar noch fast ein bisschen früh, aber bestimmt ist es gerade deshalb für uns zwei angenehm … wir können uns ein wenig zurückziehen, das eine oder andere ausprobieren, wenn du Lust hast …«

»Hmmm …«, knurrte ich, versuchte wenigstens ein BISSCHEN kühl zu wirken, »und stellst du mich auch nicht einfach dort ab und gehst?« Ich zog ein Schüppchen. »Ich meine, besteht nicht die Gefahr, dass du mich dort im Bondagezimmer fesselst und dann doch deinen ach so wichtigen Termin wahrnimmst?!«

Ich sprach nur halb im Scherz, denn die grässliche Stimme in meinem Inneren hielt ihn immer noch für einen manipulativen Betrüger.

Vincent bemerkte mein Misstrauen sehr wohl, denn er zuckte leicht zusammen, bevor er entgegnete: »Das traust du mir doch nicht wirklich zu, oder? – Ich habe meinen Termin abgesagt. Man sollte im Leben hin und wieder die richtige Entscheidung treffen …«

Ich stand noch immer mit zornig in die Hüften gestemmten Händen vor ihm – doch er setzte sich über meine abweisende Geste hinweg, zog mich an sich und küsste mich. Und mein verräterischer Körper reagierte augenblicklich, willig taten sich meine Lippen auf, und ich stellte wieder einmal bei mir fest, dass Versöhnungsküsse am besten schmeckten.

»Du bist mir wichtig, sehr sogar«, hauchte Vincent in meinen Mund.

Kurz darauf waren wir auf dem Weg zum Club.

Kapitel 14

Ich stellte beeindruckt fest, dass Vincent zwar klingelte, aber dann mit seinem eigenen Schlüssel »La Belle Folie« öffnete. Wir begegneten keiner Menschenseele.

»Komm«, sagte er fest, durchbrach meine kurze Skepsis, und führte mich erst einmal zu einer der Nischen.

Es war eigenartig, nur mit ihm hier zusammen zu sein, ohne Musik, und ohne jedwede Show – eigentlich hatte das stille Etablissement sogar etwas Gespenstisches an sich. Seltsamerweise verspürte ich keine Furcht. Die Spielereien am Abend zuvor, sowohl das Pärchen als auch Gunter, waren nur Ersatz gewesen. Sie hatten mir zum Glück eine Möglichkeit geboten, die Hitze in mir vorübergehend abzukühlen.

Aber ich wollte Vincent! Und unmerklich, wie von selbst, auf ganz selbstverständliche und sanfte Weise, glitten wir in unser Spiel hinüber.

»Christine, ich möchte, dass du dich jetzt für mich ausziehst.«

Ich brachte kein Wort hervor, so sehr erregte mich seine Forderung, plötzlich waren meine Lippen trocken, mein Mund wie ausgedörrt. Trotzdem oder gerade deswegen stand ich auf, um der Anweisung Folge zu leisen. Waren meine Bewegungen anfangs durch Nervosität noch ein bisschen eckig und unsicher, so fand ich mehr und mehr Geschmack daran, Vincents Wunsch zu erfüllen. Auf einmal kam es mir so vor, als ertönte doch Musik – nur erklang sie lediglich in meinem Kopf. Es schien »You Can Leave Your Hat On« zu sein … Ich lüpfte die Spagettiträger meines Kleides, ließ sie neckisch über die Schultern und Oberarme gleiten, dann tiefer und zog auch den gesamten goldfarbenen Stretchstoff herab … meine Brüste sprangen hervor und ich genoss Vincents bewundernde Blicke. Ich bewegte mich zu jener geisterhaften Musik von Joe Cocker, die sanft-rau durch meinen Geist tönte, tanzte traumhaft sicher auf meinen hohen Absätzen, eingehüllt in Vincents glühenden Blick, und zog mich langsam weiter aus, bis ich ganz und gar entblößt vor ihm stand. Nackt bis auf die Goldsandaletten mit den hohen Pfennigabsätzen.

»You Can Leave Your Shoes On«, sang Joe Cocker rau in meinem Inneren.

Dass Vincent selbst nach wie vor vollständig bekleidet blieb, erregte mich namenlos – so wie mich auch mein Strip scharf gemacht hatte.

Lange und stumm bewunderte er mich. So lange, dass meine Knie vom Stillstehen weich wurden. Erst dann trat er nah an mich heran und umarmte mich kurz, so dass ich seine harte Männlichkeit fühlen konnte. Lächelnd hauchte er mir einen Kuss aufs Haar, befahl mir stillzustehen und verschwand für eine kleine Weile. Als er zurückkehrte, trug er Ketten, die er mir sogleich anlegte: Handfesseln, die ebenfalls durch Ketten mit den Fußschellen verbunden waren. Seltsamerweise fühlten sie sich RICHTIG an …

»Mmhmm … du siehst damit wunderschön aus«, sagte Vincent leise, »schon lange habe ich mir gewünscht, eine Frau auf diese Weise in Ketten zu legen.«

Er fasste die Verbindungskette und zog mich behutsam hinter sich her.

Ich stöhnte leise vor Lust, woraufhin er mir über die Schulter ein Grinsen zuwarf – meine Reaktionen auf das, was er mir zufügte, gefielen ihm offenbar sehr.

Meine Bewegungsfreiheit war mehr als nur ein bisschen eingeschränkt; ich konnte nur sehr kleine Schritte machen, und leise Furcht brodelte in mir. Aber Vincents Augen suchten immer wieder Blickkontakt, er lächelten mich an, und ich sehnte mich danach, mich ihm hinzugeben. Ganz und gar.

Als wir das Bondage-Zimmer erreichten und er mich durch die Tür schob, hörte ich Stimmen vom Eingangsbereich her, Begrüßungsrufe, Gelächter. Das »La Belle Folie« hatte geöffnet.

Ungeachtet dessen schloss Vincent die gepolsterte Tür hinter uns, löste meine Ketten und forderte mich auf, mich an das Andreaskreuz zu stellen. Genießerisch tat ich es, streckte Arme und Beine, bis ich einem menschlichen X glich, und Vincent kam nah heran, drückte seinen muskulösen Körper an meinen und befestigte meine Handgelenke mittels der an Ringen hängenden Lederfesseln. Meine Füße ließ er frei, und mir wurde auch gleich klar, weshalb.

»Du bist phantastisch … Christine … süße Christine«, murmelte er dicht an meinem Ohr, öffnete seine Hose und ich fühlte seinen steifen Schwanz an meinem Unterleib.

Ich seufzte und wand mich, als er mich zunächst wieder mit seinen Fingern beglückte. Zart und fordernd zugleich drangen sie in meine Möse ein, rieben die Klit, tauchten in die Nässe, und mich durchliefen selige Wonneschauer. Fast übergangslos stieß er seine harte Männlichkeit in mich, packte dabei meine Kniekehlen, spreizte meine Beine und fickte mich lang und heftig.

Habe ich gerade Sex mit einem Mörder? Der Gedanke war auf einmal da, ließ sich nicht abschütteln und sorgte dafür, dass ich mich versteifte. Sofort spürte Vincent, dass etwas nicht stimmte. Sanft unterbrach er sein Vergnügen und streichelte meinen Körper: meine Lenden, die Brüste, Bauch und Pobacken.

»Vertraust du mir?«, fragte er leise. Und alles in mir schrie »Ja« – außer meinem verräterischen Verstand, der nicht auf die Intuition vertrauen wollte. Doch eine verbale Antwort wartete Vincent nicht ab, gab sich mit der Antwort meines wieder entspannten Körpers zufrieden und widmete sich wieder meinen zartesten Körperteilen. Urplötzlich hatte er Klammern in der Hand, die er gekonnt an meinen Schamlippen anbrachte. Sie bissen in mein empfindliches Fleisch und riefen Empfindungen hervor, die genau auf der schmalen Grenze zwischen hart und zu hart tanzten. Ich knirschte mit den Zähnen, wand mich in den Lederfesseln, hielt aber gut durch und atmete nach einer Weile tief und wollüstig.

»Ja, das gefällt dir, nicht wahr?«, erkundigte sich Vincent zärtlich.

Er ließ mich hängen, während er sich in aller Ruhe dem »Straftisch« zuwandte. Neugierig und angenehm berührt sah ich zu, wie er diesen durch Decken und Kissen so bequem machte, dass er sich kaum noch dazu eignete, eine lustvolle Bestrafung am submissiven Partner zu vollziehen. Dachte ich!

Vincent wandte sich mir wieder zu, maß mich mit seinen Blicken – ich genoss seine dominante Ausstrahlung, ich war hungrig nach mehr, ich … – und nahm mir als erstes die Klammern ab, deren Druck ich schon fast vergessen hatte. Ich schrie spitz auf vor Schmerz.

Wenige Minuten später lag ich weich und hingebungsvoll – ohne Fesseln – auf dem Rücken auf dem Tisch und beobachtete Vincent, der eigenartigerweise irgendetwas schnitzte. Endlich zeigte er es mir: Es sah aus wie ein Stück Holz. Nein, eher wie eine Wurzel, und … ein brennend-würziger Geruch ging von ihr aus. Ich brauchte einen Moment, um zu erfassen, was das war: Ingwer! Vincent schälte ein Stück Ingwerwurzel. Hatte ich davon nicht schon einmal im Internet gelesen? Man nannte es »Figging«.

»Christine, weißt du, was ein Tunnelspiel ist?«, fragte Vincent sanft.

»J… ja, ich glaube schon«, sagte ich, erfüllt von Lustangst, »es … es beginnt, und man kann es nicht mehr stoppen, muss es durchstehen bis zum Ende.«

»So ist es. Aber es wird dir gefallen, und ich bin bei dir.«

Damit führte er ohne weitere Umschweife das zu einem kleinen Plug zurechtgeschnitzte, geschälte Stück Ingwer in meine nach wie vor nasse Möse ein. Das Brennen setzte recht schnell ein. Ahhhhhhh! Ich hätte nicht geglaubt, dass es so – intensiv sein würde! Es war – unbeschreiblich. Wogen feuriger Empfindung rauschten durch mich hindurch, wilder und wilder, und ich stöhnte willenlos, warf mich auf dem Tisch hin und her, immer wieder gehalten durch Vincents kräftige Hände. Ich spürte wie die Wellen der Schmerzlust über mir zusammenschlagen wollten … es aber noch nicht konnten … nicht ganz … wieder höher stiegen … mich mitnahmen, ohne zu brechen … antäuschten und … Ahh … als Vincents Finger in mich eindrangen, kam ich auf der Stelle … und so heftig, dass mir fast die Sinne schwanden. Die Welle kippte und kippte … kippte nach oben, unten, seitwärts … bis die Welt nur noch aus einem einzigen Kippen bestand. Einem einzigen, unfassbaren Gefühl.

Nur wie durch einen farbigen, wohligen Nebel hindurch bekam ich mit, dass Vincent mich auf seinen Armen in eins der im ersten Stock gelegenen Privatgemächer trug. Ich war so erschöpft, dass ich einschlief, noch ehe mein Kopf das Kissen berührte.

Kapitel 15

Als ich erwachte, fühlte ich mich wie neugeboren. Ich hätte Bäume ausreißen können.

Ich lag in einem breiten französischen Bett, und die Seite neben mir war auch zerwühlt, aber im Augenblick leer. Also hatte Vincent neben mir geschlafen. Ich war so tief im Traumland versunken gewesen, dass ich ihn an meiner Seite gar nicht wahrgenommen hatte.

Kaum hatte ich mich jedoch ausgiebig gereckt und gestreckt, erschien mein Geliebter – komplett angezogen – in der Tür. Er strahlte mich an und trug ein Frühstückstablett. Aufgedeckt hatte er belgische Brötchen, goldbraune Pistolets, Croissants, Butter, Honig, Sirup, Marmelade, eine silberne Kaffeekanne, der ein köstlicher Duft entströmte, weiße Kaffeebecher und ein Kännchen mit heißer Milch.

»Oh wundervoll«, seufzte ich und lächelte ebenfalls strahlend. »Wie lieb …«

»Ich möchte dich eben ein bisschen verwöhnen«, schmunzelte er.

Nachdem er seine Schuhe abgestreift hatte, legte er sich zu mir ins Bett und leistete mir beim Frühstücken Gesellschaft.

»Wollen wir nachher den Tag miteinander verbringen?«, fragte er, wobei er zärtlich meinen Arm streichelte. »Bis zum Mittag habe ich Zeit …«

»Ja, gern.« Ich beugte mich zu ihm, um mit der Hand durch sein Haar zu fahren und sein Gesicht zu berühren. »Sehr gern sogar.«

Vincent fing meine Hand ein und küsste sie. In diesem Augenblick betrat Claire ohne anzuklopfen den Raum. Sie grinste.

»Na, ihr Turteltäubchen? Vincent, hast du Christine schon erzählt, was wir vorhaben?«

»Nein, noch nicht.«

Ich sah Vincent fragend an.

»Also, wenn du nichts dagegen hast, Liebste … Claire würde gern ein paar Fotos von dir machen, nachdem ich dich ein bisschen verschnürt habe.«

Ich war ein wenig verblüfft, aber auch geschmeichelt.

»Und wofür wären diese Fotos?«

»Für eine Homepage, die Mara Noire betreut und die natürlich mit ›La Belle Folie‹ zusammenhängt … aber keine Sorge, dein Gesicht würden wir natürlich unkenntlich machen.«, erklärte Claire und blinzelte mir schelmisch zu.

Einen Augenblick lang stritten neuerlicher Argwohn und die Hoffnung auf weitere Insiderinformationen ebenso in meinem Inneren um die Vormachtstellung wie meine Neugierde und mein latenter Hang zum Exhibitionismus. Schließlich verbündeten sich Letztere mit der Hoffnung und gewannen.

»Okay! Ich bin skeptisch, aber neugierig!« Treffender hätte ich es gar nicht formulieren können.

»Super!« Claire wirkte aufrichtig angetan. »Ich hole meine Ausrüstung. Bin gleich zurück.«

»Na, dann nehme ich mir noch ein bisschen Nachtisch«, sagte Vincent, sobald wir wieder allein waren, und griff nach meinen Brüsten.

Das Frühstückstablett hatte ich immer noch vor mir; ich musste kichern, als er meine Brüste auf das Tablett legte und mit Honig beträufelte.

»Mhmmm …«, seufzte Vincent, beugte sich über meine Brust und leckte den süßen klebrigen Saft ab. Seine Zunge glitt energisch über meine Nippel, die immer noch empfindlich waren. Gerade deswegen gefiel mir das Gefühl, ich seufzte wohlig.

»Ob mit oder ohne Honig, du bist unglaublich süß«, schnurrte Vincent an meinem Ohr. »Zeig mal deinen Popo, sieht man noch was? Für die Fotos wäre das fabelhaft, auch wenn es nur schwache Male sind.«

Folgsam stellte ich das Tablett zur Seite, drehte ich mich und er schnappte sich die Decke. »Mhmm … oh ja, durchaus. Blaugelbe Linien – und sogar noch blass purpurfarbene Striemen.« Er streichelte mich dort, und nun war es an mir zu schnurren. Es war unglaublich, aber mein unersättlicher gieriger Körper begann schon wieder zu reagieren!

»Was ist denn? Wieso wirst du denn rot, Liebste ...?«

Ich zog es vor, die Augen niederzuschlagen und nicht zu antworten, aber selbstverständlich ließ mir Vincent das nicht durchgehen. Er fühlte sofort zwischen meinen Beinen nach, ertastete die tropfende Möse und lachte warm. »Das habe ich mir fast gedacht ... hmm ... sind das noch die Nachwirkungen des göttlichen Ingwer, der die Lust bei dir auf so sagenhafte Weise verstärkt hat?«

Zum ersten Mal seit langem verschlug es mir die Sprache.

»Auf auf jetzt, Christine, mach dich schnell frisch im Bad nebenan, für die kleine Fotosession.«

Folgsam sprang ich unter die Dusche, und als ich zurückkam, war schon alles bereit.

»Wie, hier im Bett?«, fragte ich erstaunt, und Vincent nickte, während er mit roten und schwarzen Bondageseilen hantierte. Ich musste mich auf das silberfarbene Laken knien und die Arme heben, und Vincent fesselte mich kunstvoll. Unter seinen kundigen, achtsamen Händen entspannte ich mich so sehr, dass ich mich kaum noch an mein früheres Unbehagen beim Gefesseltwerden erinnerte.

Ich schrie leise auf vor Geilheit, als ein Seil meine Schamlippen teilte und ein wenig über meine Klit rieb ... oooh ...! Ich würde noch vor dem Fototermin kommen, wenn es so weiter ging.

»Macht dir das Vergnügen, ja?« Vincent grinste bei der rhetorischen Frage.

»Schuft«, stöhnte ich und wollte mit den Händen dorthin, wo heftige Lust aufflammte – aber er fing meine Gelenke und schnürte sie hinter meinem Rücken zusammen, so dass ich ganz hilflos, vollkommen ausgeliefert war.

Nach einigen Momenten band Vincent auch meine Brüste ab. In dieser Haltung sprangen sie sehr schön hervor und sogar meine steifen, aber kleinen Nippel wurden von ihm mit Takelgarn umspannt.

»Sehr schön«, meinte er dann zufrieden und genoss meinen Anblick und auch mein heftiges Atmen in vollen Zügen.

»Das gibt SEHR geile Fotos«, behauptete er, als Claire auftauchte. Sie schmückte mich mit einer Katzenmaske und begann mit einigen Probefotos.

»Ich muss mal kurz verschwinden«, grinste Vincent. Er war weg, bevor ich »Warum« oder »Wohin« fragen konnte.

Ungeachtet dessen schoss Claire ein Foto nach dem anderen, klick-klick-klick machte es, und ich drehte und bewegte mich und hielt still nach ihren Anweisungen – aber ich war nicht mehr recht bei der Sache, und meine Lust verebbte.

»Vincent hat recht: Das werden wirklich fabelhafte Fotos – sehr schön, Christine, du hast so etwas Frisches, Unverdorbenes an dir …«

Übergangslos legte sie die Kamera beiseite und sah mir in die Augen: »Und du willst immer noch bei deiner Geschichte bleiben, Christine?«

Ich zog scharf die Luft ein, meine Gedanken arbeiteten fieberhaft und suchten einen Zusammenhang. »W-was? Ja, denn …«

Sie hob eine Hand, um mich am Weitersprechen zu hindern. Ihre grünen Augen gewannen einen warmen Schimmer.

»Hör zu, ich wollte dich schon vorgestern nicht damit quälen. Und jetzt will ich's auch nicht! Ich will dir helfen!« Ihre Stimme klang aufrichtig und besorgt. Sollte ich ihr glauben?

Plötzlich wünschte ich mir, losgebunden zu sein und beinahe hätte ich Claire um Erlösung gebeten. Im letzten Moment schaffte ich es, mich zusammenzureißen. Ihren Blick möglichst ruhig erwidernd entgegnete ich: »Weißt du, ob ich von der Polizei beschattet werde, Claire? Gestern hatte ich so ein Gefühl …«

Die rotblonde Polizistin nickte. »Ja, meine Kollegen beschatten dich. Sie wollen dich im Auge behalten – es gibt Spuren …« Sie wich meinem Blick aus und schien unsicher, wieviel sie preisgeben durfte.

»Was für Spuren denn?«, stieß ich hervor. »Welchen Grund gibt es, mich …?«

Für einen Moment irrten Claires Augen zurück zu mir und meiner Verschnürung; sie bemerkte offenbar, wie unwohl ich mich fühlte, denn sie murmelte: »Ich löse schon mal das Seil um deine Handgelenke, sonst sterben dir noch die Finger ab …«

Sie beugte sich vor und hielt ihr Versprechen. Ganz leise, beinahe gegen ihren Willen antwortete sie auf meine nur halb ausgesprochene Frage: »Ganz einfach, Christine. Du giltst als verdächtig im Mordfall Mark Weiß.«

Sie zog sich ein Stück von mir zurück, als Schritte im Flur näher kamen. Vincent erschien. Claire, die mit dem Rücken zur schwungvoll aufgerissenen Tür saß, legte sich einen Finger auf die Lippen. Eine Geste, die sehr vertraulich wirkte. Sie vertraute mir!

Ich neigte den Kopf, als kleines Zeichen meiner Dankbarkeit, rieb mir aber die Hände, so dass es für Vincent aussehen musste, als sei das Neigen nur auf meinen Blick in den Schoß zurückzuführen.

»Ah, ich sehe, du hast unserem Modell seine Lage schon ein bisschen erleichtert!«, äußerte Vincent mit einem neckischen Grinsen. Offenbar hätte er mich gerne noch ein Weilchen schmoren lassen.

»Ja«, meinte Claire und hob wie zum Beweis ihrer nächsten Aussage die Kamera. »Die Fotosession ist beendet. Ich wünsche euch beiden noch einen schönen Tag.«

Den hatten wir, obwohl wir beide ein wenig geistesabwesend waren; jeder mit seinen eigenen Gedanken und Sorgen beschäftigt. Wir hatten miteinander geschlafen, Lust geteilt und auch sehr intime Gefühle während einer knisternden BDSM-Session … und doch, weder konnte ich mich ihm anvertrauen, noch er sich mir öffnen. Aus welchem Grund auch immer.

Stattdessen bummelten wir Hand in Hand durch das schöne, sonnig-windige Ostende, und Vincent zeigte mir die Stadt. Aber alles lief ein wenig an mir vorbei – alles, bis auf die intensive Empfindung, die Vincents Hand, die die meine umschloss, in mir auslöste.

Nach einer Weile begann er ein bisschen von sich selbst zu erzählen. Er war im Jahr 1977 im zentralafrikanischen Kongo geboren worden und hatte bis zu seinem 14. Lebensjahr auch seine Jugend dort verbracht. Er hatte dort viel Grauenvolles erlebt. Die Demokratische Republik Kongo befand sich in beständigem Chaos, und als ob es nicht schon so schwer genug gewesen wäre, in diesem afrikanischen Land zu leben, waren Vincents Eltern auch noch Anhänger des 1961 getöteten Präsidenten Lumumba; sie wechselten andauernd ihre Wohnsitze, betrieben konspirative Geschäfte, halfen gleichgesinnten Regimegegnern und waren immer von Gefangenschaft, Folter und Tod bedroht. Vincents Mutter hatte tatsächlich schwarzes Blut in ihren Adern, ihr Vater war ein – damals nannte man sie noch so – Mulatte gewesen. Ihr sah man das allerdings äußerlich kaum an. Vincents

Eltern waren beide hellhäutig und er als dunkler Typ wirkte fast, als sei er nicht deren leibliches Kind.

Als er 14 war, entschieden seine Eltern ihn mit seiner Zustimmung nach Belgien zu schicken, zu seinem Onkel.

Vincent, der etwas wehmütig geworden war, unterbrach sich und zeigte auf eine seltsame Eisenskulptur, die quasi aus einer Häuserwand hervorwuchs. Sie zeigte einen leicht rostigen, stilisierten Stierkopf. Sie befanden sich in der Nähe einer aschegrauen Kirche, die wie die kleine Schwester vom Kölner Dom aussah.

»Schau, Christine, das ist von Gunter! Er ist bildender Künstler, sogar ein bekannter …«

Der alte Gunter, jemand, der viel weiß und den ich genauer … bevor ich weiterdenken konnte, legte Vincent mir seinen Arm um die Schulter und vertrieb den Gedanken an den Künstler.

»Ich wünschte, du würdest mir auch etwas von dir erzählen, Christine …«

»Das werde ich«, versprach ich hastig. »Bald.«

Damit musste er sich zufriedengeben, denn es war schon Mittag, und es wurde Zeit für ihn zu gehen.

Noch ehe ich in meinem Hotel war, kam eine SMS von Felix. »Mache mir langsam ECHTE Sorgen! Hast du meine Mails nicht gelesen?«

Auch das noch! Ich rieb mir die plötzlich schmerzenden Schläfen.

Mit etwas schlechtem Gewissen nutzte ich mein Handy, meldete mich im Internet an und rief meine Mails auf. Es waren vier Nachrichten, in denen Felix immer dringlicher nach unseren »Fortschritten« fragte, in flirtendem Ton von seiner Sehnsucht nach mir schrieb und – sein Kommen ankündigte. Oh nein!

Ich rief ihn augenblicklich an. Zu meiner Überraschung erreichte ich den Vielbeschäftigten auch sofort, als habe er neben dem Telefon gesessen.

»Hallo Kleines! Wie schön, dass du dich endlich meldest! Sag mal, ist irgendwas passiert?« Er klang halb charmant, halb argwöhnisch, und ich versuchte ihn zu stoppen: »Hallo, du, nein, es ist … alles in Ordnung, und du musst auch gar nicht kommen, auch wenn es gut gemeint ist, Felix …«

»Na, deine Stimme klingt aber eher danach, als sei es gerade jetzt eine besonders gute Idee, dass ich den nächsten Flieger nehme und dir zur Seite stehe«, entgegnete er.

Das fehlte mir gerade noch!

Ich wandte meine ganze Überzeugungskraft auf, um Felix von diesem Plan abzubringen, und hatte schließlich auch das Gefühl, dass es mir gelungen war.

»Na gut«, knurrte er schließlich. »Aber versprich mir, dass du dich sofort meldest, falls da etwas aus dem Ruder läuft oder du mich doch brauchst.«

Ich versprach es ihm.

Leicht verschwitzt legte ich den Hörer auf und versuchte, meine Gedanken zu ordnen. Konnte ich Felix hier gebrauchen? Wohl eher nicht.

Mein Blick glitt zu einem der kleinen Läden, die an der Haltestelle geöffnet hatten und blieb an den Postkarten hängen. Eine zeigte ein Kunstwerk, das mich an die Eisenskulptur erinnerte. Gunter! Gunter zu überprüfen, das musste mein nächster Schritt sein!

Kapitel 16

Fast im selben Gedankenzug rief ich Mara Noire an und erfuhr von ihr, dass Gunter in etwa einer Stunde im Club sein würde. Wie immer.

»Nanu, Christine … hat Gunter dich mehr beeindruckt als Vincent?« Ihr Lachen klang beinahe anzüglich und ich sah mich gezwungen einzustimmen, um jedweden Verdacht im Vorfeld auszuräumen.

Zum Glück fragte sie nicht weiter, freute sich nur, dass ich ebenfalls bald kommen würde – und ich hatte noch Zeit, mir einen leichten Salat als Stärkung zu bestellen.

»La Belle Folie« lag zu dieser nachmittäglichen Stunde noch viel ruhiger da als es gestern am Abend der Fall gewesen war, als Vincent und ich verfrüht dort eingetroffen waren.

Aber Gunter war tatsächlich in der Kellerbar – offenbar seinem Lieblingsplatz – wo er diesmal ein frühes Bier trank. Offenbar hatte er mich schon erwartet, denn er blickte mir aufmerksam entgegen, als ich die Treppe herunter kam.

»Na … sweet Christine«, brummte er. »Du hattest Sehnsucht nach mir?«

Rasch schüttelte ich den Kopf, lächelte ihn aber charmant an. »Nein, wissen Sie … ich habe inzwischen jemanden gefunden.«

»Vincent Delano?« Er war also im Bilde.

»Ja.«

»Schade. Ich meine, schön für dich! Aber ich hätte gern mein Versprechen erfüllt, dir so richtig den Hintern zu versohlen.« Er seufzte. »In der Regel halte ich meine Versprechen!«

Ich setzte mich neben ihn und nahm mir ein Ginger Ale.

»Es war neulich auch sehr schön mit Ihnen, Gunter …«, sagte ich lächelnd und zauberte ein winziges Versprechen in meine Augen. »Vincent hat mir berichtet, dass Sie ein bedeutender bildender Künstler seien. Kunst fasziniert mich, und ich würde gern mehr darüber erfahren – Sie wollten mir schon bei unserem letzten Treffen davon erzählen, nicht wahr?«

Seine grünbraunen Augen leuchteten auf, offenbar hatte ich einen Nerv getroffen.

»Stimmt! Ich freue mich, dass du dich dafür interessierst. Ja, ich erschaffe Skulpturen, schon seit vielen Jahren … und Madame Noire ist fast so etwas wie meine Mäzenin. Hast du dir eines meiner Werke angeschaut?«

»Ja, den Stierkopf«, antwortete ich.

»Ah, LE TAUREAU FOU, der Verrückte Stier. Genau, ihn zum Beispiel hat Madame mir finanziert. Ich war ihr dafür sehr dankbar … sie hilft mir, wo sie nur kann. Manchmal natürlich passieren Sachen, die ihre Kräfte übersteigen … oder ihr WOLLEN … so wie vor sechs Monaten …« Er verstummte. Sein Gesicht trug auf einmal einen merkwürdigen Ausdruck, beinahe schuldbewusst.

»Was war denn da?«, hakte ich möglichst unauffällig nach. Und tat so, als bemerke ich seine veränderte Stimmung nicht.

»Oh, es stand in allen Zeitungen, sogar überregional. – Eins meiner Kunstwerke in den Dünen, eine große, begehbare Skulptur aus Eisen, NEO-ATLANTIS habe ich sie genannt, wurde durch ein Unwetter fast ganz zerstört. Die Kosten für die Restauration waren schwindelerregend.« Er trank sein Bier in einem Zug aus und schenkte sich nahezu zeitgleich das nächste ein. »Zum Glück half mir nur kurz darauf ein alter Freund; er gab mir nicht nur genügend Geld, um es zu restaurieren, sondern hat sogar selbst mitgearbeitet.« Der alte Künstler kicherte, als amüsiere er sich über seine Erzählung und darüber, dass er mir etwas sagte, ohne dass ich es verstand. – Aber vielleicht wurde ich auch nur langsam paranoid? »Hat eigens Hand angelegt und an der Restauration von NEO-ATLANTIS mitgewerkelt. Das war mir viel wert, denn ich bin schließlich nicht mehr der Jüngste und wusste seine Tatkraft sehr zu schätzen …« Gunter lächelte und seufzte in wehmütiger Erinnerung, während er sein Bier in tiefen Zügen herunterkippte.

»Ein alter Freund?« Ich gab meiner Stimme einen ungläubigen Klang. Welcher alte Freund tauchte ausgerechnet in solch einem Moment auf – mit genug Geld und Tatkraft?

»Ja.« Gunters Lächeln wurde verschwommen, und seine Augen umwölkten sich leicht ... o je, er ist ja betrunken, dachte ich plötzlich. Erst jetzt bemerkte ich, dass Gunter mehr als schon ein Bier getrunken haben musste; er hatte ganz schön geladen. Inzwischen hatte er sogar Tränen in den Augen, die er vor mir zu verbergen suchte. Offenbar befiel ihn gerade eine alkoholbedingte Weinerlichkeit – oder eine traurige Erinnerung.

Aber dieses Mal würde ich trotzdem nachhaken ... ich ...

»Christine, Schätzchen, kommst du mal eben?« Alains leicht affektierte Stimme scholl vom oberen Ende der Kellertreppe zu uns und riss Gunter in die Wirklichkeit zurück.

Nichtsdestotrotz schenkte ich ihm ein verheißungsvolles Lächeln und versprach: »Ich bin neugierig – und komme gleich auf das Kunstwerk zurück!«, bevor ich von meinem Barhocker herunter rutschte und zu Alain ging.

Er drückte mir ein schnurloses Telefon in die Hand.

»Vincent«, meinte er nur, zwinkerte mir zu und entfernte sich dann taktvoll.

Verwirrt nahm ich den Hörer entgegen und meldete mich.

Die Frostigkeit, mit der Vincent mich begrüßte, ließ mein Lächeln erstarren, und ich fühlte mich fatal an den Abend erinnert, als er ebenfalls so unterkühl gewesen war.

»Was ist los?«, fragte ich; es sollte wütend klingen, stattdessen hörte ich mich nur ratlos und verstört an. Ich verstand seine Stimmungswechsel einfach nicht. War er am Ende manisch-depressiv?

»Nichts ist los«, sagte er schroff, »ich muss dir nur sagen, dass ich im Moment keine Zeit habe, dich zu treffen. Kannst du dazu nicht einfach ›Ja Vincent‹ sagen und mich nicht weiter mit Fragen löchern?«

Hitze lief durch meine Adern, weil er in solch einem ekelhaften Ton mit mir sprach. Das hatte nichts mit unseren zartharten Rollenspielen zu tun, das war einfach nur alltägliche verbale Brutalität.

»Ich habe sehr viel zu tun, ich muss jetzt etwas Unerwartetes abarbeiten«, fuhr seine veränderte, eisige Stimme fort.

Wut flammte in mir auf, und ich schaffte es, genauso kalt zu erwidern: »Wie du meinst.« Und dann drückte ich die rote ›Beenden‹-Taste.

Kapitel 17

Fast fluchtartig verließ ich den Club. In meinem Kopf drehte sich alles. Wie lange würde ich das noch aushalten können?! Diese Launenhaftigkeit, diese kalten Gewittergüsse aus eben noch heiterstem Himmel, das konnte und wollte ich nicht ertragen! Und doch, ich mochte ihn, wollte ihn, ich … war ein dummes Schaf!

Selbst jetzt hoffte ich auf eine SMS, in der er mich um Verzeihung bat und spielte Szenarien durch, in denen er irgendwelche Gründe hatte, um in diesem Ton mit mir zu reden. Mir fiel kein einziger plausibler ein.

Ich war so in meine Gedanken über Vincents Verhalten vertieft, dass ich den Polizeiwagen vor meinem Hotel überhaupt nicht wahrnahm, als ich aus meinem Taxi stieg.

»Christine Danzer?«

Ich schrak zusammen, als ich von einem uniformierten Beamten in dienstlich-neutralem Ton angesprochen wurde.

»Ja?«

Ein zweiter Polizist gesellte sich dazu, baumlang und dunkelblond. Den erkannte ich wieder – er war auch beim ersten Mal dabei gewesen. Sie fingen mich also diesmal direkt vor meinem Hotel ab, und sie waren zwar freundlich, aber sehr bestimmt. Von Claire keine Spur.

»Es geht um den Mord an Mark Weiß – Sie wissen ja, dass wir Sie deshalb noch einmal sprechen wollten. Bitte kommen Sie mit aufs Revier, es wird nicht lange dauern.«

Oh ja. Damit hatte ich eigentlich rechnen müssen.

Ich setzte ein leicht verkrampftes Lächeln auf und erwiderte: »Ja, natürlich. Wenn ich der Polizei behilflich sein kann …«

Geh' nicht zur Polizei! Die Stimme des sterbenden Mark hallte auf gespenstische Weise in meinem Kopf wider, und eine Gänsehaut lief über meinen Körper. Jetzt war die Polizei zu mir gekommen und wenn es stimmte, dass ich von ihnen beschattet wurde – und warum sollte Claire lügen – hieß es auf der Hut zu sein.

Im gesichtslosen, kühlen und recht kahlen Polizeirevier von Ostende, in das ich gefahren wurde, stellte mir ein mir unbekannter höherer Beamter mehrere Fragen, und meine Antworten wurden von einer Schreibkraft genau protokolliert. Ganz offiziell.

Der Beamte – sein Name war De Groote – befragte mich in seinem Büro auf Deutsch. Es kostete mich – trotz meines Vorsatzes, sehr aufzupassen – große Mühe, mich zu konzentrieren.

De Groote erklärte, dass die Polizei auf ihrer Suche nach dem Mörder von Mark Weiß leider noch nicht recht weitergekommen sei.

»Insbesondere fehlt uns ein mögliches Motiv«, sagte er, trommelte mit seinen Fingern auf der Schreibtischunterlage herum und schaute mich aus steingrauen Augen durchbohrend an. »Er schien ein normaler Tourist gewesen zu sein, er hat keine außergewöhnlichen Orte aufgesucht … Sie sagten ja, Sie kannten ihn kaum. Haben Sie trotzdem irgendeine Vermutung, ob Mark Weiß Feinde gehabt hatte? Hat er Ihnen gegenüber vielleicht irgendwelche Andeutungen gemacht, und sei es nur im Scherz?«

Ich zögerte. Ich tat so, als ob ich nachdachte, und runzelte angestrengt die Stirn. Sekundenlang überlegte ich, ob ich die Polizei auf irgendeine falsche Fährte locken sollte. Aber dann ließ ich diese Idee wieder fallen. Zu riskant.

»Nein, nichts dergleichen«, antwortete ich fest.

»Nicht lange vor der Tat hat Herr Weiß im Hotel einen Anruf aus Antwerpen erhalten. Wir konnten ihn zurückverfolgen, aber leider kam er aus einer Telefonzelle. Haben Sie vielleicht eine Ahnung, von wem dieser Anruf gekommen sein könnte?«

»Nein«, antwortete ich, und diesmal sprach ich die reine Wahrheit.

»Und die SMS, die er ihnen kurz vorher geschickt hat?« Natürlich hatte die Polizei sein Handy kontrolliert.

»Was soll mit der SMS sein?« Ich gab mich verständnislos genug, um De Groote zu einer genaueren Frage zu zwingen: »Was stand drin?«

Aha! Beinahe hätte ich gelacht. Natürlich hatte Mark den Text aus seinem Speicher gelöscht – schließlich hatte er mich ebenfalls dazu angehalten. Blieb nur zu hoffen, dass die Polizei nicht das gesamte Netz prüfte – oder die deutschen Verbindungen.

»Er wollte sich mit mir treffen – ein Date im Adamant Bistro.« Ich zuckte mit den Schultern und gab mir Mühe ehrlich und betroffen zu wirken.

Nach ein paar weiteren, eher belanglosen Wiederholungsfragen – die ich sorgfältig genau so beantwortete, wie ich es bei der ersten Vernehmung in meinem Hotelzimmer getan hatte – dozierte De Groote auf einmal über Schussverletzungen und darüber, dass es immer noch absolut rätselhaft sei, was der Täter als Schalldämpfer verwendet habe. Die Art und Weise, in der sich das Projektil in Marks Körper verformt habe, ließe leider keine eindeutigen Rückschlüsse zu.

»Was halten Sie davon, Fräulein Danzer?«

Ich hatte gespannt hingehört und antwortete: »Nun, wenn es Ihnen, als Profis, also komisch vorkommt – dann könnte das zumindest darauf hindeuten, dass keine ›gewöhnliche‹ Waffe mit normalem Schalldämpfer verwendet wurde und der Täter vermutlich kein Polizist oder Soldat war … Aber mehr fällt mir dazu auch nicht ein.«

»Das ist doch schon ganz hervorragend!«, sagte De Groote, der eine spiegelnde Glatze hatte, herzlich, und ich konnte nicht sagen, ob seine Herzlichkeit gespielt oder echt war. Seine Steinaugen waren weiterhin mit großer Aufmerksamkeit auf mich gerichtet und ich bekam eine Ahnung davon, wie gut er mit den geschickt platzierten Informationen wirklich war. Tatsächlich hatten sie eine Ahnung zu Waffe und Schalldämpfer, ebenso zu dem Anruf aus Antwerpen.

»Wo waren Sie eigentlich am Abend der Tat?«, fragte er unvermittelt, und ich hätte mich beinahe verschluckt. Hastig dachte ich nach. Was hatte ich beim ersten Mal geantwortet? Hatte man mich das überhaupt gefragt?

»Ich?« Ich beschloss so ehrlich wie möglich zu sein. »War ganz langweilig in meinem Hotel, im Zimmer. Ich hatte Lust auf einen ruhigen Abend …«

Als ich endlich gehen durfte, kam ich mir leer und irgendwie »ausgewrungen« vor. Sicherlich hatten die Beamten inzwischen eine Verbindung zwischen mir, Mark, Mara und Antwerpen gefunden. Aber wie zum Teufel hätte ich ihnen von meinem Verdacht erzählen können – vor allem, da mein Vater auf der falschen Seite des Gesetzes stand?

Erleichtert bog ich um die Ecke und atmete tief durch, als ich De Grootes erbsengrün gestrichenes Büro hinter mir gelassen hatte. Plötzlich hatte ich das Gefühl, beobachtet zu werden – wie in den Dünen, wie in den letzten Tagen.

Ruckartig drehte ich mich um, doch alle Polizisten, die in dem Empfangsraum schräg hinter mir saßen oder standen, waren mit ihrer Arbeit beschäftigt. Und nur ein Huschen, eine hastige Bewegung, lenkte meinen Blick auf die hintere Tür. Durch das kleine Glasfenster konnte ich gerade noch eine Person von hinten erkennen, die sich rasch entfernte. Vincent?

Ich blinzelte, doch die Person war schon außer Sichtweite und der flüchtige Eindruck so schnell verflogen, dass ich mich nicht einmal mehr daran erinnern konnte, wie groß der Mann gewesen war oder ob er überhaupt die richtige Haarfarbe gehabt hatte.

Sah ich Gespenster? Mein Verstand und meine Paranoia sagten ja, einzig mein wild klopfendes Herz behauptete das Gegenteil.

Kapitel 18

Ich wollte nur eins: zurück in mein Zimmer und nachdenken.

Folglich durchquerte ich rasch das Foyer. Dabei streifte ich die Lederfauteuil-Sitzgruppe mit einem flüchtigen Blick, ignorierte das Gefühl, erneut beobachtet zu werden und hetzte Richtung Treppe. Da erhob sich ein Mann und vertrat mir den Weg.

»Hallo, Kleines.«

Einen Augenblick lang nahm ich nur Bruchstücke war: athletische Figur, gebräuntes Gesicht mit smaragdenen Augen, schwarzer Schnurrbart, schwarzes Haar. – Ich hatte eines Tages herausbekommen, dass er es sich färbte, weil er zu den Männern gehörte, die früh ergrauen ... bei diesem Gedanken setzten sich die Stücke zu einem Ganzen zusammen. Zu einem Ganzen, dessen piratenhaftes Grinsen immer noch so war wie an dem Tag, an dem wir uns kennengelernt haben.

»Felix!«, stieß ich verblüfft hervor. »Was machst DU denn hier? Ich hatte dir doch gesagt, du musst nicht kommen! Wieso bist du trotzdem da?«

»Ich freue mich auch dich zu sehen«, erwiderte er spöttisch und verneigte sich leicht vor mir. »Bin seit zwei oder drei Stunden hier, habe einen Flieger von Frankfurt nach Brüssel genommen und dann ein Mietauto. – Gut siehst du aus! Ich habe ja keine Ahnung, was im Zuge eurer Nachforschungen so alles passiert ist und was du erlebt hast, aber ...« Er ließ den Satz vielsagend verklingen, und ich fühlte mich auf einmal auf unbestimmte Art und Weise schuldbewusst. Ein Umstand, der mich sehr ärgerte.

»Entschuldige, ich habe nun mal gar nicht mit dir gerechnet«, sagte ich verdrossen. »Du hättest dich ankündigen können. Wieso hast du hier auf mich gewartet wie ... die Katze auf die Maus, anstatt dich per Handy bei mir zu melden?«

Felix lachte. »Das klingt, als hätte ich bei dir um Audienz nachsuchen müssen. Ihre königliche Hoheit, Prinzessin Christine, gibt sich die Ehre …«

»Hör schon auf«, brummte ich verärgert.

»Na komm. Du wirkst wirklich ein bisschen so. Was hattest du denn gerade vor?«

»Ich wollte auf mein Zimmer. Mich ausruhen.«

Er starrte mich an, als hätte ich gegen eine ungeschriebene Regel verstoßen, und tadelte: »Wieso denn das? Es ist heller Nachmittag! Komm, ich lade dich zum Kaffee ein …!« Plötzlich wandelte sich sein Gesichtsausdruck, seine Stirn legte sich in Falten und er fragte besorgt: »Oder fühlst du dich nicht wohl? Bist du krank? Soll ich dich lieber zu einem Arzt begleiten?«

Ergrimmt schaute ich ihn an. Im Moment hatte ich keine Lust darauf, mich mit meinem Ex abzugeben, geschweige denn zu erklären, wo ich gerade herkam oder warum ich müde war. Ich wollte meine Ruhe, meine Gedanken ordnen und die vielen Informationen sortieren, die ich bis jetzt gesammelt hatte. Gerade im Moment hatte ich das Gefühl, eine Menge Puzzlestückchen zu haben, doch sie wollten sich ums Verrecken nicht zu einem sinnvollen Muster ordnen!

Ich fasste Felix genauer ins Auge. War ER es am Ende, der sich nicht ganz wohl fühlte? Unter seiner Sonnenbräune wirkte er blass. Ich erinnerte mich, dass er sich Sorgen gemacht hatte. Und das gar nicht mal zu Unrecht. Im Grunde genommen hatte er von allen Menschen – als Marks und mein Freund – am ehesten das Recht zu erfahren, was geschehen war. Bei dem Gedanken daran und von meinen Schuldgefühlen unterstützt, wurde mein Gesichtsausdruck weicher.

Felix registrierte die Veränderung und passte seinen Ton sofort an.

»Na komm, lass dich mal kurz drücken!« Er umarmte mich und lächelte mich entwaffnend an.

»Ich würde wirklich gern mit dir Kaffee trinken, Kleines …«

Ich lächelte, obwohl ich es nicht mochte, »Kleines« genannt zu werden. Ich war 1,70 groß und 24 Jahre alt und nicht mehr klein. Aber es war vielleicht gar nicht so schlecht, dass mein Ex-Dom Felix hier war. Ich konnte allmählich Hilfe gebrauchen – und jemanden, dem ich trauen konnte!

Wenig später saßen wir uns in dem angenehmen Bistro von Bredene – es hieß zweisprachig »Bij Ons – Chez Nous« – im Freien gegenüber. Die sehr schöne Terrasse war durch die durchsichtigen Paravents windgeschützt, wirkte ruhig und anheimelnd, so dass ich doch dazu kam, mich zu entspannen. Sogar in der Sonne!

Als der Milchkaffee und die Croissants kamen, überraschte ich mich selbst, indem ich heißhungrig über beides herfiel; Felix trank seinen Kaffee schwarz wie immer, und nachdem ich mich unter seinen neckenden Blicken gestärkt hatte, begann er mich wieder mit bohrenden Fragen zu bedrängen. Ich sah die gefürchtete Frage: »Und wo steckt überhaupt der Mark« schon im Raume schweben – seine Lippen wollten sie formen. Ich kam ihm zuvor.

»Mark ist tot, Felix.«

Er starrte mich nur an, zu schockiert, um sich zu bewegen oder eine Frage zu stellen. Dieses Mal war er wirklich bleich.

»Ermordet. Hier in Bredene, in den Dünen. Und ich war dabei, als es geschah.«

Felix war absolut sprachlos. Minutenlang. Dann brachte er heiser hervor: »Kleines … das ist ja furchtbar. Entsetzlich! Und … und hast du den – Mörder gesehen?«

Ich schüttelte den Kopf.

»Nein. Und ich habe der Polizei nicht gesagt, dass ich praktisch dabei war. Ich …«

Es war deutlich zu erkennen, dass meine Enthüllungen Felix immer mehr aus der Fassung brachten.

»Du hast die Polizei belogen?!«, stieß er aus. »Aber weshalb denn nur? Ist dir denn nicht klar, dass du ihr damit ihre Arbeit sehr erschwerst und dich noch dazu strafbar machst?«

Na, das hatte mir gerade noch gefehlt. Ein sich moralisch gebärdender Felix, der unangemeldet hier aufgetaucht war und sich nun in alles einmischte! Ich bereute, dass ich ihm die Wahrheit gesagt hatte.

»Hör mir zu, Felix …«, ich zwang mich zur Ruhe, »…Marks letzte Worte waren: ›Geh nicht zur Polizei … dein Vater war …‹! Was hättest du dann an meiner Stelle getan? Für mich stand fest, dass ich das Geheimnis um meinen Vater lüften und Marks Tod aufklären würde – ohne die Gesetzeshüter. Mark nannte auch noch den Namen eines Clubs.«

Felix war während meiner Rede immer blasser geworden.

Er wischte sich fahrig über die Stirn. »Aber Kleines«, flüsterte er, »ich verstehe dich, doch das ist reiner Wahnsinn! Es ist Aufgabe der Polizei, Ermittlungen anzustellen, nicht deine. Du kannst das nie schaffen!«

»Ach nein? Danke schön!«, erwiderte ich schnippisch und machte Miene, aufzustehen.

»Warte!« Er erhob sich ebenfalls halb und ergriff mein Handgelenk.

Widerwillig ließ ich mich auf meinen Stuhl zurückfallen. Es war ja nicht so, als hätte er Unrecht. Im Gegenteil.

Felix winkte der Bedienung und bestellte in seinem mangelhaften, hessisch gefärbten Französisch Sekt-Orange. Mürrisch trank ich ihm zu, schenkte ihm endlich ein halbes Lächeln und war bereit zu verzeihen.

Er nutzte seine Chance augenblicklich und nahm meine Hand zwischen seine beiden Handflächen, um mich durch die vertrauliche Geste zu manipulieren.

»Weißt du, Kleines …«

»Bitte nenn mich nicht so. Du weißt, ich mag das nicht.« Ich entzog ihm meine Rechte.

»Okay. Entschuldige. Weißt du, wieso ich wirklich hier bin?« Seine leuchtend grünen Augen hatten auf einmal einen Glanz, der mich fast erschreckte.

»Nicht wegen Mark, ach was!« Er lachte verächtlich auf. »Sondern deinetwegen, Christine. Einzig und allein wegen dir. Es hört sich bestimmt für dich merkwürdig an, weil wir doch seit einiger Zeit nur noch Freunde sind, aber … ich kann unsere Beziehung nicht so leicht vergessen.«

Er lächelte, wandte den Blick aber nicht eine Sekunde von mir und strich sanft mit Fingerspitzen über meinen Arm. Es war mir zwar nicht unangenehm, aber ich war ein bisschen verwirrt.

»Felix, ich denke auch ab und zu noch daran«, begann ich weich, »aber …«

»Das freut mich«, fiel er mir ins Wort. »Das macht mich froh, Kl… Christine. Also sag mir: Wieso muss es denn zu Ende sein? Lass uns nach Frankfurt zurückkehren. Die Suche nach deinem Vater nehmen wir dann von dort aus wieder auf …«

In meiner Rocktasche vibrierte es, und ich hörte einen gedämpften Ton. Der Gitarrenakkord, Zeichen für eine SMS.

»Entschuldige«, murmelte ich und wandte mich ein wenig zur Seite, während ich die Kurznachricht las.

Ein Gefühl von Déjà-Vue überkam mich, als ich las: »Es tut mir leid. Ich war nicht nett zu dir am Telefon. Möchte dich treffen, morgen. Kann heute nicht. Bitte geh heute nicht in den Club!«

Ich starrte die fünf Sätze an, dann steckte ich das Handy energisch weg und blickte in Felix' fragendes, ja fast schon inquisitorisches Gesicht.

Das plötzlich in mir hochsteigende Schuldgefühl machte mich nur noch wütender. VERDAMMT!

Ich hatte es wirklich und wahrhaftig satt, der Spielball zweier launischen dominanten Männern zu sein, die mir vorschreiben wollten, was ich zu tun oder zu lassen hatte!

»Also, was machen wir? Zurück nach Frankfurt und alles ordnen?« Felix hatte entweder meine Wut nicht mitbekommen oder ignorierte sie schlichtweg.

Ich schüttelte den Kopf. »Es hat nichts mit dir zu tun, aber ich will nicht nach Frankfurt.« Ich stand auf. »Und jetzt brauche ich ein bisschen Zeit für mich.« Ich machte auf dem Absatz kehrt und ging, ohne mich zu verabschieden. Jetzt erst recht!

Kapitel 19

Nur eine Stunde später, fein zurechtgemacht und bekleidet mit dem schwarzen Ledermini, den ich von Claire hatte, empfing mich Alain im »La Belle Folie« mit frisch geöltem Charme.

Als ich durch den schwarzseidenen Eingangsvorhang ging und die inzwischen vertraut-frivole Atmosphäre in mich aufsog, hörte ich Stimmengewirr und Musik aus dem Hauptraum: »Diamonds Are A Girl's Best Friends«. Trotz der frühen Stunde – draußen war es sogar noch hell – waren also schon Gäste da.

Sekunden später erschien Mara Noire, diesmal in einem eleganten, schwarzen Samtanzug. Sie kam mit einem strahlenden Lächeln auf mich zu.

»Christine, meine Liebe!« Mit aufgesetzter Herzlichkeit, das Lächeln kühl wie ein Nebelstreif, gab sie mir die obligatorischen Wangenküsschen. Eins links, eins rechts, eins links. Ich schüttelte mich innerlich ob der plötzlichen Kühle, doch die Erklärung folgte auf dem Fuße.

»So, so, eine helle Bluse, meine Liebe?« Mara musterte mich skeptisch.

»Ja«, erklärte ich und gab mir Mühe, meine Stimme nicht allzu trotzig klingen zu lassen. »Schwarz in Gesichtsnähe steht mir nämlich nicht.«

Aus diesem Grund trug ich eine edle apricotfarbene Shirtbluse, durchgeknöpft.

»Wenn du nicht gekommen wärest, ma Chère, hätte ich dich angerufen und hergebeten. Ich möchte dir gern etwas zeigen …« Wieder freundschaftlich legte mir die elegante, skorpioneske Frau einen Arm um meine Schultern und führte mich zu dem Raum, den ich durch ihren Bruder bereits kannte.

Sacht schloss Mara die gepolsterte Tür hinter uns und winkte mich zu einer elfenbeinfarbigen Sitzgruppe, die mir letztes Mal gar nicht aufgefallen war. Ich streifte die vielen Vitrinen mit neugierigen Blicken – hatte sie denn nicht vor, mir ihre Sammlung zu zeigen?

Offenbar nicht. Auch zu dem Schreibtisch sah ich kurz hin – die Fotografie, die mir letztes Mal aufgefallen war, wurde durch andere verdeckt. Absicht oder Zufall? Ich räusperte mich nervös. Meine Kehle war trocken; ich brachte keinen weiteren Laut hervor.

Mara Noire saß in dem Sessel zu meiner linken Seite, über Eck, und betrachtete mich mit einem sonderbaren, heißen Glimmen in den Augen von Kopf bis Fuß – beinahe wie bei unserer ersten Begegnung.

»Meine Liebe«, begann sie unvermittelt und mit einem kalten Unterton, »bist du wirklich nur deshalb Mitglied meines Clubs geworden, um dich zu amüsieren?«

Plötzliche Hitze wallte durch meine Adern und hinterließ sengende Kälte in meinen Emotionen.

»J-ja, natürlich«, erwiderte ich, aber mit nicht ganz sicherer Stimme, »wieso fragst du mich das?«

»Nun«, sie lehnte sich im Sessel zurück und legte die Fingerspitzen beider Hände sorgfältig zusammen, so dass sie eine kleine Pyramide formten, »soll ich wirklich an diesen Zufall glauben? Dass du zufällig hierherkommst, die Tochter von Edvard Danzer, durch den ich beraubt worden bin? Der mir eines meiner wertvollsten Sammlerstücke entwendet hat, das ich selbst erst vor 6 Monaten aus seinem sicheren Versteck und zurück in meine private Ausstellung geholt habe??«

Das saß! Mein Herzschlag dröhnte mir in den Ohren, ich hob abwehrend die Hände, doch irgendwie fehlte es mir an Überzeugungskraft. Ich riss meine Augen weit auf.

»Oh bitte«, Mara winkte gelangweilt ab, »nicht diese Unschuldsnummer mit den großen blauen Augen, Kindchen. Darauf mögen andere hereinfallen, nicht ich.«

Ich bekam Angst, fast Panik. Kurz erwog ich zu fliehen.

Madame Noire las die Furcht in meinem Gesicht, und sie lächelte befriedigt. »Mhmmm ja, ich sehe, du begreifst langsam … an sich mag ich so zarte junge Frauen wie dich sehr gern. Claire – leider kann sie heute nicht mit dabei sein – hat dich ja schon ein wenig zugeritten … dich vorbereitet für eine Session mit mir. Und dass du die Tochter meines früheren Geliebten bist, verleiht dem Ganzen noch einen zusätzlichen Reiz.«

Ich versuchte einen Protest oder eine Frage zu formulieren, doch mein Gehirn schien sich in Grießbrei verwandelt zu haben und mein Verstand war wie gelähmt ob dieser unerwarteten Bestätigung.

»Oh, du weißt es also?«, bemerkte Mara Noire meinen Mangel an Überraschung auch sofort. »Durch wen und wie, werden wir noch herausfinden. – Erst einmal steht für mich fest, dass dein verfluchter Vater MICH bestohlen hat, und ich will von dir hören, was du darüber weißt.«

Eine gestaltlose Drohung schwang in ihrer Stimme mit. In diesem Augenblick sah ich auf dem Sofa gegenüber etwas liegen. Es glich einer zusammengerollten schwarzen Lederschlange. Ich hatte davon schon Abbildungen im Internet gesehen. Gespürt hatte ich sie selbst noch nie, die Bullwhip.

»Ich … ich … weiß überhaupt nichts«, würgte ich hervor. Eiskalte Panik lief in meinen Adern, verbündete sich mit der Hitze und mein Unterleib krampfte sich zusammen. Widersinnigerweise nicht nur aus Angst. »Gar nichts.«

Geschmeidig erhob sich Madame Noire da, und ich zuckte zusammen, doch sie ging nur zur Wand und betätigte einen ganz bestimmten Schalter.

Er tauchte eine einzelne Vitrine in helles Licht. Sie war leer.

»Ich sammle alte und kostbare Dinge«, erklärte Mara in samtweichem und zugleich gefährlichem Ton, »Manche dieser Dinge bedeuten mir besonders viel, weil sie emotional mit mir und meinem Leben verbunden sind … so wie das, was in dieser Vitrine war. Bis dein Vater es sich ›angeeignet‹ hat.«

Sie ging zu der hellen Couch und nahm die Peitsche fast beiläufig in die Hand. Stellte sich damit vor mich hin. Ich sah zu ihr auf und wusste, dass sie mir nicht schaden würde. Nicht ernsthaft – zumindest nicht hier und heute.

»Sag mir einfach alles, was du weißt, Christine«, forderte sie mich freundlich auf. »Ich gebe dir diese eine Chance, und ich hoffe, du weißt sie zu nutzen.«

Ich schwieg und ihr Lächeln wurde grausam. Weder hatte sie mit einer Antwort gerechnet, noch auf eine gehofft.

»Öffne deine Bluse.«

Sie grinste, da ich – immer noch benommen von der plötzlichen Gewissheit – gehorchte. Ausgerechnet heute hatte ich auf einen BH verzichtet, und so entblößte ich, die Bluse zögernd aufknöpfend, nach und nach meine milchfarbenen Brüste.

»Zieh den Rock hoch und spreize deine Beine. Weit«, lautete der nächste Befehl und ihr Blick jagte mir Schauer über den Rücken.

»Weiter auseinander«, kommandierte sie und mein Körper kam der Aufforderung nach, bevor mein Verstand Widerstand leisten konnte.

»Ich … ich … weiß fast gar nichts über meinen Vater«, stammelte ich und leckte mir mit der Zungenspitze über die Lippen.

»So, so …« Mara Noire kam dicht an mich heran und hob die zusammengerollte Peitsche. Langsam, um mir Zeit zum Zurückweichen zu geben, streichelte sie mit dem Lederriemen sacht über mein Gesicht, ließ die starke Schnur meine Lippen berühren und strich dann mit ihr über meine nackten Brüste.

Trotz meiner Furcht erregte mich was Mara tat, und ich hatte Mühe, ein Seufzen zu unterdrücken. Ich schmeckte das herbe Aroma von Leder auf meinen Lippen und der Moschusduft meiner eigenen Erregung stieg mir in die Nase.

»Du kennst die ›Geschichte der O‹ … vielleicht erinnerst du dich, dass dominante Damen es dort als besondere Delikatesse ansahen, ihren Sklavinnen die Innenseiten der Oberschenkel zu peitschen.« Jetzt schlugen die Flammen der Grausamkeit hell auf in Mara Noires Augen. »Ich hätte große Lust dazu, das bei dir auszuprobieren … deine Haltung hier am Pfahl eignet sich gut dafür … und überhaupt, mal schauen, ob du mir immer noch das gleiche erzählst … nach einer ausgiebigen Folterung …« Im Kontrast zu ihren sadistischen Worten stand ihre Hand, die meine Schamlippen so sanft liebkoste, dass ich nun wirklich seufzte.

Obwohl ich damit gerechnet hatte, kam der Griff in meinem Nacken zu plötzlich, ich wurde umgedreht, bevor ich reagieren konnte. Mara zwang mich über die Lehne des Sessels und zog meinen Rock gänzlich hoch, so dass der Po bis auf den seidenen Stringtanga entblößt war.

Im nächsten Moment zischte die Peitsche bösartig durch die Luft. Es war schwer, mit solch einem langen und schweren Ding umzugehen – Mara handhabte es hervorragend. Die Schnur biss in mein Fleisch, und ich schrie schrill auf als die Welle des Lustschmerzes durch meinen Körper brandete.

Ein zweiter Hieb knallte erbarmungslos auf meinen Hintern.

»Nun?« Mara hob fragend eine Augenbraue hoch, doch ich schüttelte nur den Kopf.

Durch mein Schweigen provoziert, ließ sie ihrer Ankündigung Taten folgen. Ich musste mich wieder mit gespreizten Beinen hinsetzen – was trotz der weichen Unterlage höllisch weh tat.

»Wage es NICHT, dich zu bewegen!«, drohte die dominante Frau. Dann trat sie zurück, zielte sehr genau und schwang die Bullenpeitsche. Ihr Biss drang tief in die seidenzarte Innenseite meines linken Oberschenkels ein, und ich brüllte vor Qual Vincents Namen. Diesen Schmerz durch seine Hand zu erleben, wäre göttlich, zu wissen, dass er zusah, grausam schön. Aber nur für Mara … das war … unbefriedigend.

Nahezu augenblicklich legte ich die Hände auf die lange rote Strieme, die wie aus dem Nichts auf meiner Haut erschien und so aussah, als würde sie gleich aufplatzen – der Schmerz war wie flüssiges Feuer und pflanzte sich von Zelle zu Zelle fort.

»Knie vor mir!«, herrschte Mara Noire mich an, und ich schaffte es, diesen Befehl sofort auszuführen.

»Hände in den Nacken.«

Ich tat auch das und sah, ganz devot und ganz vom Lustschmerz bestimmt, nicht mehr zu ihr hinauf.

Aber sie packte mein Kinn und hob es, so dass ich die sadistische Lust in ihren obsidiandunklen Augen sah.

»Du kleines Luder, du wirst schon reden …!«, flüsterte sie heiser und ich wusste, dass sie Recht hatte. Ich WOLLTE reden.

In diesem Augenblick klopfte es in einem bestimmten Rhythmus an die Tür. Augenblicklich sah ich den Ausdruck in Mara Noires Augen weicher und menschlicher werden.

»Ja, Leo? Komm herein«, rief sie.

Der Mann mit den melancholischen grünen Augen trat ein, und die Clubchefin, die ihren Zwillingsbruder anscheinend erwartet hatte, ging ihm sogleich entgegen, verließ schon den Raum.

»Und du, Christine«, rief sie mir im Gehen noch herrisch über die Schulter zu, »bleibst auf den Knien liegen, bis ich wiederkomme, die Hände hinter dem Kopf verschränkt.«

Ich hörte den Schlüssel im Schloss knacken. Sie hatte mich eingesperrt!

Trotzdem … es war nicht bedrohlich. Es war eher … als wisse sie auch nicht, ob sie mir trauen konnte. Ich seufzte und verhielt mich zunächst gehorsam. Hatte Mühe, die Qual der kurzen, aber intensiven Folterung durch die Bullwhip zu verarbeiten.

Aber dann stand ich mit einem Mal trotzig auf. Ich DACHTE gar nicht daran, mich weiterhin herumkommandieren zu lassen. Und wenn auch nur, um Mara bei einem Gespräch über meinen Vater auf Augenhöhe begegnen zu können. Vielleicht gab es noch einen anderen Ausgang aus dem Zimmer!

Stattdessen fand ich etwas anderes. In den hinteren Vitrinen, die ich bislang nicht hatte sehen können und die allesamt verschlossen waren, waren Waffen ausgestellt: alte Gewehre, Trommelrevolver und – ich schluckte das plötzliche, flaue Gefühl in meinem Hals hinunter – Duellpistolen, zum Teil kostbar verziert und edel verarbeitet. Eine von ihnen fehlte!

Hastig huschte ich zum Sofa, wo meine Tasche stand und kramte mein Handy hervor. Es besaß eine äußerst leistungsfähige Kamera, mit der ich rasch zwei Fotos von dem Bild machte, das Mara Noire, meinen Vater und die maskierte junge Frau zeigte. Dann wählte ich Vincents Nummer, starrte das Display an und korrigierte mich. Die Polizei!

Zu spät!

Ich erstarrte, als ich hörte, wie der Schlüssel im Schloss gedreht wurde. Das rebellische Feuer in mir erlosch augenblicklich, machte Platz für erneut erwachende Angstlust.

Eilig begab ich mich in meine devote Haltung zurück und hoffte inständig, dass Mara Noire meinen Ungehorsam nicht bemerken würde … Doch die Chefin von »La Belle Folie« kam nicht allein.

Ihr auf dem Fuße folgte Vincent und sein Erscheinen stellte meine Welt auf den Kopf.. Sprachlos starrte ich ihm entgegen. Sein schönes Gesicht war sehr beherrscht, fast ausdruckslos.

»Eine nette Haltung, die du da einnimmst, Christine«, bemerkte er gleichgültig. Seine Miene war abweisend und eisig.

Mara Noire schnippste mit den Fingern. »Steh auf, ma Chère.«

Und plötzlich schämte ich mich, schämte mich, weil ich hier war, weil ich Mara für wenige Minuten begehrt hatte, gewollt hatte, was geschehen war … und kein bisschen die toughe Ermittlerin war, die ich hoffte zu sein. Ich war weder das eine noch das andere.

»Na, wir werden unsere kleine Session ein andermal fortsetzen, hm?«, wandte sich Mara Noire mit boshaft funkelnden Augen an mich. »Da du Vincents Namen gerufen hast, hab ich ihn dir hergebracht. Offenbar verlangt es dich sehr nach ihm …«

»Nein, überhaupt nicht!«, fauchte ich voller Zorn, woraufhin Mara sich lässig an Vincent wandte: »Ich hab schon damit begonnen, sie ein wenig zu zähmen, mein Lieber … ich finde, du solltest Christine einmal richtig züchtigen.«

Mir verschlug es abermals die Sprache …

Aber Vincent zuckte nur unverbindlich die Achseln, und wechselte das Thema: »Weswegen ich gekommen bin, ist etwas anderes … wegen der Info, die du wolltest … Die Antwort lautet Kartoffeln.« Er setzte ein gezwungenes Grinsen auf, und Madame Noire runzelte zuerst verständnislos die Stirn.

Dann hellte sich ihr Gesicht langsam auf. »Ja, klar! Jetzt, wo du es erwähnst fällt es mir ein, ich habe vor kurzem einen Artikel darüber im ›Le Soir‹ gelesen.« Sie wirkte fasziniert und hätte ich nicht so angespannt gelauscht, hätte ich ihre leisen Worte – eher zu sich selbst, als für andere Ohren bestimmt – überhört. »Kartoffeln als Schalldämpfer!« Sie schüttelte den Kopf. Laut sagte sie. »Schön, dass du mir das bestätigen kannst. Aber nun amüsier dich mal schön mit deiner kleinen Sub, Lieber.«

Gönnerhaft warf sie mir eine Kusshand zu, wieder ganz die alte, souveräne Mara und verschwand.

Vincent packte mich am Handgelenk und zog mich unsanft auf die Beine. Vom Schockmoment getragen ließ ich zu, dass er mich hinter sich herzog. Erst auf dem Flur fand ich die Kraft, mich loszumachen und holte tief Luft für eine Schimpfkanonade … doch er presste schmerzhaft mein Handgelenk und zischte, ehe ich zu Wort kommen konnte: »Weshalb konntest du nicht einfach tun, worum ich dich gebeten hatte, Christine?«

»Sag mal, spinnst du?«, zischte ich zurück. »Wie kommst du dazu, mich so zu behandeln, du … du …« Mir fiel das passende Wort auf Französisch vor Aufregung nicht ein, und so schleuderte ich ihm ein deutsches »Wendehals« entgegen. Was er aber nicht verstand und was im Grunde auch meine Gefühle nicht wirklich ausdrückte.

Ich fühlte mich rotglühend vor hilflosem Zorn.

»Ich muss jetzt gehen.« Vincent ließ mein Handgelenk einfach fallen, drehte sich um und ging. Doch einen Moment lang hatte ich in den Tiefen seiner feurigen Augen ein Flackern gesehen.

Vollkommen verwirrt und in innerem Aufruhr verließ ich ebenfalls das Etablissement. Und niemand hielt mich auf!

Kapitel 20

Die drei Striemen schmerzten noch immer. Alle anderen Male hatte ich bislang mit Stolz getragen und die Reminiszenzen der Schmerzlust voll ausgekostet; erst bei diesen hier hatte ich den Wunsch, sie mit einer lindernden Salbe zu bestreichen.

Eine lindernde Salbe … Ich seufzte leise, weil ich natürlich keine griffbereit hatte. Also blieb als Alternative nur die Seitenlage – das war im Moment die angenehmste Lage für meinen wunden Leib – auf dem Bett.

Vom Nachttischchen schnappte ich mir einen Notizblock samt Stift und ergänzte meine vorangegangenen Notizen.

Mara – ungeheuer verdächtig. Sie hatte Zugang zum Wagen, sie besaß Schusswaffen und soweit ich wusste, hatte sie kein Alibi für die Tatzeit. UND mein Vater, mit dem sie einst eine Affäre gehabt hatte, hatte ihr ein wertvolles Stück aus ihrer Sammlung gestohlen. Doch welches Motiv hatte Mara für den Mord an Mark? Ich schloss den Stift und starrte auf meinen Eintrag. Er ergab keinen Sinn. Wenn sie vermutet hatte, dass Mark über den Diebstahl – und den Verbleib des gestohlenen Gutes – Bescheid wusste, wieso hatte sie ihn dann getötet, so dass er sein Wissen mit ins Grab nahm?

Ich machte unter Motiv ein großes Fragezeichen, denn im Prinzip hatte Mara keines. Aber mehr Informationen hatte ich nicht und es gab niemandem, dem ich wirklich trauen konnte.

Vincent, mit dem ich Sex und eine geile Session gehabt, Vincent, in den ich mich heftig verliebt hatte, war überhaupt der zweite große Verdächtige. Er hatte kein Alibi und war zur Tatzeit in den Dünen gewesen, er konnte ganz sicher mit einer Pistole umgehen und hätte auch die Duellpistole aus der Vitrine nehmen können. Dazu kamen seine undurchsichtige Art und Weise, seine Verschlossenheit, seine Stimmungsschwankungen mir gegenüber. Von lodernd heiß zu frostiger Kälte. Ich begriff es einfach nicht.

Bevor ich mit meinen Überlegungen zu sehr abschweifte zu meinen Gefühlen für ihn, riss ich mich zusammen und schrieb den Namen der dritten Hauptverdächtigen auf meinen Zettel: Claire.

Was wusste ich über sie? Polizistin, die ein Doppelleben als switchende Zofe in Maras »Diensten« führte, kein Alibi, hatte mir einerseits bereits ein paar Informationssplitter gegeben, mich andererseits auch peinlich verhört … hätte sie denn ein Motiv gehabt, Mark zu töten? Eigentlich nicht – es sei denn, ich betrachtete sie als Maras Komplizin. Claire war ihrer Lady schließlich auch sehr ergeben. Würde sie auf ihr Geheiß morden?

Immer wieder Mara Noire, die undurchsichtige Schlüsselfigur. Fest stand, dass ich mit Claire reden musste. Bevor ich es mir anders überlegen konnte griff ich nach meinem Handy und schickte ihr eine SMS mit Einladung in mein Hotelzimmer. Sekunden später erklang der Gitarrenakkord. Aber es war eine SMS von Vincent. Er wollte mich treffen.

Mühsam unterdrückte ich den Impuls, ihn auf der Stelle anzurufen und zur Rede zu stellen. Gern hätte ich die Schalen meines Zornes und meiner Frustration über ihm ausgeleert … doch dann dachte ich an dieses winzige, undeutbare Flackern in seinen Augen.

»In Ordnung. Aber erst um Mitternacht. Ich schicke dir noch eine SMS«, antwortete ich ihm, direkt nachdem Claires Zusage per Gitarrenton angekündigt worden war.

Ich hatte es mir bequem gemacht, als Claire eintraf, und mich in meinen champagnerfarbenen, seidenen Kimono gehüllt.

Claire erschien in Reithosen und einer sehr schicken Lederweste – unwillkürlich musste ich an Mara Noires Bemerkung denken. »Claire hat dich ja schon ein wenig zugeritten …«

Aber im Gegensatz zu früheren Gelegenheiten schimmerten Claires hellgrüne Augen dieses Mal seltsam weich, waren nicht mehr wie Eis, sondern glichen eher funkelnden Tautropfen, als sie mich begrüßte.

Mit Macht kehrte mir die Erinnerung an mein Initiationsritual zurück. Seitdem war so viel passiert, dass es ein wenig verblasst war – nun aber leuchteten die verführerischen Bilder in meinem Inneren wieder frisch auf. Claire schien auch daran denken zu müssen, denn sie betrachtete mich mit einem versonnenen Lächeln, bevor sie ihre kleine Sporttasche gemächlich abstellte. Durch diese bewusst langsame Geste wurde mein Blick unwillkürlich zu dem Mitbringsel gelenkt und meine Neugierde geweckt. Was da wohl drin sein mochte?

Gegen meinen Willen pochte mein Blut schneller in den Adern, als Claire meine Hand nahm und sie streichelte. Ihre Finger glitten unter dem Ärmel meines Kimonos meinen Arm entlang, schoben den Ärmel hoch …

»Ähm, möchtest du ein bisschen Wasser oder Orangensaft?«, fragte ich, machte mich los und stand auf.

Sie sah belustigt zu mir hoch.

»Wasser oder Orangensaft?«, wiederholte sie. »Hast du nicht etwas Stärkeres?«

Aus der Minibar förderte ich zwei Piccolos zutage. Wir tranken uns zu, und dann leckte Claire sich über die Lippen und meinte: »Du bist so süß wie immer, Christine. Ich mag dich einfach … und auch, wie du so ein bisschen züchtig tust und dich wehrst und dich jetzt noch nicht einmal traust, dich neben mich zu setzen …«

Das Blut stieg mir in die Wangen, ich konnte die Hitze in meinem Gesicht deutlich spüren. Ein Fakt, der dafür sorgte, dass ich erst richtig rot wurde.

Eigentlich hatte ich gehofft, mit Claire reden und sie aushorchen zu können – oder ausfragen zu lassen. Damit, dass sie mich anmachen wollte, hatte ich nicht gerechnet..

»Zieh dich aus für mich«, bat sie mich nun mit rauer Stimme. Und ihr sehnsüchtig-zärtlicher Tonfall sorgte dafür, dass ich wie in Trance gehorchte.

»Du weißt noch, was ich mir wünsche? Was ich während des Rituals gern gemacht hätte … dir dann aber für das ›nächste Mal‹ angekündigt hatte?« Sie betrachtete meinen nackten Körper begehrlich und berührte kurz mit ihren Fingerspitzen meine ganz leicht bebenden Brüste.

Ich nickte benommen. Ja, ich wusste es in der Tat noch.

»Gleich bin ich wieder da«, schnurrte Claire, erhob sich abrupt und ging in mein Bad, schloss sogar die Tür hinter sich.

Sie kam recht schnell wieder.

Es war das erste Mal, dass ich Claire vollkommen nackt vor mir sah. Sie hatte einen schönen, muskulösen Körper, der lediglich einige ungewöhnliche Narben aufwies – und sie war gepierct. Sowohl an den Schamlippen als auch an ihren kleinen, wippenden Brüsten mit den blassen Warzen und Höfen. Staunend, fast ehrfürchtig, starrte ich sie an. Für mich waren Intimpiercings der Inbegriff für Hardcore-SMler, und manchmal fragte ich mich, ob ich je den Mut haben würde, mir auch nur einen einzigen dieser geil aussehenden Ringe zuzulegen.

»Gefällt dir, hm?«, murmelte Claire, indem sie sich mit sinnlichen Bewegungen über ihren Körper strich, und bevor sie sich wieder zu mir setzte, griff sie in ihre Sporttasche und zog zwei erregende Accessoires daraus hervor: einen lila Flogger mit vielen wildledernen Riemen und ein dünnes kurzes Schilfrohr.

Beides legte sie erst einmal zur Seite und bereitete mich sorgfältig und behutsam vor … sie streichelte mich, ließ ihre Finger auf meiner Haut kreisen, spielte mit meinen Nippeln, strich über meinen bebenden Unterleib und die Innenseite meiner Oberschenkel entlang, bis ich leise keuchte und innerlich nach mehr verlangte. Immer wieder schaute sie mir tief in die Augen, während sie mich weiter neckte, andeutete und sich wieder zurückzog … und endlich … befahl sie mir mit ihrer angerauten, sexy Stimme, stillzuhalten und mich zurückzulehnen – die Hände im Nacken verschränkt.

Unter ihrer Anleitung schmolz ich förmlich dahin, und mein Körper VERRIET mich wieder einmal. Schon wurde meine Möse feucht, und unter Claires ersten, noch sanften Schlägen, floss mein Lustsaft noch reichlicher.

Ich wand mich innerlich, als sie endlich nach dem Flogger griff und mit den schmalen, kurzen Wildlederriemen meine empfindliche Haut peitschte. Noch waren die Schläge sanft, prickelnd angenehm, mit einem zartwürzigen Unterton von Schmerz. Aber ich wusste, Claire sehnte sich danach, meine Brüste zu zeichnen. Und auch ich wollte es.

Doch Claire wartete, bis meine Haut aufgewärmt und leicht gerötet war, bis sie das harte, knochenbleiche Schilfrohr zur Hand nahm. Ich erschauerte, als es sirrend durch die Luft sauste, zwei-, dreimal, ohne meine Haut auch nur zu berühren.

»Bitte …!«, stöhnte ich.

»Oh ja, gern«, grinste Claire und schlug zu.

Ein gestaltloser Laut entfloh meiner Kehle, so heftig brannte der Treffer, und ich erspähte augenblicklich, dass dieser Hieb einen dünnen, purpurrötlichen Streifen hinterlassen würde.

Wieder und wieder ließ Claire den schmalen Stab auf meine Brüste herabzischen, einmal sanfter, dann wieder heftiger; ich wand mich stärker, hielt aber meine Position, denn ich wurde gleichzeitig immer nasser. Ich spaltete mich in ein Lust-Ich und ein Schmerz-Ich, beide umarmten einander, und von Minute zu Minute wurde ich geiler.

Mit mindestens fünfzehn Striemen zeichnete Claire meine Brüste, und ich genoss jede Sekunde.

Als sie aufhörte, seufzte ich vor Lust, Erschöpfung und Enttäuschung, stand dann aber wankend auf und gewann für einige Zeit die Kontrolle über meine Empfindungen und Gedanken zurück.

»Das war – herrlich … wunderbar, Claire … erlaubst du, dass ich eben kurz aufs Klo gehe …?«

»Aber sicher«, erwiderte die durch meine Reaktion erregte Polizistin.

Als ich unsicheren Schrittes zum Bad ging und einen Blick über die Schulter zurückwarf, sah ich, wie Claire sich mit entrücktem, verschwommenem Blick selbst berührte. Ihre Finger tanzten über ihre Haut, drückten ihre Nippel, bis sie keck nach oben standen. Schließlich tauchten ihre Finger zwischen ihre vor Feuchtigkeit glänzenden Schamlippen und in ihre rosige Scham ein. Claire stöhnte vor Lust und auf ihrem Gesicht lag ein völlig entrückter, absolut leidenschaftlicher Ausdruck. Obwohl ich nach wie vor nicht auf Frauen stand, machte mich der Anblick scharf.

Trotzdem riss ich mich von dieser göttlichen Szene los, wollte Claire diesen kleinen Moment, den Moment ihres Orgasmus allein gönnen und ging ins Bad. Nach dem Toilettengang machte ich den Wasserhahn an und stutzte. Claires Handy!

Sie musste es beim Ausziehen dorthin gelegt und vergessen haben.

Neugierig griff ich danach und durchsuchte den Posteingang und das Nachrichtenarchiv. Klickte auf das Datum des Mordes. Schließlich kannte ich die genaue Todeszeit … Nichts, keine ankommenden oder abgehenden Nachrichten oder Anrufe. Schade. Mit dem Gefühl, ein Verbrechen zu begehen prüfte ich Claires Kalender. Sie hatte an dem Tag in Ostende Dienst gehabt! Im Revier!

Erleichtert atmete ich auf, tippte wieder auf das normale Display zurück und legte das Handy zurück an den Fundort. Endlich ein Alibi für eine meiner Hauptverdächtigen – ein Alibi, das diesen Namen auch verdiente!

Claire war eine integre, eine aufrichtige Polizistin. Ein Glück!

Mit neu aufflammender Begierde kehrte ich zu meiner rotblonden Gespielin zurück. Wieder trug sie ihr schönes Haar offen, und ich kniete anmutig vor ihr nieder, freute mich auf das, was sie noch in ihrer Tasche haben mochte.

Claire tat mir bald den Gefallen … allerdings befahl sie mir, die Augen zu schließen. Kaum war ich ihrem Befehl nachgekommen, fühlte ich, wie schwarze Seide auf meine Lider gelegt wurde. – Das war trotz seiner »Harmlosigkeit« neu für mich. So neu, dass ich einen erstickten Laut von mir gab.

»Pssscht, ganz ruhig«, besänftigte mich Claire. »Keine Angst, entspann dich einfach.«

Sie bettete mich auf das Sofa und begann mich zu streicheln, bis ich wieder feucht und bereit war. Endlich berührte sie meine Möse – mit einem Plastikgegenstand, der sich wie ein Duschkopf aus Kunststoff anfühlte.

»Beine weit auseinander, meine süße Christine …«, murmelte Claire, und mit einem leisem Summen begann das Ding zu vibrieren.

Es war – groß, umfangreich, nicht einfach nur ein Vibrator, sondern DER Monstervibrator, und schon nach wenigen Momenten der Stimulation begann ich mich wild hin- und herzuwerfen.

»Jaaa … großartig«, freute sich Claire und bändigte mich mit einem festen Griff um meine Hüften.

Wieder und wieder reizte sie mich mit dem Vib, zog ihn mal weg, hörte sich mein verlangendes Stöhnen eine Weile an, und dann presste sie ihn wieder gegen meine Klit. Sie verwöhnte mich so intensiv und gefühlvoll, dass ich endlich die Kontrolle verlor, überströmte und laut zu schreien begann. Sekunden später erstarrte ich, wie ein Bogen gekrümmt – und ich kam gewaltig, heftig, unglaublich lang und kaskadenartig.

Verrückt genug, schoss mir währenddessen in wirren Bildern durch den Kopf, dass Vincent sich vielleicht hereingeschlichen hatte – über den Balkon – und unser lustvolles Treiben beobachtete; und eben diese Vorstellung ließ einen zweiten Orgasmus durch meinen Körper beben.

Zwei-, dreimal schluchzte ich auf, während ich in die ermattende Entspannungsphase sank, und Claire mich zärtlich in die Arme nahm. Sie selbst wollte offenbar nicht von mir »bedient« werden, das war toll; sie hatte sich fast selbstlos nur um meinen Genuss gekümmert. Dankbar strahlte ich sie an.

Nach und nach kehrten wir zwei in die »normale Welt« zurück, und bei einem stärkenden Kaffee gab ich mir einen Ruck und vertraute mich Claire an.

»Ich bin wirklich am Tatort gewesen«, erzählte ich Claire leise, mit gesenktem Blick. Nur durch den Vorhang meiner Wimpern beobachtete ich sie. »Mark Weiß starb in meinen Armen. Wir kannten uns auch länger. Seitdem suche ich seinen Mörder … bitte hilf mir dabei, Claire, ich komme allein nicht weiter.«

Sie ergriff meine Hand.

»Ich habe nie daran geglaubt, dass ausgerechnet du ihn umgebracht haben könntest – oder ihn in eine Falle gelockt, wie zum Beispiel De Groote glaubt!«, erklärte sie im Brustton der Überzeugung.

»Du bist doch Polizeibeamtin … könntest du für mich Mara und Vincent überprüfen? Ich weiß, du und Mara … ihr seid zusammen, aber ich halte dich für – objektiv genug, um mir zu sagen, was genau mit ihr ist. Ob sie etwas mit der ganzen Sache zu tun hat, immerhin, wie du weißt, wurde ihr ja etwas gestohlen und …«

Claire hob die Hand. Sie lächelte immer noch, aber ihr Lächeln wurde ein wenig fadenscheinig, und kleine Schweißperlen erschienen auf ihrer Stirn. »Ja, ich weiß. Sag nichts mehr. – Also, was Mara Noires Aufenthaltsort angeht an jenem Abend: Sie war im Club, und es gibt Dutzende aufrichtiger Menschen, die das bezeugen können. Vincent ist … undurchsichtig, da hast du völlig recht. Ich wollte ihn selbst sowieso schon längst durchchecken … Aber danke, dass du mich darum bittest … danke für dein Vertrauen und dass du nicht völlig blind vor Verliebtheit bist! – Ich mache das gern und gebe dir so rasch wie möglich Nachricht.«

Ich sah, wie die Zeiger der Wanduhr sich auf die Mitternachtsstunde zu bewegten und überlegte noch, wie ich die Polizistin hinaus komplimentieren könnte, als sie auch schon selbst auf ihre Armbanduhr blickte und meinte: »Oh, es wird Zeit für mich. Ich muss gehen.«

Sie zog sich an und strebte nach dem Abschied von mir zur Tür, als mir noch etwas einfiel und ich sie aufhielt. »Sag mal, Claire, du erzähltest mir doch an meinem ersten Abend im Club von ›De Dolle Geit‹ in Antwerpen.«

»Dem Vorläufer von ›La Belle Folie‹, ja.«

»In Antwerpen.«

»Genau.« Aufmerksam, mit halb geöffneten Lippen, sah Claire mich an.

»Worauf willst du hinaus, Christine?«

»Ich frage mich, ob es vielleicht irgendeine Person dort gibt, die näher mit Mara in Kontakt war, die Bescheid wusste ... die irgendwelche Fäden zieht. Ach, ich weiß auch nicht.« Ratlos zuckte ich die Achseln. »Ich kam nur drauf, weil auch De Groote erwähnte, Mark habe kurz vor seinem Tod einen Anruf aus Antwerpen erhalten. Vielleicht gibt es da irgendeinen Zusammenhang ...«

»Hmm ... ja, vielleicht. Gar nicht dumm, Christine.« Claire wirkte nachdenklich und ich freute mich über ihr Lob.

»Yvonne Maertens«, sagte sie plötzlich. »Mara und sie kennen sich schon – also mindestens ein Vierteljahrhundert lang. Sie war Mitbegründerin des Clubs und eine Zeitlang arbeiteten sie und Mara auch zusammen, aber dann entwickelten sie, glaube ich, unterschiedliche Vorstellungen, und Mara zahlte sie aus.«

Maertens war nun in Belgien ein ziemlicher Allerweltsname, vergleichbar mit Müller oder Schulze in Deutschland.

»Weißt du noch etwas über diese Yvonne?«, forschte ich.

»Nur, dass sie im alten jüdischen Diamantenviertel wohnte ... damals jedenfalls«, antwortete Claire. »Sie selbst ist Halbjüdin ... Du, jetzt muss ich aber wirklich weg!«

Sie beugte sich noch einmal rasch zu mir – ihr rötliches Haar vermischte sich mit meinem blonden – küsste mich, und weg war sie.

Ich stand ein paar Sekunden wie angewurzelt in meiner Zimmertür, konnte Claire nicht einmal hinterhersehen, sondern starrte einfach die gegenüberliegende Wand an, ohne die Information, die in meinem Unterbewusstsein um Beachtung kämpfte an die Oberfläche meiner Gedanken ziehen zu können.

Kapitel 21

Soeben wollte ich mich abwenden und mich wieder in mein Zimmer zurückziehen – es wurde Zeit, mich für meine Verabredung mit Vincent umzuziehen – da hörte ich eine leise Stimme meinen Namen rufen.

Im nächsten Augenblick kam Felix hinter einer Zimmerpflanze in einer Ecke des Korridors hervor, hinter der er sich ganz offensichtlich versteckt hatte.

Oh nein! Ich stöhnte innerlich auf. Jetzt erinnerte ich mich wieder: Mein Ex-Dom hatte etwas davon gemurmelt, dass er sich im gleichen Hotel einmieten wolle wie ich.

Jetzt ging er, ganz offensichtlich sehr erzürnt, auf mich zu und packte mich am Arm.

»Was … was machst du denn mit DER? Was hattest du mit Claire Dumont zu schaffen, und seit wann bist du mit ihr intim?«

Ich schüttelte seine Hand ab.

»Sag mal, du spinnst wohl!?«, protestierte ich.

Ich wich vor Felix zurück in mein Zimmer, und er folgte mir. Seine Nasenflügel bebten, als er die Tür hinter sich zuschlug und er hatte sogar die Fäuste geballt. Ich verstand überhaupt nichts.

»Du solltest sie auf gar keinen Fall mehr treffen.« Nur langsam, weil er merkte, dass ich mich in die Ecke gedrückt fühlte, beruhigte er sich wieder. »Entschuldige Kleines«, er fuhr sich mit der Hand durch die Haare und wirkte von seiner eigenen Wut überrascht und schuldbewusst. »Es hat mich nur so … eiskalt erwischt …«

»Woher kennst DU Claire denn?«, trug ich eilig den Angriff ins feindliche Lager, solange es dort friedlich war.

»Na, aus diesem Club im Torhoutse-Steenweg ›La Belle Folie‹«, murmelte Felix widerwillig. »Sie ist die Vertraute und geradezu die Leibsklavin von der dortigen Chefin, Madame Noire.«

Völlig verblüfft starrte ich meinen Ex an. »Bist du etwa Mitglied in ›La Belle Folie‹?«

»Ja. Wieso auch nicht?«, knurrte er.

»Ich wusste noch nicht mal, dass du ab und zu in Belgien bist.«

»Es gibt einiges, was du nicht über mich weißt, Kleines«, sagte er, aber jetzt wieder mit einem Lächeln in der Stimme und in den smaragdgrünen Augen. »So wie ich auch eine Menge über dich nicht weiß …« Komisch … an wen erinnerten mich sein Gesicht und seine Haltung, seine ganze Ausstrahlung auf einmal?! Es wollte mir nicht einfallen, lag mir aber quasi »auf der Zunge«. Der Eindruck verflüchtigte sich aber rasch wieder.

Auf einmal klang mein Handy auf. »Wann kommst du? Warte auf dich vor dem Bistro ›Chez Nous‹.« Ich sah auf meine Uhr. Es war bereits fünf Minuten nach Mitternacht.

»Hör zu, Felix, ich habe ein Date …«

Sein Lächeln fror ein, als hätte es diesen Moment der Entschuldigung nie gegeben.

»Was?«, fragte er leise und mit einem ungläubigen Unterton.

»Du hast mich schon verstanden.« Ich fing an, mich richtig über ihn zu ärgern. Er benahm sich ja, als sei er immer noch mein Dom!

»Wer ist der Kerl?«, erkundigte er sich finster. »Etwa auch so ein Typ aus dem Club? Du kannst denen nicht trauen, glaub mir, Kleines! Verlogenes, intrigantes, unehrliches Pack!«

Ergrimmt starrte ich ihn an, da tönte das verflixte Mobiltelefon schon wieder. Allmählich ging mir auch das tierisch auf die Nerven.

Es war eine Nachricht von Claire, und als ich sie las, hatte ich wieder einmal das Gefühl, der Boden unter meinen Füßen würde schwanken oder sogar Risse bekommen.

»Hüte dich vor Vincent. Triff dich nicht mit ihm, er führt Übles im Schilde! Möchte dich gleich noch einmal sehen, müssen reden, Claire.«

Ich schaute den unruhig von einem Fuß auf den anderen tretenden Felix an.

»Mein Date hat sich soeben erledigt«, sagte ich dumpf und las ihm Claires Nachricht vor.

»Felix, würdest du mich bitte begleiten, wenn ich mich mit Claire treffe …«, fing ich an.

»Nein!« Er schüttelte entschieden den Kopf. »Nein, auf keinen Fall – und ich meine, DU solltest dich nicht mit dieser … dieser PERSON einlassen. Sie auf keinen Fall mehr treffen! Bitte, Kl… bitte, Christine, hör auf mich.«

Seine kräftigen Hände umfassten meine Arme und er wirkte, als würde er mich am liebsten schütteln.

»Was hast du denn gegen Claire?« Staunend sah ich ihn an. »Hattest du mal was mit ihr oder hast du versucht sie zu verführen?« Ich lachte, aber er blieb ganz ernst.

»Ach, Unsinn«, wiegelte er ab, »mir ist nur die ganze Geschichte, von der du mir erzählt hast, unheimlich – du verstrickst dich immer tiefer in lauter unentwirrbaren Fäden und gerätst noch in Gefahr!«

Vielleicht hatte er recht. Doch was sollte ich jetzt tun? Nach ein paar quälenden Momenten fasste ich einen Entschluss.

»Felix, du hast doch einen Mietwagen.«

»Ja«, bestätigte er. »Wieso fragst du?«

»Lass uns nach Antwerpen fahren! Jetzt sofort!.«

Obwohl ich Felix alle Gründe erläuterte, die dafür sprachen, war er von der Idee nicht begeistert. Die einzige Begeisterung war die darüber, dass wir Zeit miteinander verbringen würden – und ich mein Date und Claire für ihn versetzen würde.

Eine knappe Stunde später fuhren wir in seinem roten Seat Leon Richtung Antwerpen. Zuvor hatte zum Glück das Internet eine Adresse ausgeworfen, die höchstwahrscheinlich stimmte.

Ich plante, in der Stadt an der Schelde zu übernachten und am nächsten Morgen, direkt nach dem Frühstück, Yvonne Maertens aufzusuchen.

Per SMS hatte ich Vincent abgesagt. »Aus unserem Treffen wird nichts. Melde mich später.« Ich hatte diese beiden Zeilen mit ruhiger und kühler Hand getippt, aber scharfer Schmerz zerschnitt mein Inneres, als ich die Kurznachricht absandte. Vincent feuerte mehrere, fast verzweifelt klingende Antworten auf mich ab. Auch Claire meldete sich vorwurfsvoll. Sie versuchte sogar mich anzurufen, aber ich drückte sie weg. Endlich schaltete ich mein Mobiltelefon aus.

Felix, der am Steuer saß, warf mir besorgte Seitenblicke zu. Aber er schwieg ebenfalls. Das rechnete ich ihm hoch an … ohnehin war in den letzten Stunden ein warmes Gefühl für meinen ehemaligen Liebhaber und Ex-Dom in mir aufgestiegen. Dass er mir trotz seiner Skepsis und seiner Zweifel half, überhaupt, dass er so spontan von Frankfurt hierher geflogen und seine Geschäfte im Stich gelassen hatte …

»Danke, Felix«, sagte ich und lächelte.

Wieder ein Seitenblick von ihm, doch diesmal ein glücklicher.

»Ich wünschte, ich könnte mehr für dich tun.« Das klang sehr überzeugend, und mühsam gebändigte Leidenschaft schwang in seinen Worten mit.

Kapitel 22

Es war fast zwei Uhr morgens, als wir in Antwerpen ankamen.

»Vielleicht ist Frau Maertens ja noch wach«, meinte Felix an einer Tankstelle, wo wir starken schwarzen Kaffee tranken. »Es ist Wochenende, sie ist womöglich ein Nachtmensch … Hast du ihre Telefonnummer?«

»Ja«, nickte ich. »Na gut, wieso nicht. Einen Versuch ist es wert … aber nur drei mal klingeln lassen!«

Ich zückte mein Mobiltelefon und tippte die Nummer ein.

Zu meiner Überraschung meldete sie sich tatsächlich mit kristallwach klingender Stimme – beim zweiten Klingeln.

»Mark Weiß?«, wiederholte sie den Namen, den ich fast als erstes nannte. »Ja, ich kenne ihn. Ein Privatdetektiv aus Deutschland, nicht wahr? Und Sie sind – Christine Danzer?«

»Ja, und ich würde Sie gern sprechen. Sofort, wenn es Ihnen nichts ausmacht. Es wäre großartig, wenn das ginge, trotz der ungewöhnlich späten Stunde.«

Ein sympathisches Lachen klang am anderen Ende der Verbindung auf. »Sie haben recht, Ihr Anliegen ist ein kleines bisschen bizarr, aber wieso nicht! Lebe lieber ungewöhnlich, ist mein Motto.«

Wenig später waren wir auf dem Weg zu ihrer Wohnung.

Es kam meiner Ungeduld sehr entgegen, mein »Interview« schon jetzt führen zu können, und ich trieb Felix regelrecht zur Eile an.

Immer noch hauste Yvonne Maertens im alten jüdischen Diamantenviertel von Antwerpen. Pittoresk war es dort, als wäre die Zeit stehengeblieben; nicht selten sah man hier orthodoxe Juden mit Schläfenlocken – auch wir sahen einige, jedoch waren das die allerletzten Nachzügler auf dem Weg nach Hause.

Obwohl sie auf uns vorbereitet war, empfing uns die etwa 55jährige Dame recht kühl. Als hätte ihr herzliches Lachen vorhin am Telefon keine Bedeutung gehabt. Vielleicht bereute sie es schon, sich auf unseren 2-Uhr-Morgens-Besuch eingelassen zu haben? Obwohl … Sie wirkte nicht wie jemand, der bald ins Bett wollte, war vollständig bekleidet und trug einen Malerkittel. Die Ölfarbenspuren verrieten, dass sie eine Künstlerin war.

Sie unterscheidet sich von Mara Noire wie der Tag von der Nacht! Aber es heißt ja, Gegensätze ziehen sich an … Yvonne hatte natürlich aussehendes weißblondes Haar, ihr vornehm blasses Gesicht trug Falten und ihre Haltung changierte zwischen aristokratisch und Bohemien. Ein Paar großer, dunkelblau leuchtender Augen schaute uns skeptisch, aber sehr klar und offen entgegen.

Das Innere des weitläufigen Appartements war mit Möbeln, Antiquitäten und allerlei Pflanzen gut ausgestattet, aber nicht überladen. Es gab Tausende von Büchern in Regalen, die vom Boden bis zur Decke reichten, andere Wände waren mit modernen und mit klassischen Gemälden behangen und in einigen Vitrinen waren Kristalle ausgestellt. Heilsteine.

Yvonne reichte uns – immer noch mit einem merkwürdig kühlen Gesichtsausdruck – ihre kräftige, schön geformte Hand, die nach Terpentin roch und mit blauen Farbflecken übersät war.

Ich ergriff sie und lächelte sie freundlich an, während Felix sich sogar zu einem respektvollen Handkuss hinreißen ließ. Doch das beeindruckte die Frau offenbar nicht im Mindesten. Im Gegenteil, Felix wurde von ihr geradezu argwöhnisch gemustert.

Sie hatte Tee und Sandwiches mit Brunnenkresse vorbereitet, bat uns, immer noch abweisend, im Wohnzimmer Platz zu nehmen Ich schaute mir alles ringsum genau an, versuchte ein Muster zu finden, irgendeinen Schlüssel, der Yvonne Maertens wirklich öffnen würde, damit sie uns etwas erzählte. Es war offensichtlich, dass sie skeptisch war – und nicht bereit irgendetwas preiszugeben. Also überließ ich Felix mit seinem hessisch gefärbten Französisch die Konversation; er radebrechte, dass er sich »freuen täte, dass wir zu dieser ungepassten Stunde …« und musterte in aller Ruhe die Miniaturansicht von London. Eine richtige kleine Modellstadt mitsamt Tower und allem drum und dran auf einem Ausstellungstisch, diverse Ölbilder, die Jagdszenen zeigten, unter anderem auch eine Fuchshatz, und, etwas versteckt hinter einem Stapel alter Zeitschriften, sah ich gerahmte Fotografien der Royal Family, und zwar nicht der belgischen. Unter ihrem Künstlerkittel trug Yvonne außerdem Tweed, und sie beherrschte sich mustergültig, ganz wie eine Angehörige der britischen Oberschicht. Ihre Miene war stolz, fast hochmütig. Ihre feinen Augenbrauen gingen ironisch in die Höhe, während sie ihren dunkelblauen Blick von mir zu Felix schweifen ließ. Sie saß in ihrem grüngoldenen Ohrensessel, hatte die Arme vor der Brust verschränkt; ihr ungeschminktes Gesicht besaß ein verhaltenes Charisma, das mehr von Innen als von Außen kam.

Da fasste ich mir ein Herz und sprach einige Worte in meinem schönsten, perfektestem Oxford-Englisch, das ich zum Glück aus dem Effeff beherrschte. Ich hatte auch Ahnung von den britischen Umgangsformen und wandte sie konsequent an.

Die Wirkung war erstaunlich! Der Eisklotz Yvonne Maertens taute binnen Sekunden auf – sie strahlte mich an, wodurch sie fünfzehn bis zwanzig Jahre jünger wirkte.

Das genoss ich fast ebenso sehr wie Felix' bewundernde Blicke; ich hatte richtig getippt, genau das war es, woran das Herz von Madame Maertens hing. England liebte sie und alles, was damit zusammenhing. Nicht lange, und sie fing munter an zu erzählen, ausführlichst, wann immer wir ihr ein Stichwort hinwarfen. Nicht zuletzt vermochte nun auch Felix der Unterhaltung problemlos zu folgen; wie alle Unternehmensberater konnte er Englisch, und zwar fließend. Französisch war einfach nicht seine Welt.

»Ja, ich habe schon immer ein Faible für Großbritannien gehabt«, lächelte Yvonne, »schon damals, als ich ein junges Mädchen war. Mara pflegte sich manchmal darüber lustig zu machen …«

»Sie kennen einander schon lange, Sie und Mara?«

»Ja.« Sie warf Felix abermals einen scharfen Blick zu. »Übrigens, junger Mann – auch Sie kommen mir vage bekannt vor.«

»Dann müsste ich Sie ja auch kennen«, erwiderte er, »und ich kann mich nicht entsinnen, Sie schon jemals gesehen zu haben, Mrs Maertens.«

»Miss Maertens, please. Ich habe nie geheiratet.« Sie seufzte, sah wieder mich an und erzählte weiter: »Die verrückte, leidenschaftliche Mara Noire und ich. – ›De Dolle Geit‹ haben wir zusammen gegründet und das zu einer Zeit, die mehr als prüde war. Jedenfalls in Belgien, und erst recht in Antwerpen!« Sie lachte hell auf. »Wir führten da frivole Performance-Shows auf, wir hatten Nacktmodels, die auch mal gefesselt wurden oder mit Peitschen spielten … klar, dass wir immer wieder aneckten und auch oft handfesten Ärger kriegten. Es kümmerte uns nicht. Wir waren jung, wir waren frech … ich malte die Bühnenbilder, wir zogen andere Künstler an … so wie den Vandenvoorde, der damals auch noch fast unbekannt war.«

Gunter, dachte ich bei mir, *er ist also auch schon lange mit dabei.*

»Gunter Vandenvoorde«, sagte ich laut, »ja, ich habe ihn in ›La Belle Folie‹ kennen gelernt.«

»Dann weißt du sicher auch Bescheid über Gunters riesige begehbare Eisenskulptur in den Dünen von Bredene …?«, fragte Yvonne und schaute mich mit ihren klugen Augen aufmerksam an.

Ich nickte.

»Und dann war da dein Vater, der sich mit Gunter anfreundete«, fuhr sie fort.

Ich zuckte leicht zusammen. *Ein alter Freund hat mir geholfen, mein Werk zu restaurieren …* Die Stimme Gunters hallte in meinem Kopf wider. Stück für Stück setzten sich die Puzzlestückchen zusammen.

Mit zitternden Händen mein Handy hervor und öffnete das Fotoarchiv, um Madame Maertens jenes ganz bestimmte Foto zu zeigen.

Sie setzte ihre Brille auf und studierte es sorgfältig.

»Wer ist die dritte Frau, die mit der Katzenmaske? Ich hatte vermutet, dass Sie es vielleicht sein könnten …«

Yvonne schüttelte den Kopf. Ihre Augen verdunkelten sich.

»Durch Affären und Eifersucht wird oftmals vieles kaputt gemacht. Zunächst gebärdeten die drei sich als freigeistig in Sachen Erotik, sie wollten Vorreiter sein, avantgardistisch. Dein Vater, Mara und Sybil. Das Bild wurde vor fünfundzwanzig Jahren gemacht, my dear …« Sie streckte liebevoll ihren Arm aus und streichelte mich. »Du siehst deiner Mutter sehr ähnlich«

»Sie starb vor acht Monaten«, sagte ich so nüchtern, wie es mir möglich war.

»Und seitdem suchst du deinen Vater?«

»Ja. Jetzt bin ich frei genug dafür, jetzt brauche ich kein schlechtes Gewissen mehr zu haben.«

Yvonne lehnte sich in ihrem Sessel zurück, die Hände im Schoß gefaltet.

»Das Foto ist sehr symbolisch. Dein Vater legt den Arm um Mara, doch das Kostbarste, was er besaß, hat er deiner Mutter angelegt …«

»Den Diamantschmuck«, flüsterte ich heiser. »Wem gehörte er ursprünglich?«

Sie hob die Schultern. »Wer weiß? Edvard Danzer hat ihn gekauft? Hat ihn gestohlen? Ihn gestohlen bekommen …?«

Das erschütterte mich ziemlich, und erst in der zweiten Sekunde schnappte ich ein wenig nach Luft. Er hatte also diesen Schmuck zweimal gestohlen!

Die lebensklugen blauen Augen der anderen Frau sahen mich gütig an.

»Dein Vater stand immer zwischen diesen beiden Frauen. Und weder hat Mara ihm je verziehen, dass er dieses Wertstück Sibyl schenkte, noch konnte die eifersüchtige Sibyl damit umgehen, dass er eine Dauer-Affäre mit Mara pflegte …«

Sie goss uns Tee nach.

Ich schlürfte ihn gedankenverloren … wusste nicht recht, welche Frage ich als nächstes stellen sollte.

Mein Blick streifte Felix, und ich stutzte. Was war mit ihm? Schon seit ein paar Minuten hatte er nichts mehr gesagt – und diese totale Schweigsamkeit passte nicht zu ihm. Ich sah ihn genauer an und bemerkte, dass er unter seiner piratenhaften Sonnenbräune ganz blass geworden ist.

»Was hast du?«, fragte ich ihn auf Deutsch.

Er versuchte ein Lächeln, was aber ziemlich misslang. »Spannungskopfschmerzen«, antwortete er dann tonlos, und sofort wusste ich Bescheid. Als wir noch liiert gewesen waren, hatte er mehrere Anfälle gehabt, so dass ich vorbereitet war und ihm helfen konnte. Seine Kopfschmerzen gingen manchmal in grässliche Cluster-Anfälle über, dann fiel er jedesmal für Stunden aus.

Ich übersetzte für unsere Gastgeberin, und diese strömte sogleich über vor herzlicher Hilfsbereitschaft. Vergessen war ihre anfängliche Scheu vor Felix.

»Ihr bekommt mein Gästezimmer, hier gleich nebenan«, sagte sie, »ich freue mich, euch zwei als Gäste zu haben. Hier habe ich ein heilsames Öl, mit dem du deinen Freund massieren kannst, Christine – es enthält Rosmarin- und Lavendelextrakte, das wird ihm gut tun!« Ich nahm das grüne Glasfläschchen, doch während Felix sich schon nach nebenan begab, blieb ich noch einen Moment bei Yvonne.

Ich hatte das intensive Gefühl, dass sie mir noch irgendetwas sagen wollte. Und ich irrte mich nicht.

»Eins habe ich damals nie verstanden«, sagte sie leise. »Lange nach dieser Dreier-Geschichte, nach einem Einbruch in unseren Club und ein paar anderen Scherereien, ist Mara einmal für eine ganze Weile untergetaucht. Spurlos. Weder Edvard noch ich wussten, wo sie waren … Ich habe nie erfahren, was dahintersteckte.«

Ich runzelte die Stirn und versuchte das Gehörte mit meinen bisherigen Informationen zu verknüpfen. Ergebnislos. »Haben Sie denn Vermutungen angestellt, Nachforschungen betrieben?«

»Ja. Alle möglichen Gerüchte waren im Umlauf, aber keine einzige Erklärung, von Drogen über den Diebstahl bis hin zu einer Schwangerschaft. Sie blieb ein Jahr fort. Als sie zurückkam, schwieg sie wie ein Grab über das Vorgefallene. Das hat unsere Freundschaft damals sehr belastet, aber schließlich konnten wir den Riss wieder kitten …«

Sie wirkte mit einem Mal sehr melancholisch, in ihren eigenen Gedanken und in einer Vergangenheit gefangen, in der es Mara, Sybil, Gunter und meinen Vater gegeben hatte. Freunde, Partner und doch auch Rivalen.

Ich bedankte mich leise, um sie nicht zu sehr aufzuschrecken, wünschte ihr gute Nacht und schlüpfte in das Nebenzimmer – wo ich schon sehnsüchtig erwartet wurde.

Der schmerzgeplagte Felix ließ sich schwer auf das gemütliche Himmelbett fallen, nachdem ich ihm aus seinem Hemd geholfen hatte. Mit entblößtem Oberkörper lag er auf dem Bauch da und murmelte undeutlich seinen Dank, als ich mich rittlings auf seinen knackigen Po setzte und mein Werk mit kundigen Händen begann. Ich war darin mindestens so gut wie in Fremdsprachen. In den Zeiten unserer Beziehung hatte ich ihn oft massiert; damals nackt.

Ich ölte mir die Hände ein und begann an Felix' verspannten Schultern und seinem Nacken, massierte dort leicht, strich Muskelpartien aus und knetete vorsichtig einige empfindliche Stellen. Auch die Kopfhaut mit dem dichten, schwarzen Haar nahm ich mir vor. Das nach Kräutern duftende Öl versetzte nicht nur den Leidenden, sondern auch mich in angenehme Schwingungen Der frisch würzige Duft des Rosmarins vermischte sich mit dem sanft-süßen des

Lavendels, und schon bald gab Felix erste Laute der Erleichterung von sich … seine Schmerzen ließen nach.

»Du hast heilende Hände«, seufzte er und war bereits wieder so fit, dass er seine Arme nach mir ausstrecken konnte, als ich mich neben ihm ausruhte.

»Komm, lass uns ficken«, wisperte er unvermittelt, »du weißt genau, dass das bei Kopfweh immer noch am besten hilft.«

Seine Finger strichen über meine Brüste und meine Hüften … für einen Moment gab ich mich seinen angenehmen, vertrauten Berührungen hin … doch im Grunde genommen fühlte ich mich leicht überrumpelt, war hin- und hergerissen. Ich fand es nicht unangenehm mit Felix, ich mochte ihn, und wir hatten eine schöne Zeit miteinander gehabt. Er hatte mich in die Welt jener dunklen, Süße verströmenden Falter geführt, die bis dahin nur Teil meiner Phantasiewelt gewesen waren und doch …

War ich in einer familiären Muster-Wiederholung gefangen? Mein Vater hatte zwischen zwei Frauen gestanden, um meine Gunst warben zwei Männer. Es schmeichelte natürlich meiner Eitelkeit, und doch …

»Weißt du, ich liebe dich«, fügte Felix schlicht hinzu, und seine edelsteingrünen Augen schimmerten warm.

War dieser für ihn ganz untypische Satz auf seinen Clusterkopfschmerz zurückzuführen? Er blinzelte und für einen Moment schien er tatsächlich nicht ganz bei Sinnen zu sein.

»Wo sind deine Tabletten?«.

»Im Handschuhfach vom Seat«, seufzte er, »Aber ich bin gar nicht sicher, ob ich die brauche …!«

»Aber ich bin mir sicher«, entgegnete ich fest. »Du redest nämlich wirres Zeug …« Ich sprang vom Bett auf, ignorierte Felix´ »Es ist kein …« und ließ die Tür hinter mir zufallen, bevor er wieder von Liebe anfangen konnte.

Einen Moment lang lehnte ich mich mit dem Rücken gegen die Tür, atmete tief ein und versuchte meine aufgewühlten Gefühle wieder in den Griff zu bekommen. Was empfand ich? Definitiv ein Problem für später!

Zum Glück war Yvonne war noch wach. Ich erklärte ihr die Lage, bekam den Schlüssel und lief rasch hinunter zum Wagen.

Als ich das Handschuhfach öffnete, fielen mir mehrere Papiere entgegen. Eher zufällig und mehr, um sie aufzuräumen, warf ich einen Blick darauf. – Und erstarrte innerlich!

Der Mietvertrag für das Auto war alt. Ebenso die Tankquittungen und der Hotelbeleg. Eindeutig auf Felix' Namen ausgestellt. Ich drehte die Papiere in meiner Hand, doch sie blieben, wie sie waren. Er war überhaupt nicht erst am Tage zuvor mit dem Flieger aus Frankfurt gekommen! Von spontanem Handeln keine Spur, er hatte sich hierher geschlichen. Das hieß, Felix war zur Tatzeit in Belgien gewesen! In meiner unmittelbaren Nähe, in Ostende.

Mir war, als würde mir der Boden unter den Füßen weggezogen. Das letzte Stückchen festen, sicheren Bodens in einer sumpfigen Intrigenwelt. Es konnte nicht sein! Nicht Felix!

Ich fasste es nicht. Jetzt hatte ich selbst plötzlich rasende Kopfschmerzen. Wie in Trance räumte ich die Quittungen wieder weg – so unordentlich, dass Felix keinen Unterschied bemerken würde – und ging zurück.

Felix – der Fremde – lag immer noch im Gästezimmer und sah mir entgegen. Mit einem Lächeln, das von weit her zu kommen schien, öffnete ich die Packung und reichte ihm die Tablette. Bevor ich reagieren konnte, packte er mein Handgelenk. »Christine, was ich vorhin sagte, meinte ich völlig ernst. Ich liebe dich. Wirklich.«

»Hör mir bitte gut zu …« Ich machte mich los und ging auf seinen ernsten Ton ein. »Gibt es da etwas, was du mir sagen möchtest – etwas, das du mir verschwiegen hast?«

Er ließ sich zurück in die Kissen sinken und starrte zur Decke

»Verzeih mir!«, murmelte er, » Aber glaub mir, es hat nichts mit Mark zu tun.«

»Du warst zur Tatzeit hier«, hielt ich ihm entgegen, durch seine Reaktion aber schon überzeugt, dass tatsächlich nicht er der Täter war.

»Ja – deswegen habe ich auch nichts gesagt. Ich wollte nicht von dir verdächtigt werden.« Er sah mich an und sein Gesichtsausdruck war absolut aufrichtig. »Es hatte wirklich nichts mit euren Angelegenheiten zu tun! Meine Geschäfte laufen schlecht, sehr schlecht …« Er setzte sich auf. »Ich wollte zu einem Kredithai, ihm ein bisschen Geld zurückzahlen, damit er Ruhe gibt und mir vielleicht noch ein anderes Darlehen vermittelt … bitte, du musst mir glauben!«

»Hm«, murmelte ich kühl und unverbindlich. Natürlich glaubte ich ihm! Sonst wäre ich gar nicht erst zurückgekommen!

Er streckte langsam seine Hände nach meinen aus, gab mir Zeit, zurückzuweichen. Sein ausdrucksvolles Gesicht war noch gezeichnet von den Schmerzen – und von Angst, großer Angst. Ich erkannte, dass er sich wirklich davor fürchtete, mich zu verlieren. Das rührte mich.

»Christine, ich habe dir das nie so direkt gesagt … aber ich wollte immer, dass wir wieder zusammenkommen. All das Lockere, Leichte, mein Easygoing mit anderen Gespielinnen nach dir … war alles hohl, alles Lug und Trug, ich betrog mich selbst. Ich bekam dich nicht aus meinem Kopf … nicht aus meinem Herzen. Du bist einfach die beste Frau für mich, und ich …«, er schluckte hart, »ich habe versucht, dir bei allem zu helfen, was du dir vornahmst. Nachdem deine Mutter gestorben war, hatte ich gehofft, wir würden uns rasch wieder annähern … Doch stattdessen hast du wie besessen nur nach deinem Vater gesucht … aber egal, ich wollte dir helfen, meine Zeit abwarten, den richtigen Zeitpunkt finden …« Schneller und immer schneller sprudelten die Worte aus ihm hervor. So hatte ich den spöttischen, selbstsicheren, souveränen Felix noch nie erlebt. Heiser fügte er noch hinzu: »Ich denke, jetzt ist die richtige Zeit. Christine, bitte heirate mich. Ich bitte dich, meine Frau zu werden.«

Sprachlos starrte ich ihn an. Bei allem, was seine leidenschaftliche Rede von eben hatte vermuten lassen – DAMIT hatte ich nicht gerechnet.

Lange schweigende Sekunden dehnten sich zwischen uns.

Endlich streckte ich meine Hand aus und strich ihm das schweißnasse Haar aus der Stirn – oh, er musste es fühlen, es war nur schwesterlich, nicht die erhoffte Reaktion.

»Ich … ich fühle mich geehrt«, brachte ich schließlich hervor und schaute ihm in die Augen. Und ich log nicht, sein Antrag bewegte mich sehr …

»… aber bitte dränge mich nicht. Ich brauche noch etwas Zeit.«

»Ja. Sicher.« Sein Lächeln war liebevoll, aber mit leiser Furcht gemischt. Der Furcht, von mir zurückgewiesen zu werden.

Kapitel 23

Als wir uns von Yvonne Maertens verabschiedeten, bemerkte ich, wie sie nochmals einen scharfen Blick auf Felix richtete. Während er sich mit kreisenden Bewegungen die Schläfen, in denen wohl noch ein Restschmerz nistete, rieb, wirkte sie nachdenklich.

Einen Moment lang hatte ich den Eindruck, als ob Yvonne mir noch etwas gesagt hätte, aber wegen Felix darauf verzichtete.

»Yvonne …« Ich suchte nach einem Übergang, nicht gewillt, die interessante Frau und schillernde Persönlichkeit gänzlich aus meinem Leben zu entlassen. »Ich weiß nicht, wie Mara und Sie verblieben sind … heute Abend ist ein Clubfest am Nacktbadestrand … Ich bin mir sicher Mara würde sich freuen!«

Ich jedenfalls würde mich freuen. – Aber das war nichts, was man zu einer eigentlich wildfremden Person sagen sollte. Trotzdem umarmte ich sie spontan, als sie nur nickte und wieder sehr in sich gekehrt wirkte.

Kaum war Felix um die erste Kurve gebogen und Yvonne nicht mehr in Sichtweise, kam der erste Tadel.

»Was sollte das mit dem Nacktbadestrand und dem Sommerfest?« Mein Ex-Dom warf mir einen strengen Seitenblick zu, der sowohl anklagend als auch wütend war.

»Ich habe nur gedacht …«

Wütend hieb er gegen das Lenkrad. »Gedacht? Nein, das nennt man anders!« Selbst seine Stimmlage zeigte seinen unterdrückten Zorn. »Du hast doch nicht etwa vor hinzugehen?«

»Doch, und du wirst mitkommen!«, behauptete ich mit mehr Selbstsicherheit, als ich empfand.

»Ich?« Jetzt wirkte Felix ehrlich schockiert. Dann brach er in ein Lachen aus, um das ihn jeder Verrückte beneidet hätte.

»Hörst du dich eigentlich manchmal auch selbst reden, Kl… Christine?« Er schüttelte den Kopf. »Ich warne dich, wo ich nur kann und halte dich für wahnsinnig, weil du versuchst einen MÖRDER zu finden – und du rennst in die Höhle des Löwen?« Wieder lachte er, doch dieses Mal hatte sein Lachen wieder einen normalen Level erreicht. »UND dann willst du auch noch, dass ich dich begleite?!«

»Du bist Mitglied, würdest kein Aufsehen erwecken und sicherlich würden sich einige freuen, dich zu sehen«, schmeichelte ich ihm. »Aber du musst mich nicht begleiten!« Ein Teil von mir hatte ihm diese Idee auch nur unterbreitet, um kein schlechtes Gewissen zu bekommen und keine Standpauke.

»Ist ER auch dort?« Ohne Felix´ Gesicht sehen zu können, wusste ich durch seine Betonung, dass er ernsthaft eifersüchtig war – und zornentbrannt.

»Ich habe keine Ahnung!« Ich starrte aus dem Seitenfenster und versuchte meine aufgewühlten Gefühle in den Griff zu bekommen. Auf eine Art hatte Felix zu hundert Prozent Recht. Alle Tatverdächtigen würden dort sein, aber eben auch die anderen. Auch Vincent …

Ich schluckte meine Tränen und traf eine Entscheidung.

So erschien ich in dieser warmen, klaren Nacht allein am Nacktbadestrand von Bredene, den Erkennungsschmuck um meinen Hals und ansonsten nur mit einem wasserblauen Strandkleid bekleidet. Gemäß der Einladung zog ich es sofort hinter der Absperrung des »La Belle Folie« aus.

Schon nach wenigen Schritten wurde das Licht des perlmuttfarbenen Vollmonds von dem flackernden Licht eines großen Feuers abgelöst. Hinter den Dünen warf das Feuer Schatten, ließ Gräser und Büsche länger werden und selbst auf die Entfernung zogen mich die tanzenden, miteinander verschmelzenden Schatten und die Musik in ihren Bann. Nach einer kleinen Biegung konnte ich, verborgen im Halbschatten, die Feiernden beobachten. Nackte und halbnackte Körper, die sich im Takt der Musik bewegten, umeinander kreisten, zusammengehörten – wenn auch nur für eine magisch anmutende Nacht – und sich wieder trennten. Beinahe gegen meinen Willen war ich wieder von der einzigartigen Stimmung fasziniert, ja, beinahe ergriffen. Jeder dieser Menschen war schön. Klein, dick, dünn, alt, runzelig, tätowiert oder gepierced, mit Schönheitsfehler oder ohne; jeder von ihnen hatte Ausstrahlung, stand für das ein, an was er glaubte, lebte seine Sexualität so aus, wie er es für richtig hielt – und genoss den Schutz des Clubs und das Miteinander der Gleichgesinnten. Ich seufzte leise, weil ich nicht mehr dazu gehörte … nicht wirklich.

Die Tänzer und Lustsuchenden hatten sich vor mir vergnügt und würden es auch noch tun, wenn ich wieder fort war – zu Hause. Dennoch gefiel mir die Vorstellung, noch einmal mitzutanzen. Und einen großartigeren Abschluss als diese geschickt inszenierte Sommersonnenwende-Feier hätte ich mir gar nicht wünschen können.

Sie hatte etwas Mystisches an sich. Mit dem großen Feuer, den Fackeln und Kerzen. Selbst die bisher Musik die nun zur Klassik wechselte, passte zu der Szenerie – und zum Rauschen der Meeresbrandung.

Ich beobachtete die fremden und bekannten Gäste von »La Belle Folie«, ihr Lachen, Singen, Tanzen, Peitschen, Gepeitscht-werden und Sich-Paaren. Ihr Kommen und Gehen, vom Licht in den Schatten und umgekehrt, wirkte wie das undurchschaubare Wimmeln eines Ameisenhaufens. Wie ein seltsamer Reigen, der nur für einen Eingeweihten Sinn ergab. Nach einigen Momenten bemerkte ich einen Platz nicht weit von meiner Düne entfernt. Er schien besonders beliebt zu sein und erst nach weiteren Sekunden begriff ich, was ich dort sah: Nahe des warmen Nebenfeuers, umringt von Kerzen, legten sich einzelne Submissive – oder diejenigen, die einfach einmal eine schmerzerotische Erfahrung der besonderen Art machen wollten – einfach auf den Bauch, wurden ausgespreizt und ihre Hände und Füße an kleine Pfähle gebunden. Dann wurden sie mit heißem Wachs »gelustfoltert«.

Ich warf einen weiteren Blick in die Menge der Feiernden. Noch immer konnte ich weder Claire noch Vincent ausmachen. Nicht einmal Mara, Gunter oder Leopold schienen hier zu sein. Nachdem ich mir hundertprozentig sicher war, gab ich dem beinahe magischen

Zwang nach und ging – mich immer noch am Rand und im Schatten haltend – zum Wachs-Ort.

Fasziniert beobachtete ich einen gefesselten jungen Mann. Er lag, von den Feiernden am eigentlichen Feuer verborgen, hinter einem Ring aus Dünengras – und trotzdem wie auf einem Präsentierteller. Einige Zuschauer hatten sich eingefunden und sahen ebenfalls mit wachsender Begeisterung dem durch Fackeln hell beleuchteten Burschen zu.

Er hatte die Augen geschlossen, so fest, als könne er dadurch verhindern, dass die heißen Wachstropfen fielen, dem Schmerz entkommen, den er jedes Mal mit einem dumpfen Stöhnen kommentierte. Doch selbst die kleinen Schweißperlen auf seiner Stirn wirkten magisch und glitzerten in dem flackernden Licht mit seinem Brustpiercing um die Wette. Wieder landete ein Tropfen auf seinem beinahe zu hell wirkenden Leib und sein Körper zuckte unkontrolliert. Nur seine Erektion verriet, dass er Spaß hatte. Jedes Mal, nachdem sein Körper zu zucken aufhörte, zuckte sein Schwanz. Ein fast erheiternder Anblick, der aber deutlicher als alles andere zeigte, wie nahe Schmerz und Lust manchmal beieinander lagen.

»Storno!« Beinahe hätte ich das leise Wort nicht gehört, zu fasziniert war ich von den plötzlich geöffneten Augen, die meinen Blick einfingen und von bisher unausgelebten Vorlieben glänzten. Zum Glück war der Wachs-Meister aufmerksamer als ich. Er schob sich zwischen uns, um den Jungen zu befreien, versperrte mir die Sicht und durchbrach den kurzen Moment der Vertrautheit.

Dann wandte er sich mir zu. »Und nun du?«

Ich warf einen kurzen Blick Richtung Party, entdeckte immer noch niemanden und nickte. Womöglich konnte mir eine kleine Wachs-Session helfen, Spannungen abzubauen. Ich legte mich in die vorgesehene Stellung, prüfte, ob mich wirklich niemand vom Strand aus sehen konnte und verneinte eine Fesselung. Schließlich war ich ein großes Mädchen und konnte mich beherrschen. Genug, um es bei einem Griff um die Seile zu belassen.

Sekunden später war ich mir meiner Selbstbeherrschung nicht mehr sicher. Jeder Tropfen hinterließ ein rotes Glühen hinter meinen geschlossenen Augenlidern, fräste sich wie ein heller Blitz durch meine Adern und schien sich mit dem nächsten Schmerz zu verbinden, bis ich nur noch aus glühenden, schmerzenden Stellen bestand, die gleichzeitig so hoch sensibilisiert waren, dass sie vor Verlangen pochten. Mein ganzer Körper schien nur noch aus Lust zu bestehen. Jeder Schmerz katapultierte mich für eine Sekunde zurück in die Realität – nur um mich anschließend noch höher in die Schmetterlingssphären zu tragen. Ich schrie und stöhnte ich, halb vor Lust, halb vor Schmerz, unter den glühheißen Wachströpfchen, die auf meine Schenkel, meinen Körper und die Seiten meiner Brüste herabprasselten. Bisher hatte der Meister nur wenige Stellen meines Körpers ausgespart, doch nun, da ich vor Lust bebte, das Fliegen der schwarzen Schmetterlinge ein samtenes Rauschen in meinen Ohren, näherten sich die Tropfen meiner rechten Brustwarze. Mit einer Mischung aus gerechtfertigter Empörung und irrer Lust, bäumte ich mich auf, wollte mich schützen, wollte ausweichen – und gleichzeitig blieb mein verräterischer Körper genau dort liegen, wo er war, sehnte den nächsten Tropfen herbei, den hellen Blitz in den Adern, der … Ohhhh … der Wachs landete direkt auf meinem Nippel und Sekunden später auf dem zweiten, tauchte beide in Feuer, badete mich in Hitze und … die Dunkelheit riss … Schmetterlinge … Licht … warme Farben, die mich durchdrangen …

Es dauerte einen Augenblick, bis ich begriff, dass der Lustschrei mein eigener war, der Nachhall eines überwältigenden Orgasmus, der mich so schnell so hoch getragen hatte, dass er selbst vergangen war, bevor ich richtig begriffen hatte – im Gegensatz zu seinem Nachhall, der immer noch in meinen Adern bebte und mir Tränen in die Augen trieb.

Ich setzte mich auf und noch bevor ich meinen Blick wieder auf irgendetwas fokussieren konnte, hörte ich bereits Claires Stimme: »Süße Christine, da bist du ja!« Sie half mir aufzustehen und die Wärme, die von ihrem Körper ausging, beruhigte meine flatternde Libido. »Möchtest du, dass ich das Wachs von deiner Haut entferne?« Leise, zärtliche Grausamkeit schwang in ihren Worten mit und jagte einen neuen Schauer über meinen Körper. Noch immer schienen meine Schmetterlinge nicht zufrieden, meine Triebe nicht befriedigt zu sein. Sie flatterten unruhig auf.

»Ja, bitte«, seufzte ich.

Und schon peitschte sie mir mit einem Lederflogger und einer Tawse die Wachsschicht von den entsprechenden Stellen ab, und ich wimmerte in Ekstase, die brennenden Schmerzen waren genau das, was ich jetzt brauchte ... sie machten mich dieses Mal wach und handlungsfähig.

Als ich mich erhob und von Claire umarmen ließ, erspähte ich, unweit des Feuers, Mara Noire und Gunter. Sie beide, die als einzige nicht nackt waren, wirkten zum ersten Mal sehr harmonisch – und sehr vertraut miteinander. Ich schluckte, als ich den sehnsüchtigen Blick bemerkte, den Gunter Mara zuwarf, während sie kurz zu ihrem Bruder hinüberwinkte.

Ich wandte meine Aufmerksamkeit wieder Claire zu, die die Szene zwischen Gunter und Mara mit gerunzelter Stirn beobachtete. Einen Moment lang wirkte sie unglaublich jung und unglaublich verletzlich. Etwas, was sie mir noch sympathischer machte und den letztendlichen Ausschlag gab ihr zu vertrauen. Sie war Polizistin, hatte ein Alibi und nichts mit dem Mord an Mark zu tun.

»Claire«, begann ich. »Ich weiß warum der Täter Mark umgebracht hat – und wo der gestohlene Schmuck versteckt ist.«

»Und wo?«, flüsterte sie, nachdem sie endlich ihren Blick von Mara und Gunter losgerissen hatte. Ihre schönen, eisgrünen Augen funkelten im Mondschein.

Wir entfernten uns ein wenig von den Gästen, zogen uns Kleider über und betraten das Dünengebiet. Gedankenverloren führte mich Claire weg von den Feuern, hinein in die Dunkelheit. Langsam verblassten die Geräusche, die Musik und die Stimmen ebenso hinter uns wie das Licht. Dafür übernahmen die Sterne und der Mond, wurden klarer und heller wie in einem abendlichen Traumland. Ich hakte mich bei Claire unter, ignorierte meine innere Aufregung, die Anspannung und das Gefühl, irgendetwas stimme nicht.

Kapitel 24

NEO-ATLANTIS war eine riesige, sich nach oben hin verjüngende rostige Eisenspirale aus zahlreichen, sich schlangenhaft windenden Röhrengeflechten.

Ich hatte es doch geahnt! Jetzt, wo einmal mein Verdacht geweckt worden war, stellte es sich heraus, dass nichts leichter war, als dort Schmuck zu verstecken. Vor allem, wenn man mit dem alternden Künstler befreundet war und diesem dabei half, das Werk zu restaurieren. Es war kein sicherer Ort für eine wertvolle Beute. Aber darum ging es nicht – war es nie gegangen. Es ging nur um die Wahl des Versteckes und um ein Spiel, das schon lange vor meiner Geburt begonnen hatte. Tatsächlich kostete es Claire und mich zehn Minuten eifrigen Suchens und Klettern, dann tasteten meine Finger in einer der offenen, engen Rohre etwas, was weder Abfall, noch Kaugummi war. Ein schwarzer Samtbeutel!

Das war beinahe zu leicht gewesen!

Ich warf den Beutel nach unten und Claire fing ihn begierig auf. Sie hatte ihn schon geöffnet, bevor ich wieder festen Boden unter den Füßen hatte.

»Die Atlantide!«, stieß Claire hervor und ihre Stimme hatte einen verzückten Klang angenommen. Als sie mich ansah, lag leichtes Bedauern in ihren Zügen, dass mich zum Erschrecken brachte.

»Du willst nicht zufällig mitkommen, oder?«

»Claire?!« Ich trat einen Schritt zurück, doch plötzlich hielt sie einen Pistole in der Hand – auf mich gerichtet.

»Dachte ich mir, süße Christine, dachte ich mir!«

Claire zauberte ein paar Handschellen aus ihrer Tasche und warf sie mir zu. Sie landeten direkt vor meinen bloßen Füßen und allein der Anblick brachte mich zum Zittern.

»Eine Seite bitte um dein rechtes Handgelenk, die andere …«, sie deutete mit der freien Hand auf das Konstrukt aus Eisenrohren.

Als ich nicht augenblicklich reagierte, schlug Claire mit der flachen Hand gegen eines der Rohre und der Laut war unheimlicher als alles, was ich bislang in meinem Leben erlebt hatte. »Es ist nur eine Nacht – höchstens … genug, um mir Vorsprung zu geben. Und glaub mir …«, wieder wanderte der Lauf der Pistole in meine Richtung, »… es ist besser als eine Nacht UND angeschossen.«

Ihre Stimme war so selbstsicher, dass ich ihr augenblicklich glaubte. Sie nicht aus den Augen lassend, bückte ich mich langsam zu den Handschellen und befestigte sie mit zitternden Fingern um mein rechtes Handgelenk.

»Ich brauche wirklich nur eine Nacht, Christine!« Sie klang beinahe so, als wäre sie froh über mein Verständnis oder gar meine Zustimmung.

»Wofür brauchst du nur eine Nacht?« Maras Stimme durchschnitt die Nacht und ließ Claire und mich zur Seite herumfahren.

Unbemerkt hatten sich Mara und Leopold, beide in Gunters Schlepptau, genähert. Offenbar hatte der stolze Künstler den beiden sein restauriertes Werk zeigen wollen. Jetzt wichen alle drei erschrocken zurück. Selbst das Gesicht der sonst so beherrschten Mara war bleich geworden.

»CLAIRE?!« Ihr Blick irrte von ihrer Zofe zu mir und wieder zurück und blieb an dem schwarzen Beutel hängen.

Claire wirkte wie ein ertapptes Schulmädchen – ein bewaffnetes ertapptes Schulmädchen. Trotzdem grinste sie Sekunden später triumphierend.

»Keine Angst, keine Angst. Ich halte unser beider Glück in Händen, Mara … Lass uns beide fortgehen, nur wir zwei, mit der Atlantide haben wir Reichtum genug …«

»Du bist wahnsinnig …! Und wie … woher? Wieso ist das Ding da drin gewesen?«, keuchte Mara. »Ich selbst habe doch … sie ist mir doch vor …« Sie unterbrach sich und ihr ungläubiger Blick wanderte zu Gunter.

»Ja, genau! Christine hat eins und eins zusammengezählt«, antwortet Claire lässig.

»Und … und es war wirklich in Gunters NEO-ATLANTIS?«, fragte Mara in bemüht normalem Ton, während sie langsam näherkam.

»Ja! DEINE Atlantide! Wie passend, oder?«, kicherte Claire.

Ich sah, wie Gunter und Leopold schuldbewusste und ängstliche Blicke wechselten.

»Das kann doch gar nicht sein … da habe ich das Geschmeide doch selbst versteckt, lange Jahre lang!«, erklärte Mara und lachte gezwungen.

»Sicher! Und Christine fand heraus, dass ihr Vater – der sie zurückgestohlen hat – das Gleiche getan haben muss …«

Mara warf Gunter einen scharfen Blick zu, doch der lächelte nur. »Und du hast es gewusst es, oder?«

»Natürlich!« Gunter schien von der Waffe nicht sonderlich beeindruckt zu sein. »Irgendwann musste das Ganze doch einmal ein Ende haben, oder nicht?!«

Plötzlich hatte ich den Eindruck, dass er mit »dem Ganzen« sehr viel mehr meinte als nur das Schmuckstück.

»Christine hat mir wirklich sehr geholfen.« Claires Worte waren beinahe wie eine körperliche Streicheleinheit. »Nur schade, dass ich keine weiteren Handschellen mehr hier habe …« Sie warf einen Blick auf Gunter und Leopold, wirkte aber verunsichert.

»Claire, Liebes …« Maras Tonfall war so sanft, wie ich ihn nie zuvor gehört hatte. »Ich habe ein Seil dabei … Aber was willst du? Vorsprung? Fliehen?« Sie trat einen Schritt näher an ihre Zofe heran und die Trauer in ihrem Gesicht war selbst in der Dunkelheit deutlich sichtbar. »Du kannst den Schmuck haben. Er war nur ein Andenken an schöne Zeiten. Ich bin mir sicher, Edvard würde das genauso sehen!«

Claire begann zu zittern, hielt aber die Waffe nach wie vor auf uns alle gerichtet, und ihre andere Hand umkrampfte den Samtbeutel.

»Es ist magischer Schmuck, der alles intensiviert und der mehr aneinanderfesselt, als bloße Körper …«, sagte sie und zitierte dabei anscheinend Mara, denn die Clubchefin zuckte schuldbewusst zusammen.

»Der Schmuck würde nichts ändern …« Mara trat einen Schritt näher an Claire heran und während Gunter und Leonard auf die beiden Frauen achteten, musste ich mich beherrschen, um nicht zu auffällig nach rechts zu starren. Dorthin, wo sich Vincent beinahe katzenartig hinter der Eisenskulptur an die Polizistin heranschlich.

Mara blieb nahe vor Claire stehen und ihr Gesichtsausdruck wurde verletzlich und zum ersten Mal sah ich auf ihren Lippen ein Lächeln, das nicht wusste, ob es willkommen war. »Ich liebe dich bereits!«

Claire ließ, eine Sekunde, bevor sich Vincent auf sie stürzte, die Waffe sinken. Trotzdem gelang es ihr, rechtzeitig auszuweichen und seinem Angriff gleichzeitig mehr Schwung zu verleihen, so dass er benommen zu Boden ging. Mit einem leisen Aufschrei kniete ich neben ihm nieder und Sekunden später ließ Claire ihre Waffe wieder sinken.

»War er auch hinter dem Schmuck her?« Mara klang schicksalsergeben und schwermütig.

»Ja und nein!« Claire schüttelte den Kopf. »Er ist Undercover-Agent und ermittelt im Falls des berühmten Florentiner-Diamanten … Christines Vater hat ihn angeblich damals gestohlen und das hat Christine in seinen Augen tatverdächtig gemacht.« Sie ließ ihre Pistole endgültig sinken. »Und ER hat geglaubt, sich in eine Verbrecherin verliebt zu haben. Deswegen war er ja auch so wütend auf Christine!« Die Polizistin schien nicht fassen zu können, dass Vincent mir ein Verbrechen zugetraut hatte.

»Und du hast Mark Weiß ermordet?«, entfuhr es mir nun, ich hielt Vincent in meinen Armen und glühte vor Zorn.

»Aber nein.« Sie lächelte mich traurig an »Ich war zur Tatzeit im Dienst.«

Claire wandte sich Mara zu. »Warum hast du mir nie die Wahrheit erzählt – über Edvard, die Atlantide und deinen Sohn?«

Irrte ich mich, oder lief eine kleine Träne über Maras Wange? »Weil ich … nach dreißig Jahren … ich … dachte, du würdest mich wegen meiner Schwäche …«

Claire strich mit den Fingerspitzen über Maras Wange und zum ersten Mal wurde offensichtlich, dass auch die dominante Clubchefin sich nach einer starken Schulter zum Anlehnen sehnte – zumindest ab und zu. Sie schmolz förmlich in Claires Liebkosung hinein, als diese hauchte: »Ich liebe dich!«

Mit diesen Worten und beinahe beiläufig warf sie mir den schwarzen Samtbeutel zu. »Nutz den Schmuck für dich und Vincent!« Sie warf mir einen lächelnden Seitenblick zu und selbst die Sammlerin Mara erhob keinen Einwand.

»Nein!« Die Stimme kam aus der Dunkelheit und von einer Düne ganz in der Nähe. Es war eine Stimme, die ich nur allzugut kannte.

»Felix!« Der Name kam aus fünf Kehlen und ich wusste nicht, wen ich zuerst anstarren sollte: Meinen Ex-Dom, der eine Duellpistole in seiner Hand hielt, oder Mara, Gunter, Leopold, Claire und Vincent. Blitzartig rauschten fast alle Puzzlestückchen an ihren Platz. Fast alle.

»Du … du warst es also?!« Ich starrte nun zu Felix. »Aber … weshalb ausgerechnet Mark? Von allen Menschen hattest du doch keinen einzigen Grund?«, stieß ich fassungslos hervor.

Felix grinste mich an, behielt aber vor allem Madame Noire im Blick, als ginge die Gefahr nicht von der bewaffneten Polizistin oder dem Undercoveragenten aus, sondern von der Clubchefin aus.

»Mark hatte herausgefunden, dass meine Mutter und dein Vater eine Affäre hatten. Sie waren beide noch sehr jung – es ist mehr als 35 Jahre her. An diesem Abend in den Dünen wollte Mark Christine verraten, dass ich ihr Halbbruder bin und mir die einzige Frau wegnehmen, die mir je etwas bedeutet hat!!«

Die emotionsgeladenen Worte brachen wie Lava aus Felix' Brust, und er zitterte, hielt aber die Pistole sicher und fest auf seine Mutter gerichtet.

»Christine«, herrschte er dann mich an, »komm weg von dem Kerl – und nimm den Schmuck mit. Wenn er mehr als Körper verbindet …«

Felix Satz blieb unausgesprochen, denn ich schüttelte den Kopf. Sogleich richtete sich der Lauf der Waffe auf mich. »Ich habe nur einen Schuss, Christine!« Felix Stimme war beinahe so sanft als rede er mit einem Kleinkind. »Und bei drei wird er dich treffen. Ich verliere dich lieber, als dich fortzugeben!«

Meine Panik verwandelte sich in Wut. »Fortzugeben? Ich bin doch kein Preis, den man fortgeben oder verlieren kann!«

Alle außer mir, die ich mich in Rage geredet hatte, sahen Felix' Reaktion voraus und agierten. Leopold stürzte auf Felix zu, Gunter drückte Mara zu Boden und der liegende Vincent trat mir die Beine weg, Sekunden bevor Claire sich vor mich warf und der Schuss fiel. Die Polizistin ging zu Boden, während Vincent mit Claires Waffe und Gunter ebenfalls auf Felix zustürmte …

»FALLENLASSEN!«, brüllten mehrere Stimmen von allen Seiten. »POLIZEI! ALLES AUF DEN BODEN!«

Im nächsten Moment lag ich überrumpelt auf dem Boden und konnte nur noch zusehen, wie Felix verhaftet wurde und langsam die Farbe aus Claires Gesicht floss. Offenbar hatte niemand mitbekommen, dass sie angeschossen war. »Sie ist Polizistin! Die Polizistin ist verletzt!«

Ich musste den Satz dreimal sagen, beinahe brüllen, bevor sich jemand um Claire kümmerte und mich losließ. Sekunden später war auch ich bei ihr und half bei dem Versuch die Blutung zu stillen.

»Sweet Christine!« Claire hob ihre Hand und strich mir sanft einige Haarsträhnen aus dem Gesicht.

»Ich leihe sie dir aus Claire. Jederzeit!«, versprach ich und sah Mara an, die sich totenbleich neben ihre Geliebte kniete. »Und ich werde sie tragen – oder dich tragen lassen – wie du willst!« Claire lachte leise, beinahe glockenhaft. »Ich sterbe schon nicht!« Sie sah Mara an. »Über dreißig Jahre, Mara?!«

Ich staunte, wie schuldbewusst Mara plötzlich aussah, als sie ob Claires Aufforderung aufstand. Einen Moment lang blieb ich neben der Polizistin knien, wurde dann aber von den erscheinenden Sanitätern vertrieben.

Erst im wechselnden Licht des Krankenwagenblinkers sah ich Yvonne Maertens, die zu mir trat und einen Arm um mich legte »Wie gut, dass ich meiner bösen Ahnung gefolgt bin und die Polizei alarmiert habe.«

Wie betäubt starrte ich Mara Noire an, die zu ihrem Sohn trat.

Er starrte sie voller Hass an.

»Edvard Danzer ist nicht dein Vater!« Ihre Stimme klang hohl, doch beim nächsten Satz kehrte die alte Sicherheit zurück. »Und ich bin nicht schuld daran, dass du jemanden getötet hast!«

Felix smaragdgrüne Augen flackerten. »Wer – wer dann?«, stieß er hervor und ich antwortete. »Gunter! Du verdammter Idiot, dein Vater ist Gunter!«

Beide Männer hatten sogar eine sehr ähnliche Augenfarbe …

Mara schlug die Augen nieder und trat neben Yvonne, ohne den Künstler anzusehen. Doch zu meiner Überraschung sah Gunter aus, als habe sich endlich bestätigt, was er lange geahnt hatte. Als Felix laut seine Mutter, seinen Vater und mich verfluchend abgeführt wurde, trat Gunter zu Mara und umarmte sie von hinten. »Du solltest mit Claire mitfahren!«

Tatsächlich wurde Claire, die gerade flüsternde Bemerkungen mit Vincent tauschte, gerade für den Transport fertig gemacht.

Zum Glück hatte bisher noch niemand die Handschelle an meinem Handgelenk bemerkt und ich versteckte sie hinter meinem Rücken, bis alle Polizisten – außer Vincent – verschwunden waren.

Epilog

»Geht es dir gut?« Vincent klang besorgt.

»Ja«, antwortete ich. »Ich bin nur … aufgeregt.« Wer wäre nicht aufgeregt, wenn er plötzlich Besitzer eines antiken und unglaublich wertvollen Schmuckstücks wäre? Edvard Danzer hatte die Atlantide zur allgemeinen Überraschung legal erstanden und es war nicht nachzuweisen, dass er das Geld dazu aus irgendwelchen Diebestaten hatte. Yvonne hatte mir die Besitzurkunde ausgehändigt und auch von Seiten Maras gab es keine Einsprüche. Doch meine Aufregung hatte nichts mit dem Wert zu tun.

Zumindest nicht mit einem, den man in Zahlen beziffern konnte. Von Claire hatte ich inzwischen so ziemlich alles an Gerüchten erfahren, die über die Atlantide existierten: Von »stammt aus Atlantis« über »Sexschmuck der alten Mayas« bis hin zu »Aphrodisiakum und Ehebund-Schließer für S/Mler« war alles vertreten.

Das Geschmeide lag nun in einem nagelneuen elfenbeinfarbenen Kästchen auf der Kommode meines Hotelzimmers, und jetzt war die Stunde gekommen. Ich trug mein wasserblaues Strandkleid und noch immer baumelte die polizeiliche Fessel an meinem Handgelenk.

Als ich sie Vincent grinsend zeigte, erwiderte er mein Grinsen, und ein besonderer Ausdruck kam in seine Augen.

»Ich nehme dir die Handschellen erst einmal ab«, murmelte er. Er hatte einen Schlüssel dazu, so dass es für ihn ein Kinderspiel war.

»Und dann …«

»Was dann?«, fragte ich heiser.

»Möchtest du darüber entscheiden?«, fragte er mit einem Schnurren in seiner Stimme. »Was hältst du von einem Vorspiel, bei dem du die Fäden in der Hand hältst, Liebste …?«

Ich starrte ihn verblüfft an, doch auf einmal stellte ich bei mir fest, dass ich mir das tatsächlich wünschte!

Als ich die Fesseln in meiner Hand wog, spürte ich, was ich wollte – dies war ein Moment, in dem ungewöhnliche Dinge geschehen würden, und recht kühl kommandierte ich: »Hände auf den Rücken!«

War auch ein Quäntchen süßer Rachlust in meinem Handeln? Zweifellos! Es musste auch in meinen Augen funkeln, denn ich sah, wie dieser Funke in Vincents schöne dunkle Augen übersprang und er schenkte mir ein Lächeln des Einverständnisses. Auch ich lächelte, als er gehorchte und mir den Rücken zudrehte und ich ihm die Handschellen anlegte. All die Male, in denen er mir nicht vertraut, sondern mich verdächtigt und deshalb kalt behandelt hatte! Ja, dafür verdiente er dies hier, und ich würde den Honig der Genugtuung auskosten.

Er genoss mein Tun in vollen Zügen, gab sich dem hin, und sein Schwanz war bereits hart und er stöhnte, als ich seine Hose öffnete.

Ich dirigierte ihn zu einem Sessel und gebot ihm, sich hinzusetzen, und dann kniete ich mich hin und reizte ihn ausgiebig, indem ich meinen Mund an ihm erprobte. Zart leckte ich die Eichel und ließ meine Lippen am Penisschaft entlanggleiten, umkreiste mehr und mehr die Eichel, erfreute mich an seinem durchdringender werdenden Seufzen, und endlich fuhr ich unendlich weich, hauchleise, aber nur kurz über das Vorhautbändchen.

»Ohhhh …«, stöhnte er und wand sich vor Lust – und gleich darauf vor Enttäuschung, als ich von ihm abließ.

Ich befahl ihn statt dessen aufs Bett und sagte: »Nun wirst erst einmal du mich verwöhnen!«

»Gern«, erwiderte er samtweich, und seine Augen sprühten das altvertraute Feuer … unser Spiel gefiel ihm, wohlwissend, dass dies erst der Anfang war.

Er lag auf der Seite, ich legte mich zu ihm und zog mein Kleid hoch. Darunter war ich nackt. Vincent begann mich intensiv zu lecken, mit großer Ausdauer, und er machte es sehr geschickt. Wieder und wieder tauchte seine Zunge in meine warme Nässe, bis ich keuchte und mich unter tiefen Seufzern wand. Wir genossen unser Vorspiel in vollen Zügen.

Doch plötzlich hatte ich genug davon, ihn zu dominieren, ihm Anweisungen zu erteilen und ihn in Fesseln hilflos vor mir zu haben, meinen Launen ausgeliefert … Genug. Jetzt war ich es, die in Ketten gelegt werden wollte – doch nicht durch Polizeihandschellen.

Zum ersten Mal sah ich das Atlantide-Geschmeide bei Tageslicht vor mir. Ich betrachtete die vielen, unglaublich schön geschliffenen Brillanten, mit denen die Handfesseln und der Halsreif aus Weißgold besetzt oder zum Teil auf andere Weise verbunden waren: ein Diamant war gelblich, ein anderer rot, bewunderte auch die länglichen kleinen, die, Himmelstropfen gleich, zwischen den Diamanten schimmerten.

Ich fühlte etwas wie Achtung und Scheu, als ich den Anblick auf mich wirken ließ und mich langsam, wie in Zeitlupe nackt auszog … gemächlich also, jeden Moment auskostend, zog ich das wasserblaue Strandkleid über meinen Kopf.

Beinahe ehrfürchtig legte mir Vincent nun zunächst den Halsreif an, dann schloss er die an Goldketten befestigten, verstellbaren Handfesseln um meine Gelenke. Sie wurden eng in Höhe meines Bauchnabels zusammengeführt und aneinander gekettet. Zwei große Brillanten, ein roter und ein gelber, an dünnen Goldkettchen vom Halsreif herabhängend, legten sich liebkosend-kühl auf meine Brüste, küssten die zarte Haut meiner Höfe.

Bei Vincents erster Berührung, mit der er zwei seiner Finger durch meine feuchten Schamlippen gleiten ließ, schwanden mir bereits beinahe die Sinne, wurde ich wohlig schwindelig, spürte ich die vielfach besungene Intensivierung aller Empfindungen durch die Atlantide … und das sollte erst der Anfang sein. Ein elektrisierender, angenehmer Stromschlag fuhr durch meinen Körper, spannte sich und zischte durch meine Adern, wob ein Netz um meine Nerven und ließ dichte Lust durch mich rieseln. Ich sah – sinnliche Bilder vor mir, lebendige Bilderfolgen, eine Flut von Eindrücken, Ereignissen strömte auf mich ein, allesamt zusammenhängend mit diesem zur Legende geworden Artefakt über das praktisch jede SM-Szene der Welt etwas zu berichten hatte. Staunend glaubte ich Reminiszenzen der Lust zu spüren, gesammelt in langen Jahrhunderten der Lustexistenz, das Keuchen aus hunderten von Kehlen, gebündelte Wollust.

… ich atmete tief durch, ließ diese mystische Erfahrung in mir nachschwingen, während Verführungskraft und Sinnlichkeit unzähliger Frauen durch die Atlantide gebündelt wurde und durch meinen Körper brandete.

»Du siehst unbeschreiblich schön aus, Liebste!« Vincents Worte berührten mich durch und durch, sie tanzten auf meiner Klit, und er las das Einverständnis in meinen Augen. Schon spürte ich die Spitze seines steifen Schwanzes an meiner Möse, und – es fing schon an! Die Vibration ging mir von den Zehen bis zu den Haarspitzen, raubte mir den Atem. Eine unendlich innige gemeinsame Schwingung umschloss uns, drang durch uns beide hindurch. Zusammen.

Ich war gefesselt von einem Rätsel aus edlen Steinen und Metallen, als Vincent in mich eindrang und wir beide beinahe sofort und gleichzeitig auf die Ebene der schwarzen Schmetterlinge katapultiert wurden und dort in gemeinsamer Lust explodierten, blutrot, diamanthell, goldklingend und silbern funkelnd.

Sensius

Lara Sailor

Desire No. 1 – Duft der Verführung

Betörend und leidenschaftlich. Was als Wettstreit um die Erstellung eines erotisierenden Parfüms beginnt, entwickelt sich rasch zu einem sinnlichen Geschlechterkampf.

Taschenbuch
ca. 204 Seiten · ISBN: 978-3-942602-02-0

Ein Parfüm, mit dem jede Frau zu einer leidenschaftlichen Verführerin wird, die jeden Mann haben kann! Die junge Chemikerin Julie nutzt nach der Trennung von ihrem Freund ihre Fähigkeiten und ihren neuen Job in den schottischen Highlands, um sich diesen Forschungstraum zu erfüllen.

Aber auch die Konkurrenz in der eigenen Firma ist nicht untätig. Rasch entwickelt sich ein Wettstreit in dem sowohl die Frauen als auch die Männer nach einem erotisierenden Duft forschen. Doch nur die Frauen scheinen Erfolg zu haben – oder nicht?

Während Julie hemmungslos die Testphase des Duftes genießt, stellen sich nicht nur einige verführerische Nebenwirkungen ein, auch der ein oder andere sinnliche Rückschlag muss erklärt werden. Sabotage oder Zufall? Und was hat ihr Ex mit dem Projekt zu tun?

Schon bald muss Julie eine Entscheidung treffen: Glaubt sie an Chemie oder an Liebe? Vertraut sie ihrem Ex oder ihrem erbittertesten Kontrahenten?

ELYSION

www.elysion-books.com